Goldschätzchen

Heinrich Veh

Goldschätzchen

Regionalkrimi

Impressum

Die Deutsche Nationalbibliothek
Bibliografische Information der Deutschen Nationalbibliothek
Die Deutsche Nationalbibliothek verzeichnet diese Publikation in der Deutschen Nationalbibliografie; detaillierte bibliografische Daten sind im Internet über http://dnb.d-nb.de abrufbar.

Veh, Heinrich
Goldschätzchen

1. Auflage

Umschlaggestaltung: Storch Design, Lauf
Druck und Bindearbeiten: Scandinavianbooks
Fotos Umschlag: Heinrich Veh

ISBN 978-3-942251-37-2

Die Frage nach der Liebe ist so komplex,
dass nur drei Menschen sie jemals zur Gänze
verstanden haben.
Der erste ist Casanova, und der ist tot.
Der zweite ist ein dänischer Professor,
der verrückt wurde.
Der dritte bin ich, und ich habe die Antwort
vergessen.

(Frei nach Viscount Palmerston)

Für Fabian, Janina,
Jannik, Malte und Ronja

Schock

An diesem frühsommerlichen Morgen stand die Sonne schon am Himmel und strahlte von einem blauen, fast wolkenlosen Firmament auf die mit gelben Blüten geschmückten Wiesen vor der Stadt herab. Sie löste den sanften Dunstschleier über der ruhig fließenden Rezat auf.

Ihre Strahlen begannen, den Tau von den Gräsern und Blumen zu lecken. Es wehte eine leichte, erfrischende Brise aus südlicher Richtung. Sie brachte die Blätter und Halme dazu, sich sachte, wie in einem Tanz, zu wiegen. Der zarte Duft von bunten Blüten und frischem Gras erfüllte das Land.

Der Tag hatte begonnen wie so viele vor ihm.

Auf der schmalen Straße, die sich parallel zum Flüsschen hinzog, trabten ab und zu Jogger vorbei. Wenige Radfahrer strebten zur Stadt hin oder auf Wasserzell zu. Alles war also wie immer, bis auf eine alarmierende Ausnahme.

Im Wasser der Rezat trieb nämlich, von Neuses her, ein heller Gegenstand auf die Innenstadt zu. Immer wieder wurde sein Fortkommen von Hindernissen kurz aufgehalten. Er drehte sich dann ein wenig, löste sich wieder und wurde durch die Kraft der Strömung gemächlich weitergetrieben. Zwei lange weiße Arme bewegten sich an seinen beiden Seiten elegant in der Strömung. Feine, dunkle Tentakel umgaben in eigenartiger Lebendigkeit das rundliche Etwas an seinem vorderen Ende. Dieses unheimliche Etwas schwamm direkt auf den Ruheplatz eines Entenpaares zu.

Die beiden Wasservögel hatten nach ihrer morgendlichen Futtersuche am Flussufer ein ideales Rastplätzchen gefunden. Der Erpel war gleich nach der Ankunft eingeschlafen. Seinen Schnabel hatte er unter den Federn seines Gefieders versteckt. Die Ente dagegen schlief nicht. Sie stand aufrecht neben ihrem Lebensgefährten und schnatterte vor sich hin.

Aufmerksam, wie es ihre Art war, hatte sie das mysteriöse Treibgut im Fluss entdeckt.

Blitzartig ordnete es der Vogel als unbekanntes und bedrohliches Schwimmobjekt ein.

Mit ihrem lauten Alarmruf riss die Ente ihren Gefährten aus seinem Schlummer. Der Erpel sprang auf und schaltete sofort den Überlebensmodus ein.

Auf Kommando des Entenweibchens legten beide einen perfekten Alarmstart hin und beobachteten das helle Ding aus sicherer Höhe.

Es trieb weiter den Fluss hinunter.

Als es unter der Straßenbrücke hindurch war, beschlossen die beiden Tiere, wieder zu landen. Die Gefahr war vorüber.

Kurze Zeit später setzten sie, zischend und kleine Wasserfontänen auslösend, auf dem vertrauten Gewässer auf.

Der Gegenstand der Aufregung war inzwischen jedoch weiter abgetrieben worden. Er ließ das Brückencenter links, den Rezatparkplatz und die Residenz rechts liegen. Schließlich stoppte ein umgestürzter Baum seine Fahrt.

Als Benjamin Mock mit seiner Freundin Angelika an diesem Vormittag im Ansbacher Hofgarten auf einem beschatteten Weg entlang der Rezat dahin spazierte, war er aufgeregt und ein wenig kam er auch ins Schwitzen.

Dass ihm so warm war, lag nicht allein am wunderschönen, frühsommerlichen Wetter, dem erotisierenden Duft des Heues oder der enormen Lautstärke des am wunderschönen Park vorbeiströmenden Verkehrs.

Nein, das hatte einen besonderen Grund.

Alles schien ihm heute gut zu passen. Das prächtige Wetter und dazu die Tatsache, dass er und seine Freundin ein paar Tage unter der Woche frei hatten.

Benjamin hatte sich für den heutigen Vormittag etwas ganz Besonderes ausgedacht und beim Frühstück Angelika gebeten, am späten Vormittag mit ihm durch den Hofgarten zu spazieren. „Ich habe für dich eine Überraschung!", verkündete er geheimnisvoll. Zwei Stunden später hatte er sich von ihr mit der Entschuldigung verabschiedet, dass er noch etwas für seine Bescherung tun müsse. Dann hatte er mit seinem Freund Rolf im roten Pavillon des Hofgartens alles sorgfältig vorbereitet.

Mitten im Gehen blieb er nun abrupt stehen und warf sich vor seine Freundin auf die Knie.

Dann sprach er in feierlichem Ton:

O Mädchen, mein Mädchen, wie lieb ich dich.
Wie leuchtet dein Auge, wie liebst du mich!
Du Blümlein auf dem Feld, bist mein alles auf der Welt,
du nur allein bist die, die mir gefällt!

Mir ist so leicht, als schwebt ich auf lichten Höhn.
Möchte jedem sagen: Bruder, die Welt ist schön!
Die waldigen Berge, das Tal,
der Äther im leuchtenden Strahl,
sie singen von dir,
jubeln mit mir:

O Mädchen, mein Mädchen, wie lieb ich dich!
Wie leuchtet dein Auge, wie liebst du mich!
Du bist mein Leben, mein sonniger Schein,
all meine Freude bist du nur allein,
mit ganzem Herzen bin ich dein!

O Mädchen, mein Mädchen, wie lieb ich dich!
Wie leuchtet dein Auge, wie liebst du mich!
Du Blümlein auf dem Feld, bist mein alles auf der Welt!
O Mädchen, mein Mädchen, wie lieb ich dich!

Angelika schaute erst ein wenig erschrocken auf ihn herab, dann lächelte sie ihn an und sagte: „Cool!"

Nachdem sie ihre Verwunderung überwunden hatte, schüttelte sie den Kopf, fing an zu lachen und fragte: „War das die Überraschung, die du mir heute Morgen beim Frühstück versprochen hast?"

Benjamin ließ sich nicht beirren, er fuhr vielmehr fort zu deklamieren:

„Mädchen, Mädchen, wie lieb ich dich.
Nun frag ich: Liebst du auch mich?"

Während er das erste Liebesgedicht im Internet gefunden hatte, es war ursprünglich ein Lied aus der Operette „Friederike" von Franz Lehar, war der darauf folgende Zweizeiler sein eigenes Werk.

Angelika hatte rote Wangen bekommen und ihre Augen glänzten wässrig, als sie ihm durchs Haar fuhr und mit etwas brüchiger Stimme sagte: „Das weißt du doch, du Dummkopf. Ich liebe dich, und zwar genau so, wie du bist!"

Ihr immer noch vor ihr kniender Freund räusperte sich: „Angelika, ich frage dich an dieser Stelle: Willst du mich heiraten?"

Jetzt war es mit der Fassung der jungen Frau vorbei. Zwei dicke Tränen flossen ihr über die geröteten Wangen. Sie wischte sich dann aber energisch, unter Tränen strahlend lächelnd, über das Gesicht und sagte mit fester Stimme: „Ja, ich will!"

Benjamin sprang hoch, umarmte sie heftig, breitete dann seine Arme aus und tat einen Juchzer.

Luft holend fuhr er fort: „Und jetzt komm, ich habe eine weitere Überraschung für dich!"

Er wollte nach dem Jawort in Richtung des Pavillons am Ende des Weges lustwandeln. Dort hatte Rolf seit einiger Zeit über ein perfektes Picknick gewacht.

Zwischen den Freunden war ausgemacht, dass Rolf hinwegzueilen hatte, wenn das Liebespaar auftauchte. Er sollte sie bei ihrem Verlobungsmahl nicht stören.

Angelika war jedoch nicht von der Stelle zu bewegen. Sie blieb einfach stehen, wie festgewachsen, und starrte auf den Fluss. Verdutzt beendete Benjamin seine Bemühung, sie zu der Festtafel mitzunehmen. Verwirrt sah er sie an und erschrak über ihre entsetzt aufgerissenen Augen. Ihr Gesicht war kalkweiß.

Dann öffnete sich Angelikas Mund wie bei einem Automaten und sie schrie mit aller Kraft los: „Iiiiiiiiih!"

Benjamin war geschockt: War sie vor Glück verrückt geworden?

Seine zappelnde Freundin fest umfangen haltend, folgte er ihrem Blick mit dem seinen, jetzt erkannte er, was seine Angelika so fürchterlich bestürzte.

Unten im Wasser schwamm der leblose Körper einer Frau. Der umgestürzte Baum hatte ihrer nassen Reise ein Ende bereitet. Das heißt, sie dümpelte mehr, als sie schwamm. An dieser Stelle war das Gewässer verhältnismäßig seicht, aber die Strömung dort ziemlich stark. Die Frau lag auf dem Bauch im Fluss. Ihr Gesicht befand sich unter der Wasseroberfläche. Sie war ganz offensichtlich tot, aber ihre langen Haare besaßen immer noch ein Eigenleben. Sie wurden von der Strömung um ihren Kopf gewirbelt, der Kopf selbst bewegte sich leicht.

Der Mensch in der Rezat war nackt. Es konnte sich um keine Puppe handeln, dazu waren die durch die Strömung bedingten Bewegungen des Körpers viel zu geschmeidig.

Benjamin war als Mitglied der Freiwilligen Feuerwehr Ansbach einiges gewohnt. Er reagierte schnell. Aus seiner Hosentasche hatte er bereits routiniert sein Mobiltelefon herausgeholt. Mit fliegenden Fingern wählte er die 112, die Nummer der Rettungsleitstelle, schilderte dem Wachhabenden mit präzisen Worten die Situation und bat ihn, die Feuerwehr, die Polizei und den Notarzt zu verständigen.

„Iiiiiiiiih!"

Angelika hatte nach einer kurzen Pause noch einmal zu schreien begonnen: Benjamin nahm sie fest in seine Arme und drehte sie energisch von dem Anblick des weißlich schimmernden Körpers weg.

Durch den Nebel seines Schocks hindurch musste er feststellen, dass sich sein wochenlang ausgetüftelter Plan, im Pavillon eine festliche Verlobung zu feiern, eben in Luft aufgelöst hatte.

So ein Pech!

Die beiden jungen Leute hatten sich schon vor etwa eineinhalb Jahren in einem Tanzkurs kennen- und lieben gelernt. Seit einem Jahr wohnten sie schon zusammen. Benjamin hatte in dieser Zeit seine Meisterprüfung als Schlosser gemacht. Sein bisheriger Chef beabsichtigte, in einigen Monaten seinen Ruhestand anzutreten. Eines Tages hatte er Benjamin zur Seite genommen und ihn direkt gefragt, ob er sein Nachfolger werden wolle. Der junge Mann hatte sich sehr gefreut. Er sah in dieser Anfrage eine Auszeichnung. Natürlich war er sich sicher, dass er sein Handwerk beherrschte, aber dass der Chef ihn und keinen anderen von seinen fünf Angestellten gefragt hatte, machte ihn enorm stolz. Er hatte sich seitdem noch mehr in seine Arbeit hineingekniet.

Angelika bewunderte sein berufliches Können. Sie war der Meinung, er sollte das Angebot annehmen. Mit ihren Kenntnissen konnte sie ihm gut zur Seite stehen, denn sie war von Beruf Buchhalterin

Warum er sich mit der Inszenierung seines Antrags so viel Mühe gab, hatte einen besonderen Grund. Im Freundeskreis von Angelika und Benjamin fand derzeit eine Art Wettbewerb statt. Es ging bei den Paaren gerade unausgesprochen darum, welcher unter den Partnern dem anderen auf die schönste Weise einen Heiratsantrag machte.

Ein Paar fand sich deshalb auf dem Kirchturm von Sankt Johannis in Ansbach ein, während das Feuerwerk anlässlich der örtlichen Kirchweih sich in seiner ganzen Herrlichkeit vor ihren Augen präsentierte. Der zukünftige Ehemann hatte dazu vorsichtshalber den Eingang des Turmes und das gesamte Treppenhaus des Gebäudes mit bunten Papierstreifen präpariert, damit ihn die „suchende Angebetete" in luftiger Höhe auch fand.

Zwei Liebende waren dazu sogar in die USA gereist, um sich, auf einer Mole sitzend, im Angesicht des gewaltigen Ozeans und im rotgoldenen Schein der untergehenden Sonne, gegenseitig ihrer Liebe zu versichern.

Ebenso einfallsreich wie kostspielig war die Idee von zwei Verliebten, die nach Südafrika fuhren, um sich dort am Kap der Guten Hoffnung, mit Blick auf zwei Meere, bequem auf einem vorspringenden Felsen sitzend, das Jawort zu geben. Die beiden Meere, die sich mit ihrer unendlichen Weite vor ihren Augen vereinten, wurde ihnen zum Symbol ihrer Liebe: zwei, die ewig und unendlich vereint sein wollten.

Benjamins Idee mutete dagegen zwar sehr viel sparsamer, aber keinesfalls einfallslos an. Er hatte sich viele

Gedanken darum gemacht und dabei Effekt und Unkosten sorgfältig abgewogen. Das war o.k. so.

Es hätte alles so schön sein können!

Und nun diese Pleite!

Ein Sturmtrupp im Irrtum

Während ihm diese Gedanken pfeilschnell durch den Kopf flogen, nahm er zweierlei wahr: Die ersten Martinshörner noch entfernt, Feuerwehr und Polizei also im Anrücken, das war gut. Die andere Wahrnehmung fand er beunruhigend. Über die Wiesenfläche kam eine größere Anzahl Leute auf sie zugerannt, sie brüllten laut und fuchtelten mit irgendwelchen Gegenständen in der Luft herum. Benjamin erkannte Schirme, Stöcke und Handtaschen.

An ihrer Spitze rannte ein recht stattlicher Mann in einem merkwürdig altmodischen Anzug, mit einem runden Hut auf dem Kopf. In der Hand trug er eine Aktentasche. Das Gesicht des Mannes leuchtete feuerrot. Über seinem weit geöffneten Mund prangte ein dicker Schnauzbart. Sein Keuchen war schon aus einiger Entfernung zu hören.

Angelika schien von all dem nichts mitzubekommen. Sie schluchzte immer noch laut und stieß ab und zu einen Schrei aus. „Total im Schock", befand Benjamin.

Jetzt war die rasende Menge bei ihnen angelangt. Benjamin stand rat- und bewegungslos da und hielt seine Freundin fest umfangen. Der Anführer stürzte auf ihn zu, packte ihn mit der einen Hand hart am Genick. Mit der anderen Hand ergriff er den rechten Arm und drehte ihn dem völlig verblüfften jungen Mann kraftvoll auf den Rücken. Ein Tritt in die Kniekehle und Benjamin fiel schreiend zu Boden. Der Wuchtige drückte ihm sein Knie in den Rücken. Benjamin strampelte und schrie verzweifelt, aber es half ihm alles nichts. Er war blitzschnell und sachkundig kampfunfähig gemacht worden. Was er in dieser Lage nicht sehen konnte, war, dass die Gruppe der Angreifer aus lauter älteren Menschen bestand, die jetzt schwer atmend um ihn und den altmodisch Gekleideten herumstanden und laut Beschimpfungen auf ihn herabbrüllten. Eine alte Dame tat sich besonders dabei hervor. Sie war wohl in eine Art Gewaltrausch verfallen. Unter lautem Krakeelen schwang sie ihre Handtasche und schlug zu. Sie traf damit aber nicht den am Boden liegenden Benjamin, sondern den stattlichen Angreifer, und zwar mit einer solchen Wucht, dass der Verschluss der Tasche aufging und der gesamte Inhalt sich über Benjamin und seinen übermächtigen Gegner ergoss. Dessen runder Hut wirkte mit einem Mal flach wie eine Scheibe.

Damit aber nicht genug. Angelika war plötzlich von ihrem Schockzustand erwacht. Sie sah, dass ihr Geliebter von einem fremden Mann auf den Boden gedrückt wurde, und handelte sofort. In den Schlag gegen das Gesicht des merkwürdigen Mannes legte sie ihre ganze Kraft und traf ihn voll von der Seite. Die Wucht des Streiches bewirkte, dass der Kopf des Mannes ruckartig herumgerissen wurde und sein runder Hut wie ein Diskus durch die Luft segelte. Angelika fing wieder an, laut zu schreien, diesmal: „Lass den Benjamin los, du Verbrecher!" Dabei drosch sie kräftig mit ihren kleinen Fäusten auf den Mann ein. Tatsächlich nahm der seine Arme hoch, um seinen Kopf vor den Schlägen zu schützen, die auf ihn herunterprasselten.

Plötzlich verstummte die Gruppe erschüttert. Nur Angelikas Geschrei und das jetzt ohrenbetäubende Hupen der Martinshörner waren zu hören. Benjamin atmete ganz tief durch, als der Schmerz in seinem Arm und das schwere Gewicht auf seinem Rücken plötzlich nachließen. Er zappelte noch ein bisschen am Boden und versuchte dann, stöhnend aufzustehen. Der seltsam gekleidete Herr stand jetzt mit zur Abwehr erhobenen Händen vor Angelika und war ganz und gar in Verlegenheit. Sein Gesicht war blaurot angelaufen. Die heftigen Schläge hatten deutliche Spuren hinterlassen, die noch einige Tage zu sehen sein würden. Er musste so sehr schnaufen, dass ihm zunächst keine Luft blieb, um irgendetwas zu sagen.

Was war geschehen? Ottokar Hauptvogel, fünfzig Jahre alt, ein Meter vierundachtzig groß und ziemlich übergewichtig, war unter anderem Stadtführer in Ansbach. Er hatte eben das Denkmal im Hofgarten besichtigt, das an das Attentat auf Kaspar Hauser erinnerte „Hic occultus ..." und so weiter, als er und die Seniorengruppe aus Dinkelsbühl die entsetzlichen Schreie einer Frau hörten, die aus einiger Entfernung zu ihnen herübertönten.

Die Senioren waren sofort höchst alarmiert. Aus den Medien wusste man ja, was das zu bedeuten hatte: „Überfall!", schrie einer.

„Ausländer überfallen schon wieder eine unserer Frauen!", schrie eine andere. Sofort rannte man mit viel Grimm und erhobenen Stöcken, Schirmen und Taschen los, so schnell die betagten Füße und die Arthroseknie und -hüften es eben erlaubten. Der Sturmtrupp wurde umständehalber von den etwas Fitteren unter ihnen angeführt, während die Rollatorfahrer und -fahrerinnen merklich zurückblieben. An der Spitze jagte Ottokar Hauptvogel voran, denn er war trotz seines Gewichtes überraschend behände.

Das musste er auch sein, denn neben seiner Tätigkeit als Stadtführer betrieb er auch noch eine recht gut gehende Detektei. In Ansbach gab es für ihn als Privatdetektiv merkwürdigerweise viel zu tun, was vielleicht nicht so sehr daran lag, dass zum Beispiel die Zahl der Seitensprünge in dieser Stadt höher gewesen wäre als anderswo, aber vielleicht gab es mehr eifersüchtige Partner und Partnerinnen als in anderen Städten? Wer wusste das schon? Hauptvogel war das egal, Hauptsache sein Laden brummte – und das tat er.

Er war neben den unzähligen Künsten, die er in

dem Detektivberuf auszuüben hatte, zum Beispiel wie man jemanden fachmännisch beobachtete und Indizien für eine Verfehlung fand und anderes mehr, auch in der Kunst des Nahkampfes ausgebildet. Benjamin hatte diese Fähigkeiten gerade am eigenen Leibe erleben dürfen.

Hauptvogel ärgerte sich, dass er sich von der Aufregung der Rentner hatte mitreißen lassen.

Jetzt stand er verlegen und mit hängenden Schultern vor den beiden jungen Leuten.

Die Senioren murmelten ebenfalls verlegen vor sich hin. Eine Frau fand einen Ausweg aus ihrem Dilemma. Sie drehte den Spieß einfach um und fing an zu schimpfen: „Wir konnten doch nicht wissen, dass Ihr Geschrei Teil eines Liebesspiels war! Wie kann man sich nur so ordinär in der Öffentlichkeit aufführen, das ist ja skandalös!"

„Und so jemandem wollten wir zu Hilfe eilen!", stimmte ihr ein griesgrämig aussehender Mann im besten Rentenalter zu. Jetzt erhoben auch die anderen ihre Stimmen und schimpften. Anders Hauptvogel, der einen feinen Herrn markierte, der geradewegs aus dem neunzehnten Jahrhundert zu kommen schien.

„Also, das ist mir jetzt obber schrecklich beinlich!", stieß er hervor. „Ich hob dachd, Sie werdn überfalln, und wollt Ihnen helfen. Dass Sie quasi zum Vergnügn schrein, konnd ich ja ned wissn." Und zu Benjamin hingewandt: „Endschuldign 'S bidde, wor ned so gmeind. Nix für ungud! Wenn bei Ihnen etz grod was kabud gangen is, wärds von mir selbstverständli in Ordnung brachd."

Natürlich war Hauptvogel auch einer geschliffenen hochdeutschen Ausdrucksweise mächtig, aber in seiner Aufregung verfiel er unweigerlich in die Sprache seiner Heimat.

Benjamin war schrecklich wütend. Er betastete mit verzogenem Gesicht seinen schmerzenden Arm und seinen gequetschten Rücken. Empört schrie er die vor ihm Stehenden an: „Da unten im Wasser schwimmt eine nackte tote Frau, deshalb hat meine Freundin geschrien. Ihr seid über uns hergefallen wie eine Herde Quartalsirrer! Und jetzt beleidigt ihr die Angelika und mich auch noch! Schaut nur runter in die Rezat, da schwimmt sie, und dann könnt ihr verschwinden. Ihr steht nur der Feuerwehr im Weg."

Zu nah am Wasser

Tatsächlich hatten die Feuerwehrleute inzwischen ein großes Tor neben der Orangerie geöffnet und stellten ihre Einsatzfahrzeuge auf den Platz dahinter. Einige Männer waren bereits dabei, einen Anhänger mit einem Schlauchboot darauf in Richtung Fluss zu rollen. Andere rannten auf die Gruppe Menschen zu, die jetzt entsetzt und von glühender Sensationslust gepackt zum Wasser hindrängten und auf die Stelle im Fluss deuteten, an der die nackte Gestalt dümpelte. Dabei schnatterten sie lautstark und fuhren mit Händen und Armen erregt in der Luft herum.

Einer der Feuerwehrler ging auf Benjamin zu: „Beni, was machst denn du am helllichten Tag im Hofgarten? Wo ist denn deine Wasserleiche?"

„Da unten liegt sie!", Benjamin deutete hinunter.

„Allmächt! Was für Verrückte sind denn das?"

„Die gehören nicht zu mir. Der mit dem Anzug hat die angeschleppt. Die haben mich angegriffen."

„Was? Auch noch ein Überfall? Haben die die Frau umgebracht? Die gehören ja alle sofort eingesperrt!"

„Nein, du verstehst mich falsch, die wollten Angelika vor mir retten."

Jetzt fing sein Gegenüber zu lachen an. Er feixte: „Das kann ich gut verstehen!"

Dann wurde er schnell wieder ernst: „Also die Chaoten müssen ganz schnell weg hier, die behindern alles mit ihrer Sensationsgier. Schau bloß, wie die sich ans Wasser drängen! Sonst tun sie so, als könnten sie kaum laufen, und jetzt sind sie glatt bis zum Fluss hinuntergeklettert, sogar die mit Rollator. Es ist nicht zu fassen!"

Patsch! Da war es bereits geschehen. Einer der ganz vorne stehenden Rentner war von hinten geschubst worden. Er verlor das Gleichgewicht und landete im Wasser. Die anderen schrien jetzt noch mehr. Einige Männer zogen den tropfnassen „Kollegen", der glücklicherweise in Reichweite lag, mit vereinten Kräften wieder an Land. Eine Frau, offenbar die des Gefallenen, rief laut: „Um Himmels willen, jetzt hat er schon wieder einen Quatsch gemacht! So etwas macht der dauernd und ich muss ihn dann pflegen! Es ist schon ein rechtes Kreuz mit dem alten Dackel!"

Unter dem Geschrei der Gruppe, in das sich nun auch Gelächter gemischt hatte, waren die anderen Feuerwehrleute bei den Versammelten angekommen.

Der Feuerwehrmann, der Benjamin angesprochen hatte, war ihr Kommandant. Er schien die Lage trotz seines Geplänkels mit Benjamin bereits analysiert zu haben und erteilte seinen Trupps exakte Befehle in entsprechender Lautstärke: „Die tote Person da unten darf nicht wegschwimmen, deshalb wird die Schlauchbootbesatzung so bei ihr Stellung beziehen, dass sie notfalls fixiert werden kann. Ins Boot marsch!" Drei Männer und eine junge Frau rannten sofort los, um das Boot zu Wasser zu bringen.

„Wir müssen die Polizei abwarten, bevor wir die Person bergen." Er deutete auf einige Männer: „Du und du und du, ihr klettert die Böschung hinunter und geht wenn nötig der Bootsbesatzung zur Hand! Vorher verjagt ihr bitte diesen wüsten Haufen Rentner!" Die Angesprochenen eilten zur Böschung hin und fingen dort an, auf die Menschengruppe unten einzureden. Zögernd und missmutig machten sich die Senioren an den Aufstieg, weg von den weiteren Ereignissen. Sie waren vom Fernsehen gewohnt, immer in der ersten Reihe zu sitzen. Warum durften sie das hier nicht?

Inzwischen waren auch Notarzt und Sanitäter eingetroffen.

Der Patschnasse wurde von einem Feuerwehrmann

zu einem der Rettungsfahrzeuge geleitet. Dort würde man versuchen, ihn zu trocknen. Seine Frau begleitete beide mit lautem Gezeter.

Ottokar Hauptvogel sah seinen beiden Gästen skeptisch hinterher und dachte sich dabei: „Sie werden ihn im Sanitätsauto sicher wieder trocken bekommen, aber seine Kleider sind tropfnass. Was werden sie ihm anziehen?"

Die Helfer vom Roten Kreuz waren inzwischen mit ihren Einsatzkoffern auf die aufgeregte Gruppe Menschen zugerannt. Der Feuerwehrkommandant erklärte ihnen die Lage. Notarzt und Sanitäter kletterten daraufhin eilig den Hang hinab und bemühten sich, möglichst in die Nähe der Schwimmenden zu kommen. Nachdem sie geschaut und diskutiert hatten, stiegen sie wieder hoch. Der Arzt sagte zu dem Kommandanten: „Die ist tot, da besteht kein Zweifel. Mit dem Gesicht im Wasser kriegt man keine Luft. Ich vermute, dass hier ein Verbrechen geschehen ist, sonst würde sie nicht ohne Kleider im Wasser liegen. Ich überlasse diese Sache lieber der Gerichtsmedizinerin. Die redet mich sonst wieder nur dumm an, wenn ich mich zu sehr einmische." Der Feuerwehrmann nickte zustimmend. Er kannte Frau Doktor Brigitte Renz und wusste aus eigener Erfahrung, wovon der Arzt sprach.

Im Hintergrund war nun endlich auch ein Streifenwagen der Polizei in den Park eingefahren. „Das wird aber auch Zeit!", maulte der Arzt.

„Die haben gerade einfach zu wenig Personal", wandte der Feuerwehrmann ein.

„Wo die überall sein sollten!", legte er kopfschüttelnd nach. „Auf deren Rücken werden jetzt die Versäumnisse unserer Politiker und der ‚Experten' abgeladen. Die können einem nur noch leidtun!"

Der Arzt nickte jetzt verständnisvoll: „Es ist alles nicht zu verstehen, was da so läuft!"

Nach dem ersten Streifenwagen trafen kurz nacheinander zwei weitere ein.

Während die Feuerwehrleute sich mit ihrem Schlauchboot so in der Rezat positioniert hatten, dass sie die leblose Person notfalls am Abdriften hindern konnten, hatten die Streifenpolizisten damit begonnen, vor der Fundstelle eine großräumige Absperrung vorzunehmen.

Rasender Reporter

Vorher hatte sich ein Zivilist ganz unauffällig unter die Feuerwehrler gemischt und mit seiner Kamera eine Serie Fotos von der Gestalt im Wasser gemacht. Er hatte dabei keinen Blitz benutzt, so hatte das zunächst niemand bemerkt. Erst als eine kleine Gruppe von drei weiteren in Zivil gekleideten Beamten herbeigeeilt war, verdrückte er sich durch die Büsche. Alle waren mit ihren Blicken auf den Fluss fixiert gewesen.

Der Journalist Herbert Mostrich lief auf die immer noch in der Nähe stehende Gruppe hinter dem Abgrenzungsband zu und fing an, die Zeugen des Fundes mithilfe eines Aufnahmegerätes zu befragen. Mostrich hoffte damit, neben einem Artikel in der „Ansbacher Rundschau" auch noch eine Reportage für die Radiosender zustande zu bringen. Er würde diese dann über einen sogenannten „Freelancer", wie man die frei arbeitenden Journalisten im Fachjargon nannte, bei diesen Medien unterbringen. Damit würde auch für ihn etwas Honorar abfallen. Darüber hinaus fing er nach seiner Befragung sofort an, die Szene am Fluss mit seiner Kamera zu filmen. Er würde den Film mit einigen eindrucksvollen Sequenzen von der Redaktion aus sofort an das Fernsehen leiten. Mostrich erwies sich wieder einmal als cleverer Reporter, der es verstand, mehrere Fliegen mit einer Klappe zu schlagen. Wie gut übrigens, dass er sein Ohr ständig am Polizeifunk hatte. Oft war er so schneller am Ort des Geschehens als die Polizei, die ihm zu seinem Ärger dauernd in die Quere kam, wenn er das Sensationsbedürfnis seines Publikums in besonders penetranter Art und Weise zu befriedigen hoffte. Mostrich verdankte seinen für einen Publizisten beträchtlichen Wohlstand seiner Vielseitigkeit und nicht zuletzt auch seiner absoluten Skrupellosigkeit. Der Polizei war er durch seine lästige Art ein Dorn im Auge. Er rächte sich für ihre wiederholten Störungen seiner Tätigkeiten mit giftigen Artikeln, in denen er die Beamten meist scharf attackierte.

Mostrich setzte seine Kamera ab. Er hatte bereits einige gute Filmaufnahmen im Kasten, da war er sich sicher. Nun musste er nur noch warten, bis man die Leiche vom Wasser herauftransportierte. Der Journalist erhoffte sich von dieser Aktion noch einige spektakuläre Momente, die gut in die Reportage passen würden.

Erst jetzt nahm er die erregte Menschengruppe richtig wahr, die auf der Rasenfläche immer noch debattierend verweilte. Ein Polizist hatte sich zu den Senioren gesellt und sie zum Bleiben verdonnert; denn sie sollten noch als Zeugen befragt werden. Das löste einen ziemlichen Tumult bei den alten Leuten aus, denn damit war das pünktliche Mittagessen – ein Heiligtum bei jedem Ausflug – verschoben. Sensation hin oder her, das Essen war immer noch das Wichtigste!

Mitten in der Gruppe entdeckte Mostrich zu seinem Entzücken Ottokar Hauptvogel. Er konnte sich im Moment keinen besseren Vertreter der Zeugenschaft vorstellen. Hauptvogel hatte inzwischen seinen zusammengedrückten Hut ausgebeult und stand nun wieder wie eine Eins da, einmal abgesehen von den Schmutzflecken an den Hosenbeinen. Besser gesagt markierte er nun wieder den korrekten Beamten früherer Zeiten.

Mostrich eilte zu ihm hin. Unwillkürlich verzog Hauptvogel sein Gesicht, als er den Schreiber mit unternehmungslustigem Gesicht auf sich zukommen sah. „Oh, der schon wieder!"

Kaum bei ihm angekommen, legte er sofort los. Er hatte sein kleines Aufnahmegerät in die Hand genommen und einen kurzen Text hineingesprochen, in dem er einer imaginären Zuhörerschaft zunächst erklärte, was los war und welchen interessanten Zeugen er nun sprechen würde. Er strich natürlich besonders heraus, dass es sich bei dem Befragten um einen leibhaftigen Privatdetektiv handelte. Hauptvogel hatte plötzlich das Aufnahmegerät unter der Nase.

Mostrich fing an, Fragen zu stellen: „Herr Hauptvogel, Sie waren einer der Ersten, die das mutmaßliche Mordopfer im Fluss treibend aufgefunden haben. Was können Sie unseren Zuhörern darüber berichten? Wie ist Ihnen persönlich zumute gewesen, als sie die nackte Tote vor sich sahen, und welche ersten Schlüsse haben Sie als Privatdetektiv bereits gezogen?"

Ottokar Hauptvogel räusperte sich kurz, dann erzählte er das Geschehen aus seiner Sicht. Wohlweislich ließ er dabei die Sache mit dem vermuteten Überfall weg.

Zur Enttäuschung des Journalisten ging er nicht darauf ein, welche Schlüsse er aus dem Vorfall zog. Das wolle er der Polizei überlassen, erklärte er und machte durch eine abschließende Handbewegung klar, dass er sich zu dem Vorfall nicht weiter äußern würde.

Mostrich schwenkte angesäuert weg und fing an, Mitglieder der Seniorengruppe zu befragen. Ein Mann gab seiner Überzeugung Ausdruck, dass hier natürlich Flüchtlinge, vorzugsweise aus Nordafrika, ihre Hand im Spiel gehabt hätten. „Die wollen uns ja unsere Frauen wegnehmen!", ereiferte er sich.

Eine der Damen ließ sich über den Verfall der Moral, besonders bei jungen, hübschen Frauen aus, „die es mit ihrem Verhalten doch geradezu herausforderten, umgebracht zu werden ... oder sonst was", meinte sie.

Eine andere brach auf seine Frage, wie es ihr jetzt gehe, sofort in Tränen aus: „Ich bin fix und fertig! Ich wollte hier einen schönen Tag mit meinen Bekannten verleben und dann bekommt man so etwas zu sehen! Jetzt stehen wir auf dieser Wiese und sind Gefangene der Polizei, anstatt in einem netten Lokal gemütlich zu Mittag zu essen. Es ist eine Zumutung sondergleichen! Ich komme in meinem Leben nie mehr nach Ansbach!"

Mostrich bedankte sich und richtete seine Aufmerksamkeit wieder auf das Geschehen am Flussufer. Er hatte gewohnheitsmäßig bei seinen beruflichen Aktivitäten immer einen kleinen Feldstecher einstecken. Durch dessen Objektiv entdeckte er Angehörige der Ansbacher Kriminalpolizei. Er erkannte Kommissar Karl-Otto Grollmisch, genannt Carlo, besonders gut an dessen Haaren, die ihm vom Kopf abstanden, als hätte er mit nassen Fingern einen Draht in eine Steckdose gesteckt. Karl-Otto Grollmich legte seit einiger Zeit Wert darauf, dass sein Spitzname „Carlo" mit „C" statt mit „K" geschrieben wurde. Er fand das eleganter. An seiner Seite stand Oberkommissarin Konstanze Grunwald, schlank, sportlicher Typ, schick gekleidet wie immer. Von ihr wusste er, dass sie einige Zeit krankheitshalber beruflich pausiert hatte. Auch der Chef der Kripo, Wolfgang Sperber, war derzeit im Krankenstand. Bei einer seiner letzten Fälle wurde er schwer verletzt und war immer noch nicht dienstfähig. An seiner Statt war Frau Myriam Hartwig aus Nürnberg eingesprungen. Eine Polizistin mit einem Faible für Aberglauben und Esoterik.

Vom Eingang her kam eben Frau Doktor Brigitte Renz angestöckelt. Zu „High Heels" trug sie wieder ein äußerst elegantes Kostüm. Selbst aus dieser Entfernung meinte er, die resolute Ausstrahlung der schicken Gerichtsmedizinerin zu spüren. Kaum war sie oberhalb der Leiche angekommen, gab sie schon Anweisungen, das war dem selbstbewusst-autoritären Gesichtsausdruck und ihren herrischen Gesten auch ohne Ton zu entnehmen. Zwei Männer der Spurensicherung gingen daraufhin schnellen Schrittes zum grauen Kastenwagen der „Spusi" und hoben eine große Kiste heraus, die sie in der

Nähe des Fundortes auf der Wiese abstellten. Mostrich wusste, was das bedeutete. Man würde ein Zelt aufstellen, in dem eine erste gerichtsmedizinische Begutachtung durchgeführt werden würde. „Mist! Kein Blick auf die Leiche mehr möglich!" Der Reporter überlegte, was er nun unternehmen könnte: einfach alles zu filmen, was ihm vor die Linse kam. Die Fernsehleute konnten selbst entscheiden, was ihnen davon interessant erschien.

Er beobachtete durch den Sucher, dass nun auch der Leitende Oberstaatsanwalt Doktor Sauber eingetroffen war und schnellen Schrittes der Fundstelle zustrebte.

Für den Journalisten war es nun höchste Zeit, seine Artikel und Aufnahmen weiterzugeben, um sie vor den anderen bei den Redaktionen zu lancieren.

Herbert Mostrich filmte noch die Bergung der Leiche, dann lief er, so schnell es ihm möglich war, in Richtung Redaktion der Ansbacher Rundschau.

Es war höchste Zeit, denn er sah, dass einige seiner Kollegen bereits mit ihren Kameras vor Ort eingetroffen waren. Er musste seine Berichte schleunigst absetzen, um ihnen zuvorzukommen.

Bevor er die Brücke über die Rezat überquerte, legte er noch kurz einen Stopp vor einer Stelle am Flussufer ein, die der Fundstelle der Leiche ähnlich sah. Der clevere Mostrich hatte bei beruflichen Recherchen vorsichtshalber immer seine „Betroffenheitsutensilien" dabei. Also eine Kerze, eine künstliche Rose, deren Stängel er immer erst geradebiegen musste, ein Pappschild mit der Aufschrift „Warum?" und einen kleinen Teddybären. Der Bär war heute nicht nötig, weil es sich bei dem Opfer um eine Erwachsene und nicht um ein Kind oder einen Jugendlichen handelte. Kerze und Pappschild stellte er geschwind ans Ufer und legte die künstliche Rose dazu. So fotografierte und filmte er das „Stillleben". Das machte sich immer gut und brachte ihm etwas ein.

Dann beeilte er sich, um seine Werke abzuliefern.

In der Zwischenzeit hatten die Feuerwehrleute die Leiche aus dem Fluss geholt.

Vorher hatte ein Fotograf des Erkennungsdienstes den Körper und seine Lage im Fluss von allen Seiten fotografiert. Die Angehörigen der Feuerwehr und die Sanitäter bargen ihn daraufhin mit einiger Mühe. Schon am Ufer wurde er mit einer dieser dünnen, metallfarbenen Rettungsdecken abgedeckt.

Damit war er endgültig allen sensationsgeilen Augen entzogen; auch denen von der gegenüberliegenden Straßenseite. Dort war mittlerweile eine größere Gruppe Menschen, von den Blaulichtern angelockt, stehen geblieben und hatte in das Wasser hinabgestarrt. Immer wieder waren aufgeregte Stimmen von der Gegenseite zu hören gewesen.

Von bösen Geistern um Mitternacht gekillt?

Die Einsatzkräfte schafften den abgedeckten, nassen, leblosen Körper auf einer Trage vom Fluss die Böschung herauf in das schnell errichtete Zelt.

Dort warteten schon die Kriminalbeamten, Oberstaatsanwalt Doktor Sauber und Gottfried Arpogaus, der Chef der Spurensicherung, auf die Gerichtsmedizinerin.

Nachdem die Leiche von der Trage auf eine schnell aufgestellte flache Liege gebettet worden war, lag sie nackt vor ihnen. Bei Carlo löste dieses Ausgeliefertsein, diese Schutzlosigkeit, ein beklemmendes Gefühl aus.

Er konnte einerseits den Blick nicht von dem schönen Körper wenden, andererseits gab es in dem Zelt wenig Möglichkeit, dem Anblick des getöteten Menschen auszuweichen. Es nützte auch nichts, wenn er jetzt seinen Blick zu Boden wenden würde oder die Zeltwände anstarrte. Das hier war sein Job und die Wahrnehmung von Tatsachen gehörte unweigerlich dazu. Irgendwie kam ihm die Frau auch bekannt vor. Er wusste aber nicht, bei welchem Anlass er sie schon gesehen hatte.

Frau Doktor Renz schien der Anblick weniger anzurühren oder sie ließ es sich vielleicht einfach nicht anmerken. Sie hatte sich rasch Gummihandschuhe angezogen und fing dann in ihrer sachlichen Art an, in ein Diktiergerät zu sprechen und dabei die Leiche oberflächlich zu untersuchen.

In den ersten Worten ihrer Begutachtung bestätigte sie zunächst, dass es sich bei der Toten um eine Frau handelte, deren Alter die Medizinerin auf Ende zwanzig, Anfang dreißig schätzte. Die tote Frau hatte sehr hübsche, gleichmäßige Gesichtszüge und einen ausgesprochen schönen Körper. Brigitte Renz legte sich beim Todeszeitpunkt zunächst noch unverbindlich auf plus/minus vierundzwanzig Uhr in der vergangenen Nacht fest. Sie war sich nicht ganz sicher; denn nachdem der Körper im kalten Wasser gelegen hatte, war die Ausprägung der Leichenstarre nicht so einfach als Mittel zur Bestimmung des Todeszeitpunktes heranzuziehen. Nach weiterer Untersuchung fasste Frau Renz zusammen: „Alle Symptome deuten auf einen Erstickungstod hin. Ob sie ertrunken ist, wird sich zeigen. Mit Bestimmtheit kann ich darüber erst etwas nach der Obduktion sagen."

Hauptkommissarin Hartwig meldete sich zu Wort. Mit unheilschwangerem Unterton in der Stimme sagte sie: „Ich vermute, diese Frau war in der Nacht noch unterwegs und wurde überfallen und ermordet. Da gibt es doch diese Gruftis, die sich nachts auf den Friedhöfen herumtreiben. Neulich hatten wir doch auch schon Beschwerden von Anwohnern. So ein Umhertollen auf dem Friedhof um Mitternacht kann geistvoll beginnen, jedoch seelenlos enden. Die Geister der Toten sind unberechenbar." Sie sah die Umstehenden bei ihren Worten scharf an und nickte dabei, um ihre Worte zu unterstreichen.

Carlo und Konstanze wechselten einen kurzen Blick, der sie in dem Eindruck „Die spinnt wohl!" verband.

Doktor Sauber nahm diese Sätze jedoch gleich zum Anlass, um – bildlich gesprochen – an die Zeltdecke zu gehen. Lautstark fing er an, die Polizistin maßzuregeln: „Frau Hauptkommissarin, bei aller Wertschätzung frage ich mich doch, wie Sie auf solche seltsamen Hirngespinste kommen! Von bösen Geistern um Mitternacht auf dem Friedhof gekillt! Ich denke, ich bin in einem dieser blöden Horrorfilme gelandet! Da findet man eine tote Frau in diesem Fluss und Sie fantasieren sich gleich etwas zusammen, ohne weiter nachzuforschen. Das Mittelalter lässt grüßen! Sie machen mich noch verrückt mit Ihrer Esoterik! Ich verbitte mir dieses Gerede in meiner Anwesenheit. Wenn ich einen solchen Unsinn noch einmal von

Ihnen höre, wende ich mich an Ihren Vorgesetzten, damit Sie eine Abmahnung bekommen! Ich erwarte von Ihnen bis spätestens siebzehn Uhr einen detaillierten Bericht über Ihre ersten Ermittlungsmaßnahmen!"

Die Polizistin nahm den Angriff gelassen hin und machte zunächst ein wissendes Gesicht, dann sah sie den Oberstaatsanwalt mit herablassendem Lächeln an: „Wer sich mit diesen Dingen nicht auskennt, sollte sich mit seinem Urteil ebenfalls zurückhalten."

Diese respektlose Rede hatte zur Folge, dass der Oberstaatsanwalt das Zelt voller Wut und laut schimpfend verließ.

„Wissen möchte ich bloß, wer Ihnen diesen Krampf ins Gehirn geblasen hat!", ergänzte Doktor Renz die Worte Saubers. „Aber halt! Bitte sagen Sie es mir nicht, sonst beginne ich noch, an meinem eigenen Verstand zu zweifeln! So, von mir aus kann die Leiche ins Institut geschafft werden. Die Obduktion setze ich auf morgen Vormittag elf Uhr fest. Wer dabei Esoterikschmus spricht, wird meinen Arbeitsraum sofort verlassen, damit das schon mal klar ist."

Myriam Hartwig schüttelte ihren Kopf mit Leidensmiene, sagte aber kein Wort. Doktor Renz verschwand grußlos und ebenfalls kopfschüttelnd aus dem Zelt.

Carlo und Konstanze hatten den Disput zunächst amüsiert, dann aber mit immer bedenklicherem Gesicht verfolgt. Diese Ermittlung hatte nicht gut begonnen. Ihre Chefin war anscheinend auf irgendeinem merkwürdigen Trip. Schon beim Verlassen der Inspektion hatte sie ernsthaft orakelt: „Heute ist Mittwoch, das ist gar nicht gut! Im englischsprachigen Raum wird er Wednesday genannt. Das Wort leidet sich von Wodan ab, der auch unter anderem als Gott des Todes bezeichnet wird. Kein Wunder, dass heute eine Tote gefunden wurde!"

Konstanze und Carlo tauschten nach diesen Worten

einen Blick aus, der unausgesprochen ausdrückte, was beide dachten: „Mann, die nervt mit ihrem Geschmarre!“

Nachdem auch die Kommissare das Zelt verlassen hatten, wandte sich Konstanze ihr entschlossen zu: „Myriam, was ist los mit dir? Wie kommst du dazu, eine so merkwürdige Vermutung zu äußern? Wir wissen doch noch überhaupt nicht, was zum Tod der Frau geführt hat.“

Harsch entgegnete ihr die Kollegin: „Deinen Worten entnehme ich, dass du noch ganz in einseitig materieller Sicht verhaftet bist. Ich jedoch ziehe die ganzheitliche Sicht der Dinge bei meinen Nachforschungen vor. Es gibt eben doch mehr Dinge zwischen Himmel und Erde, als ihr beide euch vorstellen könnt.“

„Das kann schon sein, aber ich verlasse mich eben doch lieber auf meine Sinne und die Erkenntnisse der Kollegen der Fachwissenschaft.“

„Du bist ganz offensichtlich immer noch sehr erdgebunden!“, Myriam Hartwig lächelte Konstanze zwar an, aber ihre Stimme hatte einen spöttischen Unterton.

Nachdenklich hatte Gottfried Arpogaus die verschiedenen Wortwechsel verfolgt, sich aber nicht eingemischt, und ging in aller Stille von den Beamten weg, ohne sich zu verabschieden. In Gedanken versunken trat der erfahrene Spusi-Mann zu seinen Leuten, die an diesem Ort wohl vergeblich nach verwertbaren Spuren suchen würden.

Carlo hielt es nicht länger aus: „Myriam, mir hängt dein Gerede mittlerweile auch zum Hals heraus! Ich möchte wissen, was jetzt für mich zu tun ist. Ein philosophisches Trio können wir jetzt gerade nicht geben. Ich schlage vor, wir führen erste Befragungen der Zeugen durch und lassen ihre Daten feststellen. Nebenher fragen wir ab, ob aktuell eine entsprechende Vermisstenmeldung eingegangen ist. Arpogaus sollten wir um die

Fingerabdrücke der Toten und um ein einigermaßen gut aussehendes Foto ihres Gesichtes bitten. Wir können es an die Zeitung geben unter ‚Wer kennt diese Frau?'."

Ohne eine Anordnung oder sonst eine Reaktion seiner Vorgesetzten abzuwarten, lief er auf die Seniorengruppe zu. Unter ihnen erkannte er Ottokar Hauptvogel, der sich in jeder Hinsicht von den anderen abhob. Würdevoll stand er mit Pokerface inmitten seiner Schar, die ihn schnatternd und händeringend umgab.

Carlo ging auf ihn zu und sagte ohne Umschweife: „Grüß Gott Herr Hauptvogel, mein Name ist Grollmisch, ich bin Kriminalkommissar. Welche persönlichen Beobachtungen bei der Auffindung der Leiche können Sie mir berichten? Bitte von Anfang an."

Der Detektiv umriss mit kurzen, klaren Sätzen seine Erlebnisse, dabei bezog er den Konflikt mit den jungen Leuten diesmal mit ein. Er wurde bei der Schilderung seiner misslungenen Frauenrettung feuerrot im Gesicht. Carlo verzog sein Gesicht und konnte sich schwer entschließen, ob er tadelnd aussehen wollte oder doch lieber das Grinsen vorzog. Sein Gesicht blieb deshalb in einem merkwürdigen Ausdruck verhaftet. Er zog in seiner Unsicherheit einen Block und einen Stift aus der Tasche und begann, sich ein wenig verbissen Notizen zu machen. Nachdem ihn Hauptvogel auf die beiden jungen Menschen hingewiesen hatte, die eigentlich die Entdecker der Leiche waren, ging Carlo auf diese beiden zu, stellte sich vor und befragte sie.

Benjamin und Angelika waren bis dahin eng umschlungen etwas abseits der Seniorengruppe gestanden und hatten aufmerksam herübergeblickt. Der Schock saß ihnen noch in allen Gliedern. Sie gaben ihm bereitwillig Auskunft. Enttäuschenderweise unterschied sie sich kaum von der des Stadtführers.

Nachdem sich Carlo wieder von ihnen abgewandt hatte, winkte er einige Streifenpolizisten herbei und wies sie an, die Daten der Zeugen aufzunehmen und ihnen dann zu sagen, dass sie gehen konnten.

Die Beamten fingen sofort mit der Aufnahme an und wenig später konnte man eine nach Essen und Trinken lechzende Gruppe aus dem Hofgarten in Richtung Innenstadt stürmen sehen. An ihrer Spitze Ottokar Hauptvogel.

Angelika und Benjamin gingen zum Pavillon hinüber. Ihr Freund Rolf stand immer noch dort und machte bei ihrem Anblick ein vorwurfsvolles Gesicht. „Ich hab schon gedacht, ich muss hier im Anblick aller Köstlichkeiten verhungern!", sagte er missmutig.

„Mensch, hast du denn nicht mitgekriegt, was hier ein paar Meter weiter los war und noch los ist?" Benjamin und Angelika schüttelten voller Unverständnis den Kopf.

„Na klar habe ich das, ich bin doch nicht blind und taub, aber du hast gesagt, ich soll euer Verlobungsessen bewachen, darum bin ich hier stehen geblieben und habe meine Pflicht erfüllt."

Angelika und Benjamin schauten ihn fassungslos an. „Obwohl du praktisch alles mitgehört hast, auch diesen Angriff auf mich, hast du dich nicht eingemischt?", fragte Benjamin nach.

„Befehl ist Befehl! Ich tue meine Pflicht, das hat man mir beim Bund so eingetrichtert", erwiderte Rolf steif.

„Ich bin bloß froh, dass ich nicht bei deiner Truppe dienen musste. Irgendwie haben die bei dir etwas ausgeschaltet."

Benjamin konnte sich nur noch wundern. Dann sagte er im Befehlston: „Gefreiter Rolf Baier, sofort hinsetzen und Essen fassen!"

Rolf ließ sich spontan auf den Boden fallen und griff sich einen gebratenen Hähnchenschenkel, von dem er heißhungrig herunterbiss. Angelika und Benjamin sahen sich etwas resigniert an und ließen sich dann ebenfalls nieder, um mit dem Kumpel zu essen. Immer wieder schauten sie dabei auf Rolf, der ihnen jetzt wirklich komisch vorkam. Sie wussten nicht recht, was sie mit ihm reden sollten.

Konstanze hatte in der Zwischenzeit auf der Inspektion nachgefragt, ob eine Vermisstenmeldung eingegangen war, aber niemand vermisste anscheinend bislang eine sehr hübsche junge Frau.

Gute Schnüffler

Nachdem sie keine Vermisstenmeldung bekommen hatten und die Untersuchungen der verschiedenen Dienststellen einige Zeit in Anspruch nehmen würden, war den Kriminalbeamten nun erst einmal Geduld auferlegt.

Einige Zeit später hatte ihnen Arpogaus die Fingerabdrücke der Toten und ein Foto ihres Gesichtes per Mail zugesandt. Das Foto ging sofort weiter an die Presse. Carlo gab die Fingerabdrücke in den Polizeicomputer ein. Leider waren sie nicht registriert. Die Frau war offenbar bisher noch nicht polizeibekannt.

Myriam Hartwig und ihre Mitarbeiter hatten sich auf der Inspektion zu einer Besprechung eingefunden. Die Kommissare machten sich Gedanken, wie sie mit ihren Ermittlungen weitermachen konnten. Konstanze rieb nachdenklich ihr rechtes Ohrläppchen und sagte: „Irgendwo muss diese Frau doch in den Fluss geworfen worden sein. Vielleicht wurde sie dabei ein Stück über den Boden geschleift? Ich denke, dass ein oder mehrere Spürhunde vielleicht eine Spur finden könnten. Man müsste sie an der Leiche Witterung aufnehmen lassen. Die Hundeführer könnten das Flussufer dann Stück für Stück absuchen. Die Nadel im Heuhaufen und sehr aufwändig, ich weiß, aber mir fällt gerade nichts Besseres ein."

„So schlecht finde ich den Gedanken nicht", meinte Carlo. „Darüber hinaus sollten wir die unmittelbaren Anwohner an der Rezat befragen, ob sie etwas Außergewöhnliches beobachtet haben. Myriam, du musst doch Rudolf Dotzauer sowieso noch einen Bericht über den Vorfall abliefern. Kannst du ihn dabei nicht um Zuteilung von Beamten bitten, die mit alldem möglichst heute noch beginnen? Jetzt sind Spuren für die Hunde noch schnüffelbar und das Gedächtnis der Leute ist noch nicht getrübt."

„Das kann ich machen. Allerdings müssten die Hunde den Geruch direkt an der Leiche aufnehmen. Dazu brauchen wir das Einverständnis von Frau Doktor Renz. Ich rufe sie gleich an."

Myriam Hartwig nahm den Telefonhörer auf und wählte. Am anderen Ende der Leitung meldete sich die Gerichtsmedizinerin.

Die Beamtin brachte ihr die Idee ihrer Kollegen vor und bat sie darum, die Hundeführer mit ihren Hunden in das Gerichtsmedizinische Institut zu lassen. Doktor Renz sah zwar ein, dass den Polizisten kaum eine andere Möglichkeit blieb, um zu einer Duftspur zu kommen, dennoch war ihr die Vorstellung, Hunde in ihre heiligen Hallen einzulassen, ein Graus.

Ungehalten murrte sie deshalb: „Ihr habt tolle Ideen, das muss ich schon sagen. Jetzt kommt ihr auch noch mit Viehzeugs daher. Womöglich verstreuen die Tiere überall ihre Haare. Ihr mutet mir überhaupt allerhand zu, aber ich will meinen guten Willen zeigen. Also kommt halt mit euren Tölen, aber sagt den Hundeführern, dass sie und ihre Hunde sich der Würde des Hauses entsprechend aufführen müssen. Bevor sie anrücken, werden wir informiert, damit das klar ist. Wir müssen uns schließlich auf die haarigen Viecher vorbereiten." Nach diesen Worten legte sie einfach grußlos auf.

„Uff, die fand eure Idee aber nicht sehr lustig", seufzte Hartwig. „Immerhin hat sie die Aktion gestattet. Ich gehe jetzt gleich zu Dotzauer. Ich gebe euch danach Bescheid, was er sagt. Anschließend brauche ich dringend eine Kaffeepause."

Und plötzlich ist alles anders

Die Hauptkommissarin klopfte an die Tür von Polizeidirektor Rudolf Dotzauer. Als von drinnen ein freundliches „Herein!" zu hören war, trat sie ein. Dotzauer schrieb gerade etwas in eine Akte und blickte nicht hoch, als Myriam Hartwig vor seinem Schreibtisch anlangte. Sie wartete mit innerer Ungeduld eine Weile, dann hielt sie es nicht mehr aus und sagte: „Herr Dotzauer, ich wollte Sie über den Stand der Ermittlungen im Fall der Wasserleiche in der Rezat in Kenntnis setzen, aber wenn Sie jetzt keine Zeit haben, sich das anzuhören, komme ich später noch einmal, dann haben unsere Suchhunde vielleicht schon eine Spur gefunden."

Dotzauer setzte schon an, sie wegen ihrer Störung zurechtzuweisen, als bei ihm das Stichwort „Suchhunde" seine Aufmerksamkeit weckte. Harsch sagte er: „Ich hoffe für Sie, dass Ihre Mitteilung wichtig ist und Sie mich nicht aus Jux und Tollerei bei der Arbeit stören!"

Hartwig sah außer der einen Akte auf dem Schreibtisch ihres Chefs keine weitere liegen und bildete sich in der Stille ihr eigenes Urteil über seinen hohen Arbeitsdruck. Sie ließ sich aber nichts anmerken und berichtete ihm ganz ruhig, was inzwischen in der Sache geschehen war.

Dotzauer ließ alles auf sich wirken. Nach einer gewissen Zeit stiller Überlegung entgegnete er verständnislos: „Aber der Fall scheint doch klar zu sein. Es war ein Unfall. Die Frau wollte sicher im Fluss baden, sie ist beim Hineinsteigen ausgerutscht und hat sich beim Hinfallen das Genick gebrochen. Ich denke, die Suchhunde werden ihre Kleider irgendwo am Flussufer finden, dann können wir den Fall abhaken. Natürlich werden wir die Angehörigen der Frau aufsuchen und ihnen möglichst schonend die Todesnachricht überbringen. Das machen am besten

Sie und Frau Grunwald. Als Frau können Sie so etwas doch viel besser als ein Mann. Wenn das alles getan ist, können Sie sich alle wieder wichtigeren Aufgaben zuwenden. Hängen Sie den Fall bloß nicht so hoch, sonst haben wir gleich wieder die Medien am Hals und mit der Ruhe ist es aus." Ungehalten fügte er hinzu: „Haben Sie sonst noch ein Anliegen? Ich muss jetzt hier weitermachen, denn in einer Stunde treffe ich mich mit einem Landtagsabgeordneten zu einem Gespräch im Hotel Drechselsgarten."

Etwas verschnupft antwortete Myriam: „Herr Dotzauer, ich würde es mir auch wünschen, wie Sie es sagen. Nur scheint es mir höchst unwahrscheinlich, dass diese Frau bei zwölf Grad Wassertemperatur badelustig war. Ich fürchte, wir müssen uns auf einen Mordfall einstellen. Um Gewissheit zu haben, möchte ich aber zunächst die Suchergebnisse der Hundestaffel abwarten. Morgen Vormittag gehe ich zur Obduktion und sehe, was sich dabei ergibt. Die Identität der Frau ist noch ungeklärt. Ich hoffe, wir bekommen morgen oder in den nächsten Tagen eine entsprechende Vermisstenmeldung herein. Bevor ich mich zwischen Unfall und Mord entscheide, möchte ich gerne alle verfügbaren Fakten gesichtet haben. Ich meine, es ist nicht ratsam, sich jetzt schon festzulegen."

Myriams Hoffnung auf Aufstockung des Personals in diesem Fall sank, als sie sah, dass Dotzauers Miene immer grimmiger wurde.

„Wissen Sie, was ich befürchte, Frau Hartwig? Ich befürchte, Sie wollen sich profilieren! Ansbach ist nicht Nürnberg, lassen Sie sich das von einem alten Hasen wie mir ein für alle Mal gesagt sein: Hier wird nicht auf Teufel komm raus gemordet. Ansbach ist eine gemütliche Beamtenstadt!"

Bei der Nennung des Teufels war Myriam Hartwig zusammengefahren. Mit einem Schritt war sie bei Dotzauers Schreibtisch und klopfte dreimal heftig auf die Holzplatte. Er fuhr auf: „Was zum Henker tun Sie da an meinem Schreibtisch?“ Wieder klopfte die Kommissarin auf die Platte, diesmal noch stärker.

„Was soll das? Sind Sie vielleicht verrückt geworden?“ Dotzauers Gesicht hatte sich gerötet. Seine Augen quollen etwas aus den Höhlen und seine Stimme steigerte sich zum Brüllen hin.

Myriam ließ sich nicht beirren. Sie sah ihn besorgt an und sagte: „Sie haben eben leichtsinnigerweise den Teufel gerufen. Damit können schreckliche Dinge ausgelöst worden sein. Ich versuche, das Böse mit dem Klopfen zu vertreiben, denn diese Geister verabscheuen Lärm.“

Dotzauer glotzte sie mit dunkler werdendem Gesicht an, als könnte er nicht begreifen, was er gerade gehört hatte.

Weil er einen Moment sprachlos dastand, fuhr die Beamtin mit ihrer Erklärung fort: „Außerdem haben Sie einen Erfolg beschrien. Wenn das die bösen Geister hören, kippen sie alles ins Gegenteil. Darum werde ich jetzt die Bannformel ausrufen: ‚Beschrei es nicht!‘“

Sie hatte so laut geschrien, dass die Sekretärin Barbara Robertazzi ins Zimmer gestürzt kam, weil sie meinte, es geschehe dort eine Gewalttat.

Dotzauer war immer noch wie paralysiert. Er brachte kein Wort heraus, deshalb erläuterte die Kommissarin wasserfallmäßig weiter: „Wenn Sie diesen Bannspruch einmal nicht parat haben, gibt es ein wirksames Rezept: In ein Wasserglas neun Brotstückchen und neun Kohlestückchen geben, an vier Zimmerecken aus dem Glas trinken. Danach müssen Sie den Rest auf die Türangeln gießen. Auch das Verschlucken von Kehricht soll helfen – spätere Übelkeit ist leider nicht auszuschließen. Sie können es aber auch mit Daumendrücken versuchen.“

Jetzt schlug Dotzauer mit aller Gewalt auf seine

Schreibtischplatte und brüllte: „Sie sind ja ganz narrisch geworden! Bin ich denn von lauter Irren umgeben!? Raus und kommen Sie mir so schnell nicht mehr unter die Augen. Es könnte sonst sein, dass ich Sie wegen Geisteskrankheit vom Dienst suspendieren lasse!"

Barbara Robertazzi fasste die Polizistin fest beim Arm, dann schob sie Myriam energisch und beruhigende Worte murmelnd zur Bürotür hinaus.

Von draußen schlug sie die Türe zu, als wollte sie verhindern, dass Dotzauer sie verfolgte.

Beide konnten nicht sehen, dass ihr Vorgesetzter im Inneren des Büros zum Telefonhörer griff.

Barbara zog Myriam Hartwig mit sich in ihr Büro und schloss schnell die Tür.

„Um Himmels willen Myriam, was ist dir denn da eingefallen?! Solche Sachen kannst du dir denken, aber bitte nur im Kreis von Gleichgesinnten aussprechen. Bei deinen Kollegen kommen solche Weisheiten so an, als wärst du komplett durchgeknallt. Manche können ja eventuell darüber lachen, aber Dotzauer als Allerletzter! Bitte halte dich endlich zurück, sonst macht der garantiert mit seiner Drohung ernst und schickt dich irrsinnshalber in den Krankenstand. Wenn es so weit kommt, kriegst du bei der Polizei keinen Fuß mehr auf den Boden! Bitte sei doch vernünftig!"

Myriam liefen bereits die Tränen über das Gesicht. Unter lautem Schluchzen sagte sie: „Ich mache alles falsch! Mit meinen Weisungen will ich doch nur helfen, aber jeder tut daraufhin so, als würde ich ihn persönlich angreifen."

„Manches klingt halt recht abstrus. Kehricht schlucken zum Beispiel. Wer macht den so etwas? Das ist nicht nur ekelhaft, sondern auch äußerst gesundheitsgefährlich. Wie kommt ein intelligenter Mensch wie du nur auf solche völlig unmöglichen Gedanken und spricht sie auch noch laut aus?"

„Ich weiß auch nicht", Myriam schüttelte den Kopf. „Wahrscheinlich habe ich das irgendwo gelesen und ganz stark verinnerlicht. Angewandt habe ich die Methode selbst noch nicht. Auch das Rezept mit den Brot- und Kohlestückchen habe ich noch nicht ausprobiert, das ist reine Theorie, soll aber gut wirken."

Barbara war der Meinung, trotz der Verzweiflung von Myriam Klartext mit ihr sprechen zu müssen: „Mensch, dass du einen solchen Schwachsinn auch nur in Erwägung ziehst, das gibt es doch nicht! Du machst hier alle noch verrückt und das Schlimmste daran ist, dass alle ihr Vertrauen zu dir verlieren. Bedenke doch einmal, was das für deine Kollegen in einer brenzligen Situation bedeuten kann. Also, in aller Freundschaft: Hör auf damit!"

Myriam wurde von einem regelrechten Weinkrampf geschüttelt. Als sie sich wieder etwas gefasst hatte, sagte sie: „Also gut, ich werde mich zurückhalten. Weißt du, Barbara, mir geht es im Moment ganz schlecht. In meinem Leben herrscht das Chaos. Dieser neue Fall belastet mich zusätzlich."

„Ich habe schon seit einigen Tagen gemerkt, dass du ganz geknickt durch die Gegend schlurfst." Barbara stand auf. „Ich hole uns jetzt erst einmal eine Tasse Kaffee, dann erzählst du mir alles in Ruhe."

Als sie mit dem Kaffee wieder in ihr Büro zurückkam, saß Myriam wie ein Häufchen Elend auf dem Besucherstuhl. Noch immer weinte sie. Barbara stellte die Tassen auf ihrem Schreibtisch ab, dann nahm sie Myriam fest in den Arm: „Komm, trink einen Schluck Kaffee und dann erzähle mir, was los ist."

Die Polizistin nickte und bemühte sich um Fassung. Sie schnäuzte sich entschlossen, trank einen Schluck aus der Tasse. Dann fing sie an, ihre Sorgen vor Barbara auszubreiten: „Ich habe gerade heftige Probleme mit meiner älteren Tochter. Ina entgleitet mir. Ich habe nie zu den Müttern gehört, die sich brüsten, die Freundinnen ihrer Töchter zu sein. Die über alles mit ihren Töchtern sprechen, angeblich auch über Allerintimstes, für mich eine grässliche Vorstellung. Ich bin mir auch bewusst, dass es meine Kinder mit mir als alleinerziehender, berufstätiger Mutter manchmal nicht leicht hatten. Mein Dienst ist unregelmäßig, das weißt du ja. Wie oft musste ich sie in die Obhut meiner Mutter oder einer Nachbarin geben. Nachts musste ich immer wieder zu einem Einsatz, dann waren sie allein und ich mit furchtbar schlechtem Gewissen unterwegs. Die Scheidung von meinem Mann vor einigen Jahren hat sie bestimmt auch schwer in Mitleidenschaft gezogen. Dazu das dauernde Hin und Her zwischen ihm und mir an den Wochenenden und in den Ferien. Jeder von uns hat auf seine Weise versucht, auf die Kinder Einfluss zu nehmen. Das war alles schlecht für sie, aber ich habe mein Bestes versucht. Mehr war mir wirklich nicht möglich. Ich habe mich zurückgenommen, um möglichst oft für sie da zu sein. Ich mag gar nicht daran denken, worauf ich in den letzten Jahren verzichtet habe. Seit ein paar Monaten zieht sich Ina so sehr von mir zurück, dass es wehtut. Gerade jetzt, wo es so viele Gefahren für sie gibt, vor denen sie doch gewarnt werden muss. Ich denke nur an all die Perversen, die auf Facebook zum Beispiel auf ihre Chance lauern, sich an verunsicherte Mädchen heranzumachen. Mit ihren sechzehn Jahren will Ina sich nichts mehr von mir sagen lassen. Am liebsten möchte sie von der Schule abgehen und nur noch Rumgammeln. Sie möchte die Nacht zum Tag machen. Tagsüber möchte sie bis zum Mittagessen ausschlafen. Schule, Hausarbeit und überhaupt Pflichten jeder Art sind für sie ein unzumutbares Gräuel. Sie beharrt darauf, dass sie das Recht hat, so zu leben, wie es ihr gerade Spaß macht. Außerdem vertritt sie die Meinung, man müsse alles einmal mitgemacht haben. Das alles macht mir große Angst. Mir scheint, ihre derzeitige Clique passt genau zu dieser Einstellung. Ich habe große Sorge, sie rutscht mit denen in schlimme Sachen hinein. Außerdem: Den ganzen Tag starrt sie in ihr Smartphone, das macht mich auch noch verrückt! Ständig pflegt sie irgendwelche Kontakte. Es ist so, als hätte sie Angst, jemand könnte sich bei ihr melden und sie versäumt den Anruf. Den ganzen Tag hat sie das Smartphone neben sich liegen und ständig gibt es dieses Piepen und Ploppen von sich. Dann schaut sie immer ganz hektisch drauf, als hätte sie Angst, irgendwas zu verpassen. Immer ist sie erreichbar, nur nicht für das, was sie gerade tun müsste. Das ist ihr so wichtig, wie wenn in Peking ein Würstchen platzt. Wenn ich ihr das vorhalte und sie bitte, sich doch andere Freunde zu suchen, bezeichnet sie mich als eine spießige Diktatorin, mit der sie nicht mehr reden kann, weil ich ‚sowas von vorgestern bin'. Sie sagt so komische Sachen wie: ‚Wie man's macht, ist's falsch. Und macht man's falsch, ist es auch nicht richtig.' So ein Gerede macht mich dann richtig wütend! Wenn ich mit ihr rede, wendet sie sich oft einfach wortlos von mir ab und geht." Myriam schnäuzte sich noch einmal.

„Was sagt dein Ex-Mann dazu?"

„Ach der macht es sich leicht! Er hat sich ganz auf die Seite unserer Tochter geschlagen. Er bestätigt sie darin, dass sie recht hat, ihr Leben in vollen Zügen zu genießen. Ich vermute stark, er will sie damit auf seine Seite ziehen. Rüdiger verhält sich damit meiner Meinung nach, wie auch in anderer Hinsicht, vollkommen unverantwortlich! Einerseits spielt er den verständnisvollen Vater, andererseits verweigert er mir Zahlungen, die mir zustehen und die doch auch den Kindern zugutekämen. Unsere Rechtsanwälte tauschen ständig scharfe Schreiben aus. Ich glaube, schließlich läuft alles auf einen Prozess hinaus. Eine gütliche Einigung scheint mir nicht mehr möglich, dazu haben wir uns beide schon zu viele Verletzungen zugefügt."

„Ja, ja, diese Rechtsanwälte wissen schon, wie man eine Sache am Kochen hält", seufzte Barbara. „Das bringt ihnen Geld, wenn sich die Leute immer mehr zerstreiten."

Myriam nickte und fuhr mit ihrer Klage fort: „Dazu kommt, dass ich meine Mutter immer wieder für unseren Haushalt in Anspruch nehmen muss. Wenn ich auf der Arbeit bin, ist sie oft die Ansprechpartnerin für meine Tochter. Meine Mutter ist krank und sollte sich eigentlich schonen. Ich weiß, dass ihr Ina, das liebe Enkelkind, dann jedes Mal auf der Nase herumtanzt. Ina macht einfach, was sie will."

„Du hast gerade eine ganz schwere Zeit, Myriam! Warum machst du es dir denn auch im Beruf so schwer?"

„Ach, ich habe viel über diese alten Weisheiten und Regeln gelesen. Sie sind mir wichtig, weil ich überzeugt bin, wir alle könnten mit ihrer Einhaltung das Chaos um uns herum einigermaßen in Schach halten."

Barbara schüttelte unwillig den Kopf: „Hallo Myriam, wach auf! Wir leben im einundzwanzigsten Jahrhundert! Wer glaubt da noch an diese alten Regeln?"

„Mehr Leute, als du denkst! Je unsicherer die Zeiten werden, desto mehr wird man sich wieder dem Mystischen zuwenden. Wenn uns Menschen die Dinge entgleiten, wenden wir uns an die übersinnlichen Kräfte und bitten sie, uns zu helfen. Das tun sie dann auch."

„Kennst du den Spruch ‚Hilf dir selbst, dann hilft dir Gott'?"

„Ach Barbara, du verstehst mich anscheinend nicht! Ich versuche doch ständig, mein Leben wieder in Ordnung zu bringen, aber mir scheint es, als würde ich trotz aller Anstrengung immer tiefer in einen Sumpf hineingezogen."

„Hast du schon einmal daran gedacht, dir professionelle Hilfe zu suchen?"

„Natürlich habe ich daran gedacht und es auch schon einmal versucht, aber mein Eindruck war, der Psychiater konnte mich nicht verstehen. Als ich ihm zum Beispiel erzählt habe, dass ich mich bestrahlt fühle, da wollte der mich doch glatt in eine Klinik einweisen! Ich bin dann einfach nicht mehr zu ihm hingegangen."

„Du fühlst dich bestrahlt? Was soll das heißen?"

Myriam breitete die Hände aus. Ihr Gesicht bekam einen panischen Ausdruck, als sie sagte: „Ich fühle mich von allen Seiten bestrahlt. Irgendjemand hat es auf mich abgesehen und setzt mich ständig einer negativen Strahlung aus. Ich kann mich diesen Strahlen nicht entziehen, sie treffen mich den ganzen Tag, deshalb trage ich auch verschiedenen Abwehrzauber am Körper. Wenn es ihnen gelingt, in mich einzudringen, bin ich verloren."

Barbara starrte sie an und war im Moment so baff, dass ihr die Worte fehlten.

Sie brauchte aber auch nichts zu sagen, denn von ihnen unbemerkt war die Bürotüre ein wenig geöffnet worden. Jetzt ging sie ganz auf. Ein Mann mit neonfarbener Schutzweste und weißer Hose trat ein. Hinter ihm zwei andere, ebenso gekleidete Männer. „Ich bin Doktor Eichhorn", stellte er sich lächelnd vor. „Ihr Vorgesetzter, Herr Polizeidirektor Dotzauer, hat uns angerufen. Er sagte am Telefon, es gehe Ihnen ganz schlecht, Sie bräuchten dringend den Notarzt. Ich habe Ihre letzten Worte eben mit angehört. Sie sagen, Sie fühlten sich bestrahlt. Weil ich mir Ihren Zustand sehr beängstigend vorstelle, möchte ich Ihnen meine Hilfe anbieten. Ich möchte Sie zu einer Behandlung bringen, die Ihnen helfen wird."

Myriam fuhr auf: „Was fällt Ihnen ein! Ich bin doch nicht verrückt! Nein, ich gehe nicht mit!"

„Bitte weigern Sie sich nicht. Sie leiden unter einer akuten Krankheit. Wir werden Ihnen helfen. Alles geschieht zu Ihrem Besten. Die Ärzte werden Sie sorgfältig untersuchen und über Ihren weiteren Aufenthalt in einer Klinik entscheiden. Wenn Sie vernünftig sind und gut mitarbeiten, haben Sie die Chance, bei der Frage Ihres Aufenthaltes in der Bezirksklinik mitzureden."

Myriam Hartwig brach jetzt regelrecht zusammen. Sie weinte laut. Es schüttelte ihren ganzen Körper.

„Frau Hartwig, ich gebe Ihnen erst einmal ein Beruhigungsmittel, dann sehen wir weiter." Einer der Sanitäter übergab dem Arzt eine schon vorbereitete Spritze. Der Arzt nahm behutsam Myriams Arm und spritzte ihr ein beruhigendes Medikament. Myriam hatte sich nicht zur Wehr gesetzt. Sie war so in ihrer Verzweiflung gefangen, dass sie den Einstich wohl gar nicht richtig wahrgenommen hatte. Das Mittel zeigte prompt seine Wirkung. Myriam ließ ihren Kopf sinken, als würde sie gleich einschlafen.

Barbara, die die Szene sprachlos beobachtet hatte, sagte mit Empörung in der Stimme zu dem Arzt: „Sie können Frau Hartwig doch nicht einfach gegen ihren Willen in das Bezirksklinikum bringen. Sie ist gerade etwas traurig und ratlos, das kann doch jedem Menschen passieren. Deswegen muss man doch nicht gleich ins Krankenhaus gebracht werden."

Der Doktor blickte sie scharf an und entgegnete in schroffem Ton: „Mischen Sie sich da nicht ein! Das müssen Sie schon mir überlassen, davon verstehe ich einiges mehr als Sie. Aber sogar als Laie müssten Sie erkennen, dass diese Frau einen akuten Nervenzusammenbruch hat. Ich halte sie für potenziell selbstmordgefährdet. Außerdem ist sie hochgradig verwirrt, wahrscheinlich ein schizophrener Schub. Solche Menschen brauchen eine fachmännische Betreuung. Wir tun das Beste für sie, das können Sie mir glauben."

Mit diesen Worten drehte er sich grußlos um und verließ das Sekretariat.

Die beiden Sanitäter hakten die nun völlig apathische Myriam rechts und links unter und nahmen sie mit auf den Gang. Dort setzten sie die Kommissarin in einen Rollstuhl und schoben sie zum Aufzug.

Zurück blieb eine völlig geschockte Sekretärin Barbara wie festgenagelt an ihrem Schreibtisch sitzen. Sie hörte von draußen die Aufzugtüren klappern und kurz darauf nahm sie wahr, dass der Aufzug von ihrem Stockwerk aus nach unten fuhr.

Sie blieb noch eine kurze Zeit verwirrt und kopfschüttelnd auf ihrem Platz sitzen, dann sprang sie hektisch auf und lief in das Büro von Konstanze und Carlo, um ihnen von dem Vorfall zu berichten.

Die beiden Beamten reagierten bestürzt auf ihren Bericht. „Wer hat den Notarzt gerufen?", wollte Carlo wissen.

Barbara zog die Schultern hoch und breitete die Arme aus: „Der Arzt hat gesagt, Dotzauer hätte ihn gerufen. Ihr hättet das erleben müssen. Der Doktor stand plötzlich im Raum und hinter ihm zwei Sanitäter. Es ging alles so schnell. Ich bin kaum mitgekommen. Myriam ging es wahrscheinlich wie mir. Kaum hatte dieser Doktor seine Diagnose gestellt, verpasste er Myriam auch schon eine Spritze. Gleich darauf haben die Sanitäter sie hinausgeführt."

„Wir müssen sofort ihre Mutter verständigen", sagte Konstanze.

„Gut! Carlo und ich gehen jetzt zu Dotzauer. Er soll uns sagen, wie es nun weitergehen soll."

„Ich rufe auch so in einer Viertelstunde im Bezirkskrankenhaus an, um zu erfahren, auf welche Station Myriam gebracht wurde“, kündigte Barbara an und ging hinaus.

Konstanze und Carlo eilten zum Büro ihres Chefs.

Die Einlieferung

Sie waren höflich zu Myriam Hartwig, stützten sie. Unter dem Einfluss des starken Beruhigungsmittels konnte Myriam kaum laufen. Die Sanitäter halfen ihr in den Krankenwagen. Sie wurde angeschnallt. Der straffe Gurt sorgte dafür, dass sie sicher und vor allem ruhig auf der Trage liegen blieb. Myriam lag auf dem Rücken und sah zur Decke des Krankenwagens. Sie hörte das Geräusch des Motors, spürte das leichte Schwanken des Wagens. Über den undurchsichtigen Teilen der Fenster sah sie Bäume und Masten der Straßenbeleuchtung vorbeihuschen. Darüber ein wolkiger Himmel. Neben ihr saß einer der beiden Sanitäter. Sie fühlte sich von ihm beobachtet. Ihr Kopf war wie mit Watte ausgefüllt. Die Polizistin versuchte vergeblich zu ergründen, was mit ihr geschehen war. Es wollte ihr nicht gelingen. Ihr Versuch, sich aufzurichten, scheiterte an den Gurten, die sie festhielten. Der Sanitäter legte ihr beruhigend die Hand auf die Schulter und murmelte irgendetwas, das sie nicht verstehen konnte.

Nach einiger Zeit kam der Wagen zum Stehen. Die Türe wurde von außen geöffnet. Die beiden Pfleger rollten die Trage heraus und fuhren sie zum Eingang eines betagten Gebäudes. Durch funzelig beleuchtete Gänge wurde sie bis zu einer verschlossenen Tür gerollt. Die Sanitäter mussten läuten und es dauerte eine geraume Zeit, bis die Türe von innen geöffnet wurde. Myriam nahm die Stimme der Personen, die sie umgaben, nur wie durch einen Nebel wahr. Man legte sie in einem Zimmer auf ein Bett und fixierte sie wieder. Myriam spürte einen Stich an ihrem Arm. Kurz darauf sank sie in einen ohnmächtigen Schlaf.

Der brave Mann denkt an sich zuerst

Als Konstanze und Carlo in das Büro ihres Vorgesetzten eintraten, fanden sie Dotzauer an seinem Schreibtisch sitzen und offenbar gerade damit beschäftigt, ihn aufzuräumen. Er blickte ziemlich ungnädig von seiner Beschäftigung auf und sagte schroff: „Ich hoffe, Sie haben einen guten Grund, mich aufzuhalten. Ich habe nämlich einen wichtigen Termin mit einem Mitglied des Landtages im Drechelsgarten. Eigentlich müsste ich schon weg sein."

Konstanze ärgerte sich über diese Unfreundlichkeit und verbarg ihren Unmut nicht, sondern erwiderte in genauso schroffem Ton: „Herr Dotzauer, wenn wir keinen triftigen Grund hätten, würden wir nicht zu Ihnen kommen! Vor wenigen Minuten wurde unsere Kollegin von einem Notarzt und einigen Sanitätern abgeholt und angeblich in das Bezirkskrankenhaus gebracht. Dieser Arzt hat in einer Blitzdiagnose festgestellt, dass sie auf Grund ihres Zustandes dort behandelt werden muss. Wissen Sie, wer den Arzt gerufen hat und warum? Und können Sie uns sagen, wie es für uns jetzt weitergehen soll? Werden wir beide Unterstützung bekommen? Schließlich haben wir den Fall dieser toten Frau zu bearbeiten."

Dotzauer hob abwehrend die Hände: „Halt, halt! So viele Fragen auf einmal! Nun der Reihe nach: Ich habe den Arzt gerufen, weil sich Frau Hartwig in meinem Büro so irrsinnig aufgeführt hatte. Mir war klar, dass Frau Hartwig richtig krank ist. In diesem Zustand kann ich niemanden auf meiner Dienststelle brauchen. Sie hat Hundeführer verlangt, die das Flussufer der Rezat nach Spuren absuchen. Außerdem wollte sie eine Personalaufstockung. Beides habe ich abgelehnt. Daraufhin ist sie vollkommen ausgerastet und hat wie von Sinnen auf meinen Schreibtisch eingeschlagen. Sie ist verrückt, das hat der Arzt ja nun wohl überzeugend bestätigt!"

„Herr Dotzauer, ich muss Sie davon in Kenntnis setzen, dass die Hundestaffel bereits an der Arbeit ist. Ich selber habe sie in Gang gesetzt. Nachdem Frau Hartwig nun vielleicht für längere Zeit ausfällt, brauchen wir beide dringend Unterstützung."

„Das kommt derzeit überhaupt nicht in Frage. Den Hundeführereinsatz habe ich nicht genehmigt. Sie können froh sein, wenn sie ohne eine Dienstaufsichtsbeschwerde davonkommen."

„Diese Beschwerde erwarte ich in aller Gelassenheit", antwortete ihm Konstanze mit ruhiger Stimme, obwohl es in ihr kochte.

„Wenn die Kleider dieser Frau nicht gefunden werden, können wir sicher sein, dass es sich mit großer Wahrscheinlichkeit um einen Mord handelt. Wir müssen dringend Anwohner fragen, ob sie etwas beobachtet haben. Dazu brauchen wir weitere Kollegen. Außerdem haben wir noch keine Ergebnisse einer Obduktion und noch keine Nachricht über die Nachforschungen der Spusi. Auch das Bild der Toten in der Zeitung wird erst morgen erscheinen. Wir stehen also ganz am Anfang unserer Ermittlungen. Wollen Sie unsere Arbeit in dieser Phase wirklich blockieren? Sie könnten doch zumindest leicht eine Hundertschaft der Bereitschaftspolizei anfordern, die mit den Befragungen beginnt."

„Pfff, warum sollte ich einen Unfall an die große Glocke hängen? Mir scheint, Sie haben in Ihrer Abteilung gerade viel Spielraum, sonst würden Sie sich in diese Sache nicht so vehement hineinsteigern. Also, ich gehe jetzt zu meinem Termin und sage Ihnen: keine Personalaufstockung, keine Bereitschaftspolizei. Ich mache mich doch nicht lächerlich, wenn ich wegen so eines alltäglichen Vorfalls gleich ‚Mord, Mord' jaule. Was sollen die anderen Dienststellenleiter von mir denken?"

„Ihnen scheint hauptsächlich an Ihrem Ansehen gelegen zu sein! Wir tun unsere Arbeit und Sie treffen sich zu einem Kaffeeplauderstündchen mit Blick auf Ansbach. Ich überlege mir, wer hier Beschwerde einlegen muss!“ Carlo hatte sich in Rage geredet.

Dotzauer, dessen Kopf inzwischen eine bisher unbekannte Farbstufe von Rot angenommen hatte, brüllte ihn gleich an: „Herr Kommissar, seien Sie nicht so frech! Solche kecken Reden werden wörtlich in der Personalakte festgehalten, dann ist es nichts mit Aufstieg, das sage ich Ihnen!“

Der Polizeidirektor hatte seinen Zeigefinger wie eine Pistole auf Carlo gerichtet und schnaubte wie ein Drache, nur der Feuerstrahl aus der Nase fehlte noch. „So, ich gehe jetzt und Sie beide verlassen sofort mein Büro. Ich habe genug von Ihren Unverschämtheiten und etwas Besseres zu tun, von wegen Kaffeeplauderstündchen. Das ist ein Gespräch auf höchster bayerischer Ebene, aber davon verstehen Sie nichts und werden wohl auch nie etwas davon verstehen. Also hinaus!“ Er zeigte mit seinem Finger auf die Bürotüre.

Konstanze und Carlo gingen wortlos, aber vor Wut schäumend in ihr Büro. Dort explodierte Carlo: „Mit so einem bescheuerten Vollhorst von Chef müssen wir uns rumärgern! Es ist zum Mäusemelken!“

„Hast ja recht. Ich ärgere mich über diesen Menschen schon lange und Wolfgang Sperber muss seine Launen und verdrehten Gedanken schon seit Jahren erleiden, aber wir machen es wie Wolfgang: Wir lassen uns nicht beirren. Bevor ich mich Dotzauer unterordne, nehme ich in Kauf, dass er mir eine Abmahnung verpasst.“

Carlo wandte ein: „Du kennst doch den Spruch: ‚Wem Gott ein Amt gibt, dem gibt er auch den Verstand dazu.‘“

„Klar kenne ich den, aber der hat dieses Amt nicht

von Gott, sondern von seinen Amigos bekommen. Er hat das Amt, aber leider nicht die Fähigkeiten, es gut auszuführen, so ist das. Von unserer Arbeit und von Menschenführung hat der so viel Ahnung wie ein Elefant von der Rockmusik. Alles kommt davon, dass man solche Menschen aus Machtgründen auf einen Führungsposten hinmauschelt. So ist der treue und allzeit angepasste Parteisoldat Rudolf Dotzauer zum Polizeidirektor geworden. Auf diese Weise möchten gewisse Leute bis in den Polizeiapparat hineinregieren. Bei anderen Behörden ist es übrigens ähnlich. Dotzauer sollten wir nicht so ernst nehmen. Er ist nur ein Prototyp, der ständig ein unsichtbares Schild vor sich herträgt: ‚Denken ist eine verdammt schwierige Sache!' Dazu kommt, wenn wir einen Fall lösen, vergisst er wieder alles, was er sich vorher so verrückt zusammengereimt hat, und stellt sich der Presse als Sieger über das Böse vor."

Konstanze nickte. Sie konnte nicht antworten, weil ihr Telefon läutete. Einer der Hundeführer rief mit seinem Mobiltelefon von einer bestimmten Stelle an der Rezat an, sie befand sich zwischen Neuses und Wasserzell kurz nach den letzten Häusern von Neuses.

Sein „Mantrailer" hatte angeschlagen und er hatte vor Ort mit bloßem Auge die Reifenspuren eines Fahrzeuges sehen können. Am flachen Flussufer meinte er, Schleifspuren ausgemacht zu haben.

„Mein Hund irrt sich kaum einmal", beteuerte er. „Ich glaube, er hat die Stelle gefunden, an der die Frau ins Wasser geworfen wurde."

„Haben Sie dort irgendwo Kleidungsstücke herumliegen sehen?", wollte Konstanze wissen.

„Nein. Das Ufer ist hier ziemlich dicht mit Schilf bewachsen. Ich lasse meinen Hund suchen. Wenn hier Kleider der Frau liegen sollten, wird er sie finden."

„Bleiben Sie in der Nähe der Stelle. Ich schicke sofort Leute von der Spusi zu Ihnen hin."

„Carlo, einer der Hunde hat eine Stelle erschnüffelt, an der die Leiche eventuell ins Wasser geworfen wurde. Ich möchte sofort dorthin fahren. Vielleicht gibt es Anwohner, die wir befragen können?"

Carlo war wie elektrisiert. Eine erste Spur! „Ich denke, wir sollten die anderen Hundeführer ebenfalls zu der Fundstelle beordern. Sie sollen das Gelände dort großflächig absuchen. Vielleicht finden wir doch Kleider der Toten oder irgendwelche Gegenstände, die uns weiterhelfen."

„Ich veranlasse das sofort!" Konstanze hatte schon den Telefonhörer aufgenommen und gab entsprechende Anweisungen.

Nachdem sie weitere Streifenbeamte und die Spurensicherung alarmiert hatte, sagte sie in schon wieder launiger Weise: „Und jetzt hurtig mein Freund, aufs Pferd, aufs Pferd, nach Neuses hin!"

Die beiden Beamten fuhren durch die Stadt in Richtung Lehrberg. Sie bogen bei Wasserzell von der Bundesstraße ab. Die angegebene Fundstelle war unproblematisch zu finden, weil der Hundeführer sein Polizeifahrzeug sichtbar am Rand der schmalen Ortsverbindung abgestellt hatte. Er wartete daneben auf sie und führte sie zu der Stelle, an der sein Hund angeschlagen hatte. Am Flussufer waren deutliche Schleifspuren zu erkennen.

Kurz nach ihrer Ankunft fuhren auch die Spusi-Leute mit ihrem grauen Kastenwagen vor. Zwei Streifenwagen gesellten sich dazu. Konstanze besprach mit ihrer Besatzung, dass sie in Neuses und Wasserzell von Haus zu Haus gehen und die Leute befragen sollten, ob ihnen irgendetwas Verdächtiges aufgefallen wäre.

Leider stellte sich dabei heraus, dass niemand etwas Besonderes beobachtet hatte.

Bei ihrer Suche hatten die Spurensicherer neben den Schleifspuren schnell Reifenspuren am lehmigen Weg zum Fluss gesichert.

„Wir haben auch einige lange Haare auf der Schleifspur gefunden", berichteten sie. „Sie könnten von dem Opfer stammen. Das wird sich im Labor herausstellen. Wenn das der Fall wäre, hätten wir Gewissheit, dass die Frau an dieser Stelle ins Wasser geworfen wurde."

Konstanze setzte sich, zurück in der Inspektion, mit der Pressestelle der Polizei in Verbindung. In einem Aufruf durch die Medien sollte die Bevölkerung aufgefordert werden, sachdienliche Beobachtungen zu melden.

Carlo machte sich daran, die eingegangenen Befunde des Erkennungsdienstes zu sichten. Die Fingerabdrücke der Ermordeten waren ja nicht im Polizeicomputer gespeichert. Interessant war, dass sich unter den Fingernägeln der Leiche Spuren von Gips fanden. Das Wasser hatte ihn nicht auswaschen können. Ob es sich bei der Frau um eine Pflegekraft im Krankenhaus handelte, die mit diesem Material zu tun hatte? Oder um eine Angestellte in einer Arztpraxis?

Der junge Kommissar hatte eine gewisse Zeit deswegen herumtelefoniert, als er plötzlich einen enormen Hunger verspürte. Ihm wurde bewusst, dass er seit dem Frühstück nichts mehr gegessen hatte. Er stand auf, suchte Konstanze und fand sie im Büro von Barbara, wo sie gerade ein Schwätzchen mit der Sekretärin hielt. „Sag mal, hast du keinen Hunger?"

„Doch, natürlich! Ich wäre jetzt gleich schnurstracks zu dir gekommen. Gehst du mit zum Italiener?"

„Klaro! Komm, bevor die weitere Leichen anschleppen."

Die beiden Kommissare machten sich mit knurrendem Magen auf den Weg zu einer Gaststätte in der Kannenstraße.

Noch wussten sie nichts von der Aufregung, die an diesem Vormittag an einer anderen Stelle in Ansbach geherrscht hatte.

Galanterie und Verführung

Der diesjährige Mai hatte zwar zu Anfang noch ein wenig Winter gespielt, aber dann waren plötzlich warme, sonnige Tage eingekehrt. Die Wettervorhersage versprach, dass es noch länger so bleiben würde. Ansbach, bekannt für seine rauschenden Rokokofeste, bereitete sich in diesen Tagen auf einen weiteren Festspielsommer vor. Mit den prachtvollen Rokokofestspielen wollte die „Stadt des fränkischen Rokoko" im Juli wieder einmal an ihr großes markgräfliches Erbe erinnern. Im Hofgarten sollten höfisches Treiben, Galanterie und ein Hauch von Puder und Parfüm dem festlichen Geschehen auf den Spuren der Hohenzollern einen – wie der Werbetext versprach – einmaligen Charakter verleihen. Um diesen hohen Anspruch erfüllen zu können, wurde seit Monaten hineingepowert, was das Zeug hielt.

Auch das Ensemble des Theaters Ansbach probte bereits eifrig. Ebenfalls Anfang Juli sollte die Premiere von „Casanova und die Kunst der Verführung" steigen. Ein Stück, das teilweise im Rosengarten und im Citrushaus des Hofgartens aufgeführt werden sollte. Spannend und unterhaltsam sollte vor den Augen des verwöhnten Ansbacher Publikums ein für seinen Charme und seine Verführungskünste bekannter Zeitzeuge des Rokoko zum Leben erweckt werden: Giacomo Girolamo Casanova; Chevalier de Seingalt, nicht nur berühmtester Frauenverführer aller Zeiten, sondern auch Prototyp des genussfreudigen Venezianers schlechthin – so jedenfalls wurde das Wunder der gedanklichen Wiederauferstehung eines Menschen im Hofgarten in dem Werbetext von „Kultur am Schloss" angekündigt.

Schon im Januar hatte sich eine kleine Gruppe von Experten zu einer Besprechung im Glashaus eingefunden. Florentine Landau, die Intendantin des Ansbacher

Theaters, Tilman Kraft, einer der Dramaturgen, und Agnes Werner, die ganz neue und vielfach begabte Assistentin der Intendantin. Dabei waren außerdem der Beleuchtungsmeister Werner Münster und Klaus Fiegl, der Technische Leiter der Bühne.

Fabian Brenner wirkte angespannt. An seiner und Ellens Darstellungskunst lag es letztlich, ob das Stück ein Erfolg werden würde. Er war konzentriert bei der Sache und versuchte, sich die Personen in den jeweiligen Szenen vorzustellen.

In der Uraufführung würden zwei Schauspieler, eine Dame und ein Herr, die Hauptrollen spielen. Die Dame übernahm dabei die Rollen verschiedener Frauen in verschiedenen Ländern, die der Verführungskunst Casanovas erliegen sollten.

Klar, dass dieser Schauspielerin eine sehr große Bedeutung zukam.

Jetzt waren alle Beteiligten ungehalten und aufgeregt. Das war dem Umstand geschuldet, dass Ellen Dombrowski an diesem Morgen nicht zur Probe erschienen war.

Ohne sie konnte nicht so geprobt werden, wie es eigentlich vorgesehen war.

Die Intendantin war stocksauer. Sie hatte ihrer Assistentin aufgetragen, in kurzen Abständen bei der Dombrowski anzurufen, und zwar auf Festnetz und Mobiltelefon. Es schaltete auf dem Telefon aber nur immer wieder der Anrufbeantworter ein, der dazu aufforderte, eine Nachricht aufzusprechen. Auf dem Mobilanschluss lautete die Ansage: „Der angerufene Teilnehmer meldet sich nicht. Wenn Sie ihn erreichen wollen, schicken Sie bitte eine SMS ..."

Schließlich entschloss sich Florentine Landau, den Dramaturgen Tilman Kraft zur Wohnung der jungen Frau zu schicken, um dort persönlich anzuklopfen. Vor der Wohnung angekommen, meldete Kraft mittels Handy, dass ihm niemand auf sein Läuten hin öffnete.

Die Intendantin, die bei dem Stück wieder einmal die Regie führte, seufzte tief. Dann teilte sie den anderen Mitwirkenden mit: „Wir proben das bis dort hin, wo Bellino auftritt. Das mit dem Geschmuse am Anfang lassen wir erst mal."

An diesem Vormittag war notwendigerweise auch Adrian Voss anwesend. Voss war ein in Ansbach lebender Bühnenbildner, dessen Konzept diesmal die allgemeine Zustimmung der Theaterleitung und aller damit befasster Abteilungen gefunden hatte.

Der Bühnenbildner, der sich selbst für ein künstlerisches Genie hielt, hatte eine verhältnismäßig einfache Lösung für das sehr turbulente Stück mit vielen Umzügen gefunden. Die Lösung bestand in mehreren überdimensionalen Schränken, die bunt und großflächig mit Barockengeln bemalt waren. Einmal fungierten sie als Wirtschaft, dann wieder als ein in diesem Stück besonders unentbehrliches Schlafzimmer. Ihre seitlichen Öffnungen und die offenen Dächer ließen allerhand Gags zu, um das Publikum mit aktionsreichen Szenen zu amüsieren.

Adrian Voss war stolz auf seine Idee. Endlich würden auch die Ansbacher erkennen, dass ihre Stadt einen genialen Schöpfer ungewöhnlicher Kunst beherbergte.

Er war zudem ein sportlicher Typ. Er trainierte schon monatelang auf den Rother Challenge Triathlon hin. Als Triathlet war er in Ansbach bekannt und wurde von seinen Fans heiß verehrt.

Sport und Kunst waren sein Lebensinhalt. Adrian Voss war dabei ständig auf Außenwirkung bedacht. Alle sollten seine besonderen Begabungen wahrnehmen.

Für die Premiere hatte er sich einen ganz besonderen Gag ausgedacht, den hielt er allerdings völlig geheim. Dieses Event sollte schließlich einen glanzvollen Höhepunkt seines bisherigen Schaffens markieren. Voss bedauerte, den anderen Mitwirkenden an diesem Tag verraten zu müssen, dass im Rahmen der Vorführung eine besondere Überraschung seinerseits geplant war. Die Sache musste natürlich unbedingt in das richtige Licht gestellt werden, dazu brauchte man beste Beleuchtung und einen passenden Platz im Rosengarten vor dem Citrushaus.

Zunächst aber wurden die vielen technischen und künstlerischen Aspekte ausgiebig diskutiert, um den Ort, das Stück und die Schauspieler zueinander zu bringen.

Erst gegen Ende der Besprechung rückte Adrian Voss mit einer nebulösen Ankündigung heraus: „Ich plane noch eine Überraschung!" Florentine Landau war überhaupt nicht begeistert von seiner Geheimnistuerei, aber er beschwichtigte sie: „Ich kann im Moment wirklich noch nichts verraten. Die Idee existiert im Augenblick lediglich in meinem Kopf. Ich weiß selbst noch nicht, ob das, was ich mir vorstelle, gelingen wird. Ich kann euch aber versprechen, wenn das gelingt, setzt es der Vorführung die Krone auf. Ihr werdet es sehen und begeistert sein. Ich will meine Kunst zu einem neuen Höhepunkt aufsteigen lassen!"

Tilman Kraft ließ sich von der Selbstbeweihräucherung des großen Meisters nicht beeindrucken. Im Gegenteil! Er grinste ihn unverschämt an: „Ein weiser Mann hat gesagt: ‚Kunst kommt von Können, nicht von Wollen, sonst würde sie ja Wunst heißen.' Ich hoffe, Ihr Werk wird keine Wunst, sonst würde man Sie Wünstler nennen."

Adrian Voss nahm die unverhüllte Häme als Beleidigung seiner herausragenden Begabung wahr. Er reagierte wütend und kläffte böse zurück: „Passen Sie bloß auf, dass man Sie selbst nicht Wünstler nennt!"

„Oh! Sorry, war nicht so gemeint!", sagte Kraft und hob seine Hände abwehrend. Weil er aber dabei weiter grinste, konnte man ihm seine Entschuldigung nicht recht abnehmen.

„Wer so eine geniale Idee hatte, als Bühnenbild einen großen Schrank zu kreieren, der ist zweifellos ein Künstler", legte der Dramaturg, jetzt gekonnt jungenhaft lächelnd, nach.

„Nein, so geht das nicht!" Die Intendantin wollte sich nicht auf kindische Plänkeleien und insbesondere nicht auf irgendwelche Ungewissheiten einlassen: „Sie müssen mir sagen, was Sie vorhaben, sonst gebe ich Ihnen keine Zusagen. Außerdem brauche ich einen Kostenvoranschlag, um Ihre Pläne einschätzen zu können."

Voss strebte einen Kompromiss an und warf eine Nebelkerze: „Also gut, ich kann bereits verraten, dass es sich um eine besondere Skulptur handelt, die vorläufig allerdings nur in meinem Kopf existiert. Sie wird aber zu dem Stück passen und für eine glänzende Ergänzung meines Bühnenbildes sorgen. Wegen der Kosten machen Sie sich bitte keine Sorgen. Ich werde sie selbst übernehmen."

Florentine Landau schätzte Voss als vielseitigen Künstler, aber sie liebte derartige Geheimnistuereien prinzipiell nicht. Unkalkulierbares konnte bei einem solchen Projekt sowieso immer dazwischenkommen, man musste es nicht noch mit Absicht herausfordern. Mit einem unguten Gefühl stimmte sie dem Vorhaben mit dem Vorbehalt zu, dass Voss ihr unbedingt rechtzeitig und im Detail verraten musste, was er vorhatte. Im Stillen hoffte sie, dass Vossens Werk nicht gelingen würde. Sie hatte schon genug Unwägbarkeiten um die Ohren.

Adrian Voss verabschiedete sich danach von der Gruppe mit der Entschuldigung, noch trainieren zu müssen.

Voller Einsatz

Es war auch genug geredet. Im Anschluss an das Gespräch sollte ja noch eine Szene des „Casanova" geprobt werden.

Wie ein „Roadmovie" sollte dieses Stück gespielt ablaufen. Der Reisende Giacomo Casanova würde darin verschiedene Orte in Europa besuchen. Es handelte sich also um ein Stationendrama mit schnellen Umzügen. Weil es rasant und komödiantisch zugleich ablief, mussten Umzüge teils auch mithilfe von Kostümversatzstücken und offen vor dem Publikum durchgeführt werden.

Auf seine Weise war „Casanova und die Kunst der Verführung" ein durchaus anspruchsvolles Bühnenwerk.

„Also jetzt geht's mit dem Auftritt von Casanova los!", rief die Intendantin. „Fabian denk dran, das soll ein guter Slapstick werden. Also ran an die Buletten!"

In einer Ecke des Raumes lag ein Haufen mit verschieden großen Koffern und Taschen.

Brenner, der den Casanova spielte, schnappte sich einen Koffer nach dem anderen und lud sie sich auf. Er selbst war schließlich fast nicht mehr unter den Gepäckstücken zu sehen.

Mit einem etwas schlingernden Gang lief er in den rückwärtigen Teil der Probenbühne. Dann drehte er sich um, machte ein paar ungeschickte Schritte nach vorn. Zwei übereinander liegende Koffer begannen zu rutschen und fielen krachend zu Boden. Durch die plötzliche Verlagerung des Gewichtes schien der junge Mann selbst aus dem Gleichgewicht geraten zu sein. Er streckte einen Arm aus, um sich abzufangen. Eine seiner Taschen flog dabei ein Stück weit von ihm weg. Er ruderte mit dem Arm, taumelte, verlor weitere Koffer. Schließlich stolperte er über die vor ihm liegende Bagage, schrie auf und fluchte. Dann rappelte er sich hoch, wischte sich den Schmutz von seiner Kleidung und suchte sich seine Habe wieder mühevoll zusammen. Schließlich lud er sich das Ganze wieder auf und lief mit unsicheren Schritten weiter.

„Ja, das ist schon ganz schön", beschied ihm die Regisseurin zurückhaltend. „Leider hat hier niemand gelacht. Daran müssen wir noch feilen. Vielleicht liegt es an deinem Gesichtsausdruck, dass die Szene nicht so komisch wirkt? Also noch mal und mit mehr Verzweiflung!"

Fabian legte den Auftritt noch zweimal hin. „So ist es schon viel besser", lobte die Regisseurin danach. „Allerdings muss dein Hinfallen noch glaubhafter werden. Das muss richtig krachen, wenn du aufkommst!"

Fabian verzog sein Gesicht und rieb sich den rechten Arm. „Ja, ich werde mich bemühen, aber muss das heute noch sein? Mein Arm tut weh. Ich bin auf so eine blöde Metallschnalle gefallen."

„Na gut, Junge. Ich will dich ja nicht kaputt machen. Wirst ja noch gebraucht." Sie nickte ihm lächelnd zu. „So, dann machen wir gleich mit der Szene im Glashaus weiter. Fabian, nimm die Koffer!"

Der Schauspieler nahm seine Last wieder auf. Allerdings übersah er eine der Taschen, wollte losgehen, stolperte und flog mit allen Gepäckstücken hin. Alle lachten. Florentine Landau klatschte in die Hände „Siehst du, geht doch! Das war diesmal richtig gut und alle haben gelacht. Hast du das mitbekommen?"

Fabian rieb sich diesmal die Stirn und stöhnte: „Das war nicht gespielt, das war echt!"

„Ach so! Na ja, immerhin weißt du jetzt, wie ich mir das vorstelle."

Florentine machte ein zufriedenes Gesicht.

Nächster Auftritt: Casanova platzt mit mehreren Koffern in das Glashaus.

Er stellt die Koffer ab, wischt sich den Schweiß von der Stirn. Sieht Schränke. Klopft ungehalten an einen Schrank. „Hallo! Ist jemand hier?"

(Wartet.) Sagt zu sich: „Ist niemand da? Was für eine Unhöflichkeit!"

Der Wirt tritt auf und behandelt seinen Gast ziemlich unverschämt.

Er möchte ihm wohl am liebsten alles verweigern. Essen gibt's nicht. Zimmer ist auch nicht so möglich wie gewünscht. Ein Wort gibt das andere.

Schließlich fordert der Wirt Casanova auf, sich ein anderes Quartier zu suchen.

Der brüllt ihn an: „Ich denke gar nicht daran! So etwas ist mir noch nicht vorgekommen! Was glauben Sie, wen Sie vor sich haben?"

Er geht auf den Wirt los. Ein Handgemenge entspinnt sich.

„Das reicht jetzt!" Die Intendantin hob die Hand und beide hörten sofort mit dem Rangeln auf.

„Warum musst du so loslegen?" Fabian schüttelte empört den Kopf darüber, wie hart der Kollege zugelangt hatte, und rieb diesmal den anderen Arm. „Mann, Mann, Mann, das ist heute aber gar nicht mein Tag!", jammerte er.

An der Stelle sollte es mit „Bellino", der weiblichen Darstellerin, weitergehen.

Florentine Landau brach verärgert die Probe ab: „Wo diese Ellen Dombrowski nur steckt?" Sie verlegte sie auf sechzehn Uhr am Nachmittag, in der Hoffnung, dass die Kollegin dann dabei sein würde. Auf dem Weg zurück ins Theater war sie ziemlich wütend ob der Nachlässigkeit der Akteurin. „Die bekommt etwas zu hören, wenn sie auftaucht! So eine Nachlässigkeit geht bei mir gar nicht. Wo komme ich denn da hin?!"

Auch bei der nachmittäglichen Probe war Ellen Dombrowski nicht erschienen. Die Regisseurin war nun wirklich sehr genervt und überlegte, was sie unter diesen Umständen tun könnte.

Während alle Beteiligten auf ihre Entscheidung warteten, kam Tilman Kraft in den Raum. Er machte ein besorgtes Gesicht. „Habt ihr nicht die Nachrichten gehört? Eine junge Frau wurde ermordet in der Rezat gefunden. Die Beschreibung könnte auf Ellen passen!"

Florentine schlug sich erschrocken die Hand vor den Mund, dann schaute sie ihn an und sagte: „Tilman, mach mich und die anderen hier nicht ganz verrückt! Wir stehen sowieso unter Druck, weil Ellen nicht da ist. Du rufst bitte hier und jetzt sofort bei der Polizei an, ob wir ein Foto von der Ermordeten sehen können. Auch wenn so eine Aufnahme sicher gräulich aussieht. Ich will Gewissheit, dass es sich bei der Frau nicht um Ellen handelt. Wenn die bereit sind, uns ein Foto zu zeigen, fährst du gleich hin und siehst es dir an!"

Tilman mochte das nicht. Er verzog sein Gesicht.

„Keine Widerrede! Dafür bist du zuständig. Ich kann hier nicht einfach weg. Wir proben jetzt weiter."

Während Tilman telefonierte, wandte sich Florentine Landau der jungen Regieassistentin zu: „Agnes, du liest jetzt die Rolle von Ellen einfach. Nimm das Manuskript, dann geht es los!"

Tilman hatte währenddessen eilig den Raum verlassen.

Er fuhr zur Polizeiinspektion auf dem Karlsplatz. Dort wurde ihm das Bild der Ermordeten gezeigt. Obwohl das Gesicht von äußeren Verletzungen schwer gezeichnet war, erkannte Tilman die Abgebildete sofort.

Bei der Toten handelte es sich zweifelsfrei um Ellen.

Der Dramaturg war zutiefst schockiert.

In der Klinik

Als Myriam erwachte, hatte sie einen völlig ausgetrockneten Mund.

Sie befand sich in einem sauberen Zimmer. Hellgrüne Wände, ein einfacher Tisch und zwei kleine Sessel. Ein Kleiderschrank. Und ein Nachtkästchen. An der Wand über dem Bett ein Bild, das eine Gebirgslandschaft zeigte. In einer Ecke ein Gummibaum mit glänzenden Blättern.

Das Fenster war von außen vergittert.

Jetzt erinnerte sich Myriam wieder an das Geschehen. Wie der Blitz traf sie die Erkenntnis, dass sie von einem Arzt und zwei Sanitätern von der Inspektion abgeholt worden war. Der Arzt hatte zu ihr gesagt, sie sei krank und müsse behandelt werden. Myriam horchte in ihren Körper hinein. Nichts Auffälliges. Als sie versuchte, ihre Arme und Beine zu bewegen, merkte sie, dass sie am Bett festgebunden war. Ärgerlich zerrte sie an den Fesseln. Ohne Erfolg. Sie sah einen Klingelknopf neben ihrer rechten Hand und drückte darauf. Nach kurzer Zeit wurde die Türe des Zimmers geöffnet. Eine Frau in ihrer Größe und Statur betrat das Zimmer und lächelte: „Ich sehe, Sie sind schon wach. Bestimmt haben Sie Hunger und Durst. Ich bin Schwester Irmgard und leite diese Station.“

Die Frau trug den typischen Krankenhausschwesterndress und diese löchrigen Plastiksandalen, die Myriam ein Gräuel waren.

Sie schob einen Servierwagen vor sich her. Darauf eine Thermoskanne und ein Brötchenkorb mit Croissants. Ein Teller mit Wurst und Käsescheiben. Ein Plastikbecher. Myriam stellte fest, dass auf dem Teller nur ein Plastikbesteck lag. Man rechnete hier also mit Angriffen.

„Wo bin ich hier?“, wollte Myriam wissen.

„Im Bezirkskrankenhaus in Ansbach. Sie sind in den besten Händen, Frau Hartwig. Das hier ist eine geschlossene Station. Sie dürfen sich aber auf dem Flur und im Tagesraum aufhalten."

Wieder lächelte sie freundlich.

Myriam deutete mit ihrem Kinn auf die Gurte, die sie festhielten: „Essen kann ich so nicht."

„Natürlich nicht. Ich mache Sie gleich los. Wir haben Sie nur zu Ihrer Sicherheit fixiert. Sie hätten aufstehen können und wären wahrscheinlich hingefallen wegen der Beruhigungsmittel."

Mit flinken Händen löste die Schwester daraufhin die Gurte.

Dann sagte sie freundlich: „Wenn Sie gegessen haben, melden Sie sich bitte bei mir im Stationszimmer. Herr Oberarzt Doktor Wellenreiter möchte mit Ihnen sprechen. Und jetzt wünsche ich Ihnen einen guten Appetit und einen heilsamen Aufenthalt hier bei uns."

Die Pflegerin verließ mit einem kurzen Winken den Raum.

Myriam bewegte ihre Hände und Beine. Sie konnte immer noch nicht fassen, was mit ihr geschehen war. Obwohl sie sich in einem Schockzustand befand, spürte sie Hunger. Sie schwang ihre Beine aus dem Bett und setzte ihre Füße vorsichtig auf den Boden. Ihr war leicht schwindlig. Vorsichtshalber hielt sie sich deshalb noch am Bettrahmen fest, als sie sich ganz aufrichtete. Dann bemerkte sie, dass man ihr ein weites Baumwoll-T-Shirt und eine Hose aus Leinenstoff angezogen hatte. Ihre Füße bedacht setzend, ging sie zu einem der kleinen Sessel hin und ließ sich darauf nieder. Die Pflegerin hatte den Rollwagen mit dem Essen neben den Tisch gestellt. Myriam holte sich den Becher und die Kanne und füllte ihn mit Tee. Dann legte sie sich Wurst und Käse auf den

Teller, nahm sich eines der Brötchen, teilte es, bestrich es mit Butter und belegte es. Während sie aß und trank, ging sie mit sich zu Rate. Der Arzt hatte gesagt, dass sie von Dotzauer gerufen worden waren. Myriam überdachte das letzte Gespräch mit ihrem Chef und kam zu dem Schluss, dass der sie wohl wegen ihrer Vorschläge für verrückt gehalten hatte. Klar, Dotzauer hatte überhaupt keinen Draht zu den Dingen, die ihm nicht direkt vor der Nase lagen. Er glaubte nur an die sogenannten Fakten und an Sachen, die man zählen, messen, wiegen konnte und von denen man möglichst auch herunterbeißen konnte. Er hatte getobt. Na ja, das tat er öfter, wenn er sich ärgerte oder etwas nicht begriff.

Aber deshalb gleich einen Irrenarzt zu rufen, war doch ein sehr starkes Stück. Leider schauten auch manche Ärzte nicht über den Tellerrand hinaus. Was der Herr Professor im Studium nicht gesagt hatte, wussten sie einfach nicht, und das war für sie auch Schall und Rauch, oder wie in ihrem Fall einfach Verrücktheit. Typisch, der hatte sofort seine Diagnose bei der Hand, ohne sich groß mit ihr zu befassen. Wenn das wissenschaftlich war, dann konnte man sich nur noch wundern. Myriam schüttelte entrüstet den Kopf.

Aber wie würde es mit ihr nun weitergehen? Ob sie ihr Medikamente verpassten, um die Esoterik auszutreiben? Vorher würden die ihr sicher ein Etikett mit einer passenden Krankheitsbezeichnung aufkleben. Davor graute ihr. Wie kam sie hier nur wieder heraus?

Die Hochmütigen werden erhöht und fallen tief

Am Abend dieses Tages traf sich der Kirchenvorstand der Ansbacher Kirchengemeinde Sankt Gumbertus zu einer außerordentlichen Sitzung.

Als Ottokar Hauptvogel, Stadtführer, Privatdetektiv und tatsächlich auch Kirchenvorsteher von Sankt Gumbertus, im Sitzungssaal eintraf, waren schon einige Vorstandskollegen anwesend. Unter ihnen befanden sich auch die beiden Pfarrer der Gemeinde, Maria Sebald und Harro von Weinheim.

Hauptvogel war mit den Geistlichen befreundet und wurde von den beiden mit erstaunten Gesichtern begrüßt: „Sind Sie in eine Schlägerei gekommen?"

Hauptvogel hatte zwar wegen seines „verhauten" Aussehens mit solchen Fragen gerechnet, wurde aber vor Verlegenheit ganz rot im Gesicht, weil er an sein Debakel im Hofgarten denken musste. „Ja, tatsächlich, aber Sie müssten erst einmal die anderen sehen!", versuchte er die Erkundigung leichthin abzutun.

„Das passierte mir sozusagen dienstlich", legte er noch schnell nach.

„Scheint ein recht gefährlicher Job zu sein, den Sie machen!", staunte Maria Sebald.

„Sie sagen es! Sie sagen es! Aber es geht schon wieder."

Schnell machte sich Hauptvogel daran, die anderen Kirchenvorsteher zu begrüßen, von denen natürlich jeder und jede eine mehr oder weniger spöttische Bemerkung zu seinem Aussehen machte.

Hauptvogel musste an den verballhornten Spruch denken: „Wer den Schaden hat, spottet jeder Beschreibung."

Der Detektiv glich an diesem Abend nur noch wenig

der Gestalt, die er am Vormittag verkörpert hatte. Aus dem Beamten des neunzehnten Jahrhunderts war wieder ein bartloser, etwas übergewichtiger Mann unserer Zeit geworden. Bedingt durch den festlichen Anlass hatte er einen Anzug angezogen und trug eine rote Krawatte zum weißen Hemd.

Sein Haar war ordentlich gescheitelt und seine etwas zu große Nase leuchtete still in einem sanften Rot unter den großen blauen Augen in einem meistens freundlich dreinblickenden Gesicht.

Er hatte bald genug von den Sprüchen der anderen und setzte sich still auf einen der Stühle, um der kommenden Dinge zu harren.

Ottokar Hauptvogel war immer noch schwer erschüttert von den Vorkommnissen dieses Tages. Körperlich betraf das in erster Linie seinen Kopf, der tat ihm noch weh von den Schlägen der Frau. Seelisch fühlte er sich wie ein Mensch, der ein Erdbeben mit allen seinen Schrecken hinter sich hatte und den Boden unter sich immer noch zittern spürte. Hauptvogel bekam das Bild der jungen, im Wasser treibenden Frau nicht aus seinem Kopf. Er fühlte sich von dem Anblick der Toten zutiefst geschockt. Seine Gedanken kreisten ständig um den Täter und um die Frage nach dem Motiv dieses Menschen, der sich nicht scheute, eine junge Frau umzubringen und dann einfach in den Fluss zu werfen, als wäre sie Abfall, den man auf diese Weise nackt entsorgen musste. Dieser Unmensch hätte doch daran denken müssen, dass man den Körper des Opfers in absehbarer Zeit in dem Fluss finden würde. War ihm oder ihr das gleichgültig oder war es sogar gewollt?

In seiner Eigenschaft als Fremdenführer war er nach den unschönen Szenen am Flussufer mit seiner Seniorengruppe zu einer Gaststätte in der Nähe gegangen. Obwohl die Gruppe wie unter Hypnose dem Mittagessen entgegengeeilt war, waren ihre Mitglieder natürlich immer noch dabei, den Vorfall heftig zu diskutieren. Hauptvogel hatte die Schnatternden und Gestikulierenden einer Bedienung des Lokals übergeben. Vorher hatte er sich noch von ihnen verabschiedet. Auf seine Anregung, Ansbach wieder einmal zu besuchen, schallte ihm Ablehnung entgegen. „In meinem ganzen Leben komme ich nicht mehr in diese gewalttätige Stadt!", rief ihm ein Mann zu. „Früher habt ihr den Kaspar Hauser umgebracht, das war ein junger Mann. Jetzt werden in dieser Stadt junge Frauen umgebracht. Ihr Ansbacher seid schon eine recht seltsame Gesellschaft!"

Die anderen Damen und Herren stimmten dem Mann mehr oder weniger eifrig zu.

„Wir sind nicht alle so!", Hauptvogels Versuch, den Ruf seiner Heimatstadt zu retten, misslang gründlich. Die Leute wandten sich einfach von ihm ab und suchten sich einen Sitzplatz. Dem Fremdenführer waren der Appetit und die Lust, sich weiter mit diesen Menschen zu befassen, endgültig vergangen. Er drehte sich quasi auf dem Absatz um und lief schnurstracks zu seiner Wohnung.

Dort stellte er sich unter die Dusche und versuchte, das Ganze wegzuschwemmen. Das gelang ihm natürlich nicht. Er versorgte die schmerzenden Stellen auf seinem Kopf, erschöpft legte er sich auf sein Bett. Er fühlte sich an Leib und Seele wie zerschlagen. In diesem Zustand fand er nicht gleich zur Ruhe. Im Liegen spürte Ottokar seinen inneren Wunden nach, bis ihn die Erschöpfung schließlich gänzlich übermannte. Er schlief ein und erwachte erst nach einigen Stunden wieder.

Noch ganz benommen kochte er sich einen Kaffee, bestrich sich ein älteres Brötchen mit Butter und Honig und biss kräftig hinein. Es schmeckte köstlich. Langsam kam er wieder zu sich.

Dabei wurde ihm mit Schrecken bewusst, dass er an diesem Abend noch an einer Kirchenvorstandssitzung teilnehmen musste.

Er dachte daran, dass der einzige Punkt der Tagesordnung die Ehrung von Herrn Dekan Ernst Haase sein würde.

Der evangelische Geistliche hatte am Tag zuvor seinen sechzigsten Geburtstag gefeiert.

Die Mitglieder des Gemeindegremiums wollten ihrem obersten Hirten im Dekanat bei dieser Gelegenheit ihre Dankbarkeit für seine Arbeit in schwierigen Zeiten in den letzten Jahren erweisen – ob sie diese Dankbarkeit nun alle teilten oder nicht.

Haase war immer für jeden da gewesen, der ihn gebraucht hatte.

Aus diesem Grund hatte man schon vor Wochen einen Festausschuss ins Leben gerufen, der sich mit allem gebotenen Eifer ans Werk gemacht hatte.

Hauptvogel hatte alle Mühe, sich auf die momentane Situation einzustellen.

Der Detektiv spürte, wie sein ganzes Inneres noch immer vibrierte. Um sich abzulenken, sah er sich im Gemeindesaal um.

Die Ergebnisse der eifrigen „Task-Force-Mannschaft" waren an diesem Abend vor aller Augen. Ein großartiges Büfett erstreckte sich in Erwartung hungriger Mäuler eine ganze Wand entlang. Kalte und warme Speisen waren aufgefahren worden, ohne Aufwand und Kosten zu scheuen.

Der sonst immer recht öde Sitzungstisch war mit edlem Geschirr, blinkenden Gläsern und seinem bezaubernden Blumenbukett eine echte Augenweide. Der ganze Raum war festlich geschmückt.

Etwas später, wenn das Mahl beginnen würde, sollte

auch ein vierköpfiges Streichorchester mit seinem Spiel das Ganze mit passender klassischer Tafelmusik umrahmen.

Gegen die Wahl der Musik hatte Hans Meier zwar sein Veto eingelegt. Der Kirchenvorsteher, dem es offenbar unmöglich war, Hochdeutsch zu sprechen, hatte genörgelt: „Des is doch nix! Für so an Anlass ghärt si a zümpftiche Blosmusig! Was Lustigs, net su a Trauermusig!“

Seine KV-Kollegin Eveline Schwalbe vertrat sofort vehement die Gegenposition: „Da sieht und hört man doch wieder einmal, was Sie für ein Kulturbanause sind, Herr Meier! Blasmusik zu einem so einmaligen Anlass! Ich bitte Sie, das hat doch keinen Stil und wird weder dem Jubilar noch unserem Kreis gerecht. Wir vertreten die gehobene Kultur in Ansbach. Ich meine: Wir! Vielleicht abgesehen von Ihnen, werter Herr!“

Frau Stahlmann gab ihr recht: „Das sage ich auch, Eveline. Ich habe bei solcher Art Musik zwar immer das Gefühl, auf einer Trauerfeier zu sein, aber ein wenig Kultur muss sein, auch wenn es wehtut!“

Die Übrigen waren besonders von diesem Argument überzeugt. Lediglich Oswald Nothnagel, der für die Finanzen verantwortlich war, hatte seine besonderen Sorgen: „Also diese Künstler sind ja im Allgemeinen ziemlich unverschämt, was ihre finanziellen Vorstellungen für die sogenannten Leistungen betrifft.“ Er begann seinen Bericht etwas umständlich und mit dramatisch erhobener Stimme. „Ich habe mit den vieren ganz schön handeln müssen, bis sie von ihren völlig überzogenen Vorstellungen abgerückt sind. Die immer mit ihrer Übungszeit! ‚Stundenlang proben wir‘, haben sie behauptet. Ich sage, die können doch die Stücke bereits seit Jahren. Von wegen Probe! Und was ist denn eigentlich an der Fidelei dran? Dann setzen sie sich hier rein und geigen ein wenig herum. Womöglich wollen sie daraufhin auch noch die Reste von unserem Büfett essen und von den Wein- und Bierresten auch noch was. Das traue ich denen zu! ‚Nix da', habe ich gesagt. Ihr bekommt höchstens die Hälfte von dem, was ihr verlangt. Ihr spielt für die Kirche, also praktisch für ‚Gotteslohn'. Wenn das nicht reicht, dann weiß ich auch nicht. Andere würden das ganz umsonst machen!"

Ottokar Hauptvogel musste zugeben, dass sich die Sache mit dem „Gotteslohn" seit Jahrhunderten bewährt hatte. Man zahlte für eine Leistung wenig, oder nichts, denn das wurde später im Himmel nachgeholt. Für die Arbeitgeber eine hervorragende Methode, konkurrenzfähig zu sein und zu bleiben. Das war einfach genial und ließ mit Sicherheit den schärfsten Neoliberalen vor Neid grün anlaufen.

„Meine Güte, haben die sich aufgeregt! Ich bin trotzdem keinen Zentimeter gewichen!", fügte Nothnagel, stolz wie ein General nach einer gewonnenen Schlacht, seiner Schilderung hinzu.

„Bravo! Herr Nothnagel!" Die Kirchenvorsteher freuten sich über ihren tüchtigen Finanzexperten und klatschten begeistert Beifall.

Nothnagel nickte dankend, machte aber ein besorgtes Gesicht. „Ich hoffe bloß, dass diese Amateurkünstler sich an dem Festabend nicht an uns rächen. Sauer waren sie auf jeden Fall."

„Des sollns bloß brobiern! Dene wermers no scho zeign, wo der Hammer hängd!" Meier ließ sich so leicht keine Angst einjagen. Er scheute keine Auseinandersetzung. Dafür war er bekannt.

Der Ausschuss hatte sich tagelang gemüht, aber es hatte sich gelohnt. An diesem Abend war alles aufs Beste fertiggestellt, um die Feier in christlicher Gesinnung zu zelebrieren.

Dekan Haase hatte sich gewünscht, die Andacht zu

Beginn selbst zu halten. Er hatte sich nämlich nur schwer vorstellen können, sich das Gefasel seiner anwesenden Kollegen und Kolleginnen anhören zu müssen. Es reichte ihm schon, wenn er das inkompetente Geschwätz bei Pfarrkonferenzen ertragen musste. Haase teilte die Ansicht mancher seiner Dekanskollegen, dass der richtige Pfarrer überhaupt erst beim Dekan anfängt. „Die ‚Normalen' – na ja, die müssen wir halt ertragen. Die Dekanszulage zu unserem Gehalt ist, so gesehen, eigentlich Schmerzensgeld."

Sein Erscheinen im Sitzungsraum war an diesem Abend von den Anwesenden mit „Standing Ovations" honoriert worden. Die Kirchenvorsteher stimmten gemeinsam „Viel Glück und viel Segen auf all deinen Wegen" an. Haase winkte leutselig nach allen Seiten und nahm in gebührender Würde die persönlichen Glückwünsche entgegen.

Dann setzte er sich an die Stirnseite des Tisches und sprach mit seiner sonoren Stimme: „Lasst uns dem Anlass gemäß zu Beginn das Lied singen ‚Stern auf den ich schaue'."

„Ah, das Lied der Mercedes-Fahrer!", sagte Kirchenvorsteher Seiferlein leise mit Grinsen zu seinem Nebenmann. Der zügelte jedoch seine Miene und nickte. Dabei blickte er Seiferlein ein wenig mitleidig an. „Alter Witz." Im Anschluss an den anrührenden Gesang der Versammelten wandte sich Haase der Andacht zu, die er unter das Wort aus dem Alten Testament stellte: „Denn er erniedrigt die Hochmütigen; aber wer seine Augen niederschlägt, dem hilft er."

Nun lief Haase zu seiner persönlichen Hochform auf und bekannte: „Brüder und Schwestern, lasst es mich bekennen: ‚Meine Demut ist mein ganzer Stolz und in meiner Bescheidenheit lass ich mich von niemandem übertreffen!' So bin ich nun einmal, aber ich verdanke alle meine Gaben meinem Schöpfer, deshalb schlage ich bei vielen Gelegenheiten die Augen nieder. Um nicht missverstanden zu werden, natürlich nicht beim Autofahren!"

So ging das noch einige Zeit weiter. Alle sollten doch davon überzeugt werden, dass sie schon den Richtigen an der Spitze des Dekanats hatten.

Dieser Gedanke wurde dann auch von Frau Stahlmann, der derzeitigen Vertrauensfrau des Vorstandes, ausführlich gewürdigt. Seiferlein hätte sich gerne noch mit seinen eigenen Worten der Vorrednerin angeschlossen, aber auf sein vorsichtiges Handheben wurde er von den anderen mit Blicken bedacht, die Morddrohungen nahekamen. So ließ er es lieber.

Nun war es aber wirklich an der Zeit, mit Essen und Trinken anzufangen. Die vier Musiker hatten schon eine Zeitlang vor der Türe draußen ein wenig Lärm gemacht, um auf sich aufmerksam zu machen. Jetzt wurden sie hereingelassen. „So, etz obber a weng flott!", rief Hans Meier in ihre Richtung. „Fangd ner glei o, mir hom Hunger!"

Die Musiker schauten ihn ziemlich grantig an. Einer sagte: „Also aufbauen müsst ihr uns schon lassen, sonst geht gar nichts!"

„Des is widder amol dibisch", grantelte Meier. „Wenn mir su erberten dädn wei dei, kämerdn mir in ganzn Doch zu nix!"

„Herr Meier, ich finde, nun reicht es!" Eveline Schwalbe war aufgebracht. „Was sollen diese vier Herren denn von uns denken, wenn Sie so daherreden! ‚Kultur!', sage ich und: ‚Stilgefühl.' Sie haben wohl geschlafen, als diese Dinge einmal verteilt worden sind. ‚Hier!' haben SIE dabei bestimmt nicht gerufen."

„Obber Sie scho glei fünfmol!", konterte Meier und lachte über seinen eigenen Witz.

Wenigstens Dekan Haase hatte offenbar Verständnis für Meier, denn er betete im Tischgebet für die Hungernden in dieser Welt und schloss dann mit dem wohlbekannten „Jedes Tierlein hat sein Essen ...“.

Nach seinem „Gesegnete Mahlzeit“ wurden eilig Stühle gerückt. Jetzt galt es, schnell und taktisch klug vorzugehen, aber darin waren sie alle geübt.

Eigentlich sollten die vier Musiker genau in dem Moment mit ihrer Tafelmusik starten. Zum Erstaunen aller standen sie stattdessen auf und fingen mit Inbrunst an, den Reinhard-Mey-Song zu singen: „Die heiße Schlacht am kalten Büfett“. „Gemurmel dröhnt drohend wie Trommelklang. Bald stürzt eine ganze Armee die Treppen hinauf und die Flure entlang. Dort steht das kalte Büfett. Zunächst regiert noch die Hinterlist, doch bald schon brutale Gewalt. Da spießt man, was aufzuspießen ist, die Faust um die Gabel geballt ...“ und so weiter

Es war nicht klar, ob alle Anwesenden dem Lied zuhörten, denn was sie in dem Moment antrieb, war stark und kostete alle Konzentration.

Als die Künstler ihren Gesang beendet hatten, wurden sie wohl deswegen einzig von Nothnagel angefahren: „So war das nicht ausgemacht, meine Herren! Sie sollen nicht singen, sondern spielen!“

„Der Gesang hat uns Spaß gemacht und für Sie war er eine Draufgabe, also kostenlos, Herr Nothnagel“, entgegnete einer von ihnen sarkastisch „Wir hoffen, Sie schätzen unser Entgegenkommen?“

„Pah! Entgegenkommen! Jetzt möchten wir etwas Vernünftiges hören. Bitte fangen Sie doch endlich mit Bach, Mozart oder so etwas an und quälen Sie unsere Ohren bitte nicht mehr mit unsäglichen Gesängen!“

Nothnagel war schon wieder kreidebleich, wie immer, wenn er sich aufregte. Er ärgerte sich jetzt weniger über das Lied als über die Tatsache, dass er durch sein Reden in einen bedauerlichen Rückstand geraten war. Seine Vorstandskollegen hatten ihre hoch aufgetürmten

Teller bereits zum Tisch getragen und waren völlig vertieft, auf deren Grund zu gelangen. „Ja, ja, jedes Tierlein hat sein Essen", dachte sich der Finanzexperte melancholisch. „Ich darf mich mit den Musikern streiten und alle anderen mampfen bereits."

Dann machte auch er sich frisch ans Werk.

Ottokar Hauptvogel war an diesem Abend bisher sozusagen schweigend und leidend neben sich gestanden. Die gezielte Selbstbeweihräucherung und die scheinheilige Selbstdarstellung des Dekans und die Reden der Kirchenvorsteher hatten ihn zermürbt. Sein Blick hatte sich immer wieder mit den Blicken der beiden jungen Pfarrer von Sankt Gumbertus getroffen.

Seine und ihre Blicke hatten sich dabei regelmäßig gen Himmel gerichtet.

Maria Sebald und Harro von Weinberg, unverheiratet, aber ganz offensichtlich ein Liebespaar, saßen nebeneinander und hatten sich bei den Händen gefasst, als würden sie sich gegenseitig trösten.

Immer wieder war ihm, trotz der zum Teil turbulenten Szenen, der Mord an der jungen Frau in den Sinn gekommen.

Hauptvogel hatte, gleich nachdem er ein wenig gegessen hatte, beschlossen, diese nervige Versammlung endlich zu verlassen.

Die Übergabe des Geschenkes an Haase würde unerträglich werden, befürchtete er. Ein großer, reich mit kostspieligen Spezialitäten gefüllter „Fresskorb" hatte es sein müssen.

Die sülzigen Worte, mit denen dabei sicher wieder um sich geworfen würde, wollte er sich auf jeden Fall ersparen. Der Privatdetektiv befürchtete, im Verlauf dieser Realsatire irgendwann auszurasten. Die Stimmung dieser doofen Festversammlung hatte für ihn bisher eher einer abgedrehten Stammtischrunde als einer Kirchenvorstandssitzung geglichen. Angesichts der vor ihm ablaufenden Groteske fragte er sich nach dem Motiv des Täters. Beispiele für allzu menschliches Verhalten gab es hier genug. Er beobachtete die Szene und ihre Akteure.

Die typischen Hauptlaster der Menschheit kamen ihm dabei in den Sinn. In der Schule hatte er vor langer Zeit einmal Latein gelernt. Er dachte ein wenig nach, dann tauchten die alten Begriffe wieder aus dem Nebel der Vergangenheit auf:

Superbia:	Hochmut (Stolz, Eitelkeit, Übermut)
Avaritia:	Geiz (Habgier)
Luxuria:	Wollust (Ausschweifungen, Genusssucht, Begehren)
Ira:	Jähzorn (Wut, Rachsucht)
Gula:	Völlerei (Gefräßigkeit, Maßlosigkeit, Selbstsucht)
Invidia:	Neid (Eifersucht, Missgunst)
Acedia:	Faulheit (Feigheit, Ignoranz, Trägheit des Herzens)

Aus diesen sieben Untugenden entstanden, nach kirchlicher Überlieferung, die Sünden.

Der Detektiv überlegte, welche dieser sieben fatalen menschlichen Untugenden hinter dem Mord an der jungen Frau stand. Er würde es herausfinden! Seine Empörung stieg, als er darüber nachdachte, wie ein Mensch einen anderen Menschen ermorden konnte. Wütend schwor er sich wieder: „Ich werde den Mörder fassen und ich werde schneller und effektiver sein als die Polizei."

Mit entschlossenem Gesicht blickte er in die Runde und merkte, dass er von dem ganzen Getue in dem Raum vor sich die Nase gestrichen voll hatte. Außerdem war ihm übel. Für ihn hatte dieser Tag schon viel zu viele schreckliche Dinge gebracht. Es reichte.

Er stand einfach auf und ging.

Unterwegs fiel ihm ein Spruch von Gottfried August Bürger ein:

„Viel Klagen hör ich oft erheben,
vom Hochmut, den der Große übt.
Der große Hochmut wird sich geben,
wenn unsere Kriecherei sich gibt."

Schräge Töne

Die Essenden hatten das zunächst nicht bemerkt und auch nicht, dass sich in das Spiel der vier Musikanten immer wieder schräge Töne mischten.

Erst als das wirklich nicht mehr zu überhören war, wurden einige unter ihnen aufmerksam. „Oh, das klingt aber nicht gut!", reklamierte Eveline Schwalbe. Von einigen ihrer Kollegen wurde sie verständnislos angeguckt. „Was sagt die? Diese Musik klingt doch sowieso nicht gut, Trauermusik!"

Dann hörten nacheinander alle hin. Hans Meier rief sozusagen prophylaktisch: „He! Wos schbield ihr do zam?! Des hört sich o wie a Katz, die Junge gricht!" Er selbst hatte keine Ahnung davon, wie es richtig klingen sollte. Mit seinem Ruf wollte er lediglich erreichen, dass er in Ruhe essen konnte.

Die Musiker zeigten keinerlei Reaktion auf die Einwürfe. Sie taten so, als würde ihr Spiel den Vorgaben des Komponisten zu hundert Prozent entsprechen. „Da! Schon wieder!" Die Schwalbe war genervt. Der Violinspieler ließ seinen Bogen über die Saiten seines Instruments scheuern, dass die Töne sich anhörten wie eine Säge. „Aua! Das tut weh! Habt ihr denn nicht geübt?!" Evelines Stimme schlug von Protest in Hysterie um. Als der Bass plötzlich sein Tempo änderte und anfing, gegen die anderen zu spielen, mischten sich mehrere von den Vorstehern ein: „Das kann doch nicht stimmen, was der da zusammenfidelt!"

Jetzt wechselten zwei andere Musiker ebenfalls ihr Spieltempo, und zwar unterschiedlich. „Halt! Aufhören! Ich ertrage das nicht länger!" Frau Schwalbe sprang auf und stellte sich mit ausgebreiteten Armen vor die Musikergruppe: „Aufhören, sonst drehe ich durch!"

Tatsächlich beendeten sie sofort ihre Darbietung.

Stumm erhoben die Musiker sich, packten ihre Instrumente und Noten in Windeseile zusammen und versuchten, schnell den Raum zu verlassen. Sie hatten ihre Rechnung ohne Oswald Nothnagel gemacht, dem war es gelungen, vor ihnen am Ausgang zu sein.

„Halt, so geht das nicht!", schrie er. „Wir haben euch bezahlt und ihr müsst dafür spielen!"

Einer der Musiker, er war einen Kopf größer als Nothnagel und ungefähr doppelt so breitschultrig, grinste ihn an und schob ihn mühelos beiseite: „Halbes Honorar, halbe Leistung! Außerdem hat die Dame gerade gesagt, wir sollen aufhören. Einer so vornehmen Frau soll man folgen, wir sind schließlich Kavaliere."

Dem im Gesicht aschgrau gewordenen Kirchenvorsteher blieb in hilfloser Empörung der Mund offen stehen, während vier feixende Gestalten ungehindert den Raum verließen.

Ein geistvoller Tagesausklang

Ottokar Hauptvogel war zu diesem Zeitpunkt schon in seiner Lieblingswirtschaft angelangt. Er hatte keine Lust gehabt, den Frust in seine Behausung zu tragen, und hoffte, dass er in der Gaststätte seinen Freund, den Kriminalkommissar Theodor Mühleis, treffen würde. Theodor Mühleis war, äußerlich gesehen, eine bemerkenswerte Erscheinung. Er war lang und dürr und schlaksig. Sein schmales Gesicht wurde von einer verhältnismäßig langen und dünnen Nase dominiert. Er hatte eine Glatze, die von einem Kranz grauer Haare umgeben war. Seine Gestalt glich der des Münchner Komikers Karl Valentin. Kein Wunder, dass er es manchmal nicht leicht hatte, sich beruflich durchzusetzen. Für Mühleis war es auf Grund seines Aussehens auch schwer, eine Partnerin zu finden. So lebte er mehr oder weniger unzufrieden mit sich und der Welt in seine Tage hinein. Den Beruf als Polizist hatte er als junger Mann mehr aus Opposition seinen Eltern gegenüber denn aus Passion gewählt. Als Beamter war er, in Folge seiner bisher geleisteten Dienstjahre, fast unkündbar. Dieses unbestreitbare Privileg seines Standes genügte ihm jedoch nicht als Gegengewicht zu den Unannehmlichkeiten seiner Arbeit, die ihm keine Erfüllung brachte. Aber er wusste auch nicht, was er sonst machen sollte, um sein Geld zu verdienen. Der Kommissar hatte nur sehr wenige nicht berufliche Kontakte. Eigentlich hatte er nur einen einzigen richtigen Freund und das war Ottokar Hauptvogel. Ebenfalls Single, genoss er im Gegensatz zu Mühleis sein Leben und ging mit Freude seinen persönlichen Interessen nach. Das Wichtigste war ihm seine Freiheit. In einer Bindung zu leben erschien ihm nicht erstrebenswert.

An diesem Abend trafen sich die beiden wie eh und je in diesem Lokal und tauschten sich dabei über Gott und die Welt aus. Ihrer beider Gesprächsstoff war, wie so oft, die Kriminalistik. Manchmal stieß auch Mühleisens Kollege, Franz Schöberl, zu ihnen. An diesem Abend saß Mühleis jedoch alleine an einem Tisch. Vor sich hatte er ein halb volles Weizenbierglas stehen. Als er Hauptvogel kommen sah, strahlte er: „Schön, dass du kommst! Ich bin mir schon ganz einsam vorgekommen. Hast du schon gegessen? Die haben heute ganz wunderbare Kalbshaxen im Angebot."

„Danke, ich habe schon gegessen und mir ist ein wenig übel. Ich bestelle mir lieber einen Schnaps. Ich sag dir, den brauche ich nach diesem bescheuerten Tag!"

„Du schaust wirklich ganz belämmert drein. Erzähl doch mal, was los war."

Hauptvogel berichtete dem Freund seine Erlebnisse. Der schnalzte immer wieder mit der Zunge und schüttelte seinen Kopf. „Das mit der Frau in der Rezat habe ich natürlich mitbekommen", sagte er. „Der Fall hat für ganz großen Wirbel auf der Inspektion gesorgt. Froh bin ich, dass Schöberl und ich nicht darin verwickelt sind. Wir haben, Gott sei Dank, unsere Nische und kümmern uns nach wie vor lediglich um Autodiebstähle und Einbrüche. Da hat man zwar auch dauernd zu tun, aber wir erwischen diese Verbrecher ja sowieso nicht, also schieben wir meistens eine ruhige Kugel. Wie sagt man: ‚Wir tun, was in unserer Kraft steht.' Aber viel steht nicht in unserer Kraft. Der Grunwald und dem Grollmisch dagegen steht gerade das Wasser bis zum Hals. Seit ihr Chef, der Sperber, noch auf Reha ist, können die sich vor lauter Arbeit nicht retten. Jetzt wurde zu allem Überfluss auch noch die Aushilfe, diese Esoterikerin aus Nürnberg, in die Psychiatrie eingeliefert. Wundert mich übrigens nicht, aber die beiden rotieren nur noch. Zu all dem hat unser Superchef Dotzauer auf stur geschaltet und will ihnen keine weiteren Beamten genehmigen. Also wie gesagt, ich bin heilfroh um meinen Job in der Nische. Bei uns geht sozusagen ‚der Wind über'."

„Du kannst nur hoffen, dass das so bleibt."

„Da bin ich mir ziemlich sicher, denn der Innenminister muss doch die Öffentlichkeit beruhigen. Er betont immer wieder, wie viele Beamte bei der Fahndung nach Einbrechern eingesetzt sind. Der wird sich hüten, die Zahl in Ansbach zu verkleinern. Was denkst du, was los wäre, wenn bekannt würde, dass an der Stelle nur noch einer ermittelt und dazu ausgerechnet der Schöberl! Du weißt doch, was der Franz immer antwortet, wenn man ihn auf seinen Bier- und Schnapskonsum anspricht: ‚Glück hat auf Dauer nur der Süchtige!'"

Mühleis lachte. Weil er dabei noch komischer aussah als normal, stimmte Hauptvogel in das Lachen ein, obwohl ihm der Gedanke, in seine Wohnung könnte eingebrochen werden, nicht sehr lustig vorkam. Auch bei der Vorstellung, dass jemand auf die verrückte Idee verfallen könnte, seinen alten VW Golf Diesel zu klauen, wurde ihm mulmig. Der war keinen Euro mehr wert und die Versicherung würde sich bestimmt weigern, ihm etwas auszubezahlen. Woher dann schnell ein billiges Auto bekommen, das einigermaßen zuverlässig war?

Hauptvogel lebte von seinen Einnahmen aus den verschiedenen Tätigkeiten, die er ausübte. Leider schwankte sein Einkommen je nach Auftragslage.

So freute er sich über jeden Ehemann beziehungsweise jede Ehefrau, der oder die eifersüchtig ihn auf die Spur seines jeweiligen Gesponses hetzte. Er hoffte auf viele Gruppen aus Ansbach, die er mit originellen Themenführungen durch die Stadt leitete, und auf die Fremden, die ihm von Sehenswürdigkeit zu Sehenswürdigkeit folgten. Leider war die Konkurrenz der anderen Stadtführer ziemlich groß. Er musste sich deshalb ständig etwas Neues einfallen lassen. Die Sorge, dass eine Flaute in seiner Beschäftigungslage eintrat, begleitete ihn auf Schritt und Tritt.

Na ja, wenn alle Stricke rissen, konnte er immer noch auf das Erbe seiner bereits verstorbenen Eltern zurückgreifen. Das würde jedoch auch nicht unendlich reichen. Es war als Notgroschen gedacht.

Wie gut, dass er wenigstens mietfrei in der Eigentumswohnung seiner Familie wohnen konnte. Er war mit seinem Leben alles in allem recht zufrieden.

Das alles ging ihm schnell durch den Kopf, als Mühleis seine „Nische" so hoch lobte.

Er sah Mühleis an und fragte: „Wer hat deiner Meinung nach die Schauspielerin umgebracht und warum? Was denkst du als Profi?"

Der Angesprochene hob seinen Kopf und blickte ein wenig nachdenklich in den Raum. Sein grübelnder Blick wurde jäh unterbrochen. Die fesche Frieda, ihres Zeichens Bedienung, kam an ihren Tisch. Sie durchbrach das Nachdenken des Kriminalisten mit ihren klaren Worten: „Ein Bier, Hauptvogel, und für dich noch eins, Mühleis?"

„Zwei klare und zwei Weizen", orderte Hauptvogel.

„Danke!", sagte Mühleis in der Annahme, dass er soeben zu den Getränken eingeladen worden war.

„Bitte. Aber jetzt sag, was du vermutest."

Mühleis fuhr sich über seine umkränzte Glatze und beantwortete die Frage mit Überzeugung in der Stimme: „Ziemlich klarer Fall, würde ich sagen: hübsche Frau, nachts alleine unterwegs, überfallen, vergewaltigt, dann ermordet und ab in die Rezat."

Er unterstrich seine Worte mit energischen Handbewegungen.

„Und wie wird man dem Täter auf die Spur kommen?"

Mühleis setzte wieder eine tiefsinnige Miene auf:

„Entweder man erwischt ihn auf frischer Tat, wenn er wieder so etwas tut, dann ist es ganz leicht, ihn zu überführen. Weißt ja: DNA-Analyse und so weiter. Oder man entschließt sich zu Reihen-DNA-Untersuchungen der männlichen Bevölkerung Ansbachs, dann findet man ihn vielleicht auch oder auch nicht. Oder man sucht in der unmittelbaren Umgebung des Opfers nach dem Täter, das hat sich bewährt, weil da – wie du ja auch weißt, statistisch gesehen – die meisten Täter zu finden sind. Wenn alles zu nichts führt, meldet sich vielleicht ein Tatzeuge oder ‚Kommissar Zufall' entlarvt den Verbrecher."

Hauptvogel wiegte bedenklich den Kopf, konnte aber nicht unmittelbar auf das Gesagte reagieren, denn Frieda brachte nun endlich die gewünschten Getränke. Die beiden Freunde stießen an und tranken. „Es wäre sinnvoll, gleich noch einen Schnaps zu bestellen", gab Mühleis zu bedenken. „Geist zu Geist, sage ich immer."

Hauptvogel verstand den Wink mit dem Zaunpfahl und rief Frieda wieder an den Tisch: „Noch zwei klare!" Frieda nickte und schwenkte zur Theke ab.

Während des restlichen Abends räsonierten die zwei noch ein wenig weiter, vertieften sich dann aber in die große Weltpolitik. Je weiter die Zahl der Schnäpse stieg, die sie dazu benötigten, desto einfacher waren ihre Problemlösungen. Zuletzt wunderten sie sich, dass noch niemand auf ihre genialen Einfälle gekommen war. Sie bestätigten sich gegenseitig in der Ansicht, dass um sie herum überall nur Pfuscher am Werk waren.

„Außerdem sind das alles Gauner und Verbrecher, wo du auch hinschaust!", sprach Theodor Mühleis mit sehr schwerer Zunge. Daraufhin zahlten sie, verabschiedeten sich voneinander und schwankten jeweils in Richtung ihrer Wohnung davon.

Das hundsgemeine Gift

Konstanze Grunwald und Carlo Grollmisch arbeiteten noch eifrig, als die Meldung hereinkam, dass die ermordete Frau von einem Angestellten des Ansbacher Theaters als die Schauspielerin Ellen Dombrowski identifiziert worden war.

Sie betrachteten nochmals das Bild und studierten die bisher eingetroffenen Analysen.

Die Spuren am Fluss waren ziemlich eindeutig Schleifspuren, erzeugt von einem menschlichen Körper. Die Reifenspuren entsprachen bestimmten Pkw-Reifen der Marke Semperit.

Das gefundene Haar glich in Farbe und Struktur, zumindest nach einer vorläufigen mikroskopischen Auswertung, dem der Toten.

Tilman Kraft hatte die Frau anhand des Fotos bereits als seine Kollegin Ellen Dombrowski erkannt. Jedoch musste vorsichtshalber noch eine weitere Identifikation der Leiche erfolgen. Dazu sollte sich ein Mitglied der Schauspielertruppe das Mordopfer ansehen.

„Mann, Mann, Mann! Schon wieder jemand aus dem Theater, hatten wir doch erst“, stöhnte Carlo. „Diesen Betrieb trifft es ja Schlag auf Schlag!“

„Als hätte ein Theater in einer so kleinen Stadt nicht schon genug Probleme!“, kopfschüttelnd zog Carlo einen Laborbericht zu sich hin, las ihn kurz und blickte dann höchst erstaunt von seiner Lektüre auf: „Du ahnst es nicht!“, sagte er zu Konstanze. „Das Labor hat eine wahrscheinliche Todesursache gefunden. Sagt dir der Fisch mit dem lateinischen Namen ‚Arothron hispidus‘ etwas?“

„Komm Carlo, spann mich nicht auf die Folter“, entgegnete seine Kollegin etwas ungehalten. „Du weißt doch, ich kenne nur Karpfen und Fischstäbchen.“

„Also, um dein Allgemeinwissen zu erweitern: Kugelfisch heißt das Vieh und er enthält Gift. Die schreiben hier, dass das Gift im Blut von Ellen Dombrowski gefunden wurde."

Konstanze wurde noch ein wenig ungeduldiger: „Kugelfische habe ich schon mal in irgendeinem Museum gesehen, jetzt lies schon vor, was die schreiben, sapperlot nochmal!"

„Also: Hauptbestandteil des Giftes der Kugelfische ist das Tetrodotoxin – TTX, das sich besonders in Haut, Leber und Eierstöcken des Fisches befindet, aber nicht im Muskelfleisch. Dieses Nervengift ist eines der stärksten bekannten, nicht proteinartigen Gifte: Die letale Dosis beträgt nur zehn Milligramm pro Kilogramm Körpergewicht. Das Toxin wirkt nur auf die Körpernerven, nicht auf das Gehirn – die Opfer werden vollständig gelähmt und können sich weder bewegen noch sprechen, bleiben aber bei Bewusstsein. Sie sterben dann an durch die Lähmung bedingten Atemstillstand und folgender Erstickung oder aber an Herzstillstand. Wenn Atmung und Kreislauf schnell genug durch Notfallmaßnahmen in Gang gehalten werden, klingt die Giftwirkung innerhalb vierundzwanzig Stunden ab und die Opfer erleiden keinen bleibenden Schaden. So weit erst einmal."

„Buh! Das ist ja gruselig!" Konstanze schüttelte sich. „Stell dir nur einmal vor, du bekommst alles mit, was ein Täter mit dir anfängt, kannst dich aber nicht verteidigen oder schreien. Und dann der Erstickungstod! Verdammt! Ist das hundsgemein, einem Menschen so etwas anzutun!"

Carlo nickte zustimmend.

„Wo gibt es denn so ein Gift?", wollte Konstanze wissen. „Das kann man doch sicher nicht in irgendeiner x-beliebigen Apotheke kaufen?"

„Da steht, dass der Fisch in tropisch warmen Meeren

vorkommt. Manche Arten kommen in Amazonien, im tropischen Afrika, im östlichen Indien und in Südostasien auch in Süß- und Brackwasser vor."

„Da können wir gleich jeden verdächtigen, der sich einmal in diesen Gegenden aufgehalten hat", überlegte die Kommissarin.

„Das geht noch weiter", seufzte Carlo. „Einige Kugelfische können als Aquarienfische im Süß-, Brack- oder Meerwasseraquarium gehalten werden."

„Also, ich weiß nicht, ob jeder, der einen Kugelfisch bei sich im Wohnzimmer herumschwimmen lässt, so einfach bei Bedarf dessen Gift sozusagen mordfertig herstellen kann. Wenn das möglich wäre, müssten wir nach jemandem suchen, der sich mit Aquarien auskennt und zugleich mit Giftherstellung. So viele Kugelfischbesitzer wird es wohl nicht geben. Immerhin ein Ansatz. Wir brauchen dringend Unterstützung. Jemand muss unter den Tierhändlern welche suchen, die Kugelfische verkaufen. Vielleicht können wir im Kreis der Käufer unseren Mann oder unsere Frau finden. Giftmorde gelten ja seit alters her als Frauensache, aber sicher ist diese These auch nicht."

Am nächsten Morgen trafen sich die beiden Kommissare in aller Frühe.

„Mach dich doch gleich mal auf die Suche nach möglichen Bezugsquellen dieses Giftes", ordnete Konstanze an.

„Eines nach dem anderen! Wir zwei allein können nicht alles gleichzeitig machen. Wenn du einverstanden bist, sollten wir beide nachher erst einmal losziehen und im Theater Befragungen anstellen", schlug Carlo vor.

„Vielleicht hatte die Dombrowski irgendwelche Feinde oder sie stand jemandem im Wege".

„Gut, einverstanden! Aber ich muss um elf Uhr zur Obduktion ihrer Leiche im Gerichtsmedizinischen Institut sein. Wenn sich dort herausstellt, dass die Frau erstickt ist, haben wir ein Indiz mehr. Ich werde unserem Chef dann ein ordentliches Feuer unter dem Hintern machen. Als ‚Brennmaterial' nehme ich das Wort ‚Medien' mit in sein Büro, das wirkt bei dem wie Zunder!"

Nachdem sie sich bei Barbara abgemeldet hatten, liefen sie rasch vom Karlsplatz durch den Hofgarten zum Theatergebäude hin.

Die Sonne schien warm auf sie herab. In den Bäumen und Büschen des Parks sangen die Vögel. Überall Leben und Aufbruchstimmung! Der Brunnen vor der Orangerie sprudelte sein Wasser, umgeben von herrlichen Rabatten, in das alte runde Becken.

„Ach Carlo, die Welt könnte so schön sein!", seufzte Konstanze während des Gehens. „Kannst du mir sagen, warum wir Menschen uns alle diese herrlichen Geschenke der Schöpfung durch unsere verrückten Taten kaputt machen?"

„Nein, das weiß ich nicht, aber ich denke manchmal, der Homo sapiens ist eine Fehlkonstruktion von Anfang an. Schon die Bibel erzählt davon, dass die Ersten von uns sich gegenseitig abgemurkst haben. Aus Neid. Ein Bruder den anderen. Vielleicht ist dieses archaische Motiv auch in unserem Mordfall der Grund? Wir werden sehen."

Im Theater angekommen, trafen sie auf Menschen, denen der Schock über die Todesnachricht in den Knochen saß. Die schrecklichen Vorfälle des letzten Jahres waren ihnen bestimmt noch sehr lebendig in Erinnerung. Zwei Schauspieler waren ermordet worden. Hauptkommissar Wolfgang Sperber wurde damals bei den Ermittlungen schwer verletzt und war seither immer noch dienstunfähig. Nun hatte es ausgerechnet wieder eine der Bühnenkünstlerinnen getroffen. Dass die junge, sympathische und hoch begabte Ellen Dombrowski ermordet worden war, das traf hier alle zutiefst, bis auf den Täter oder die Täterin.

Schon beim Betreten des Gebäudes schien es den beiden Polizisten, als würden sich das Entsetzen und die Trauer der Angestellten wie ein unsichtbares Gewicht auf sie legen. Kam das von den bedrückten Gesichtern der Personen, die kaum zu einem Lächeln zu bewegen waren, oder war es die Körperhaltung der Menschen, die ihnen irgendwie gebeugter erschien?

Carlo und Konstanze wurden von den Angestellten natürlich sofort erkannt. Niemand begrüßte sie jedoch freudig. Alle wussten, dass nun intensive Befragungen folgen würden. In diesem frühen Stadium der Ermittlungen waren sie natürlich alle verdächtig. Aber noch viel schlimmer war, dass sie sich in dieser Situation auch gegenseitig verdächtigen mussten.

Die Kriminalbeamten ließen sich durch die Dame an der Theke des Foyers bei Florentine Landau melden. Es dauerte nur wenige Minuten, dann kam die Intendantin persönlich zu ihnen und führte sie in ihr Büro im ersten Stock des Hauses.

Landau machte einen tief geschockten Eindruck. Sie hatte offenbar Mühe, sich richtig zu konzentrieren, verstummte manchmal mitten in ihrer Rede und blickte einen Moment wie verloren vor sich hin.

Hoffnungsvoll fragte sie die Kommissare: „Wissen Sie schon, auf welche Weise Ellen umgebracht wurde?"

„Bitte haben Sie Verständnis, Frau Doktor Landau, dass wir Ihnen den Stand der Ermittlungen nicht preisgeben dürfen. Ihre Kollegin wurde erst gestern aufgefunden und wir müssen jetzt alle Untersuchungsergebnisse abwarten, bevor diese Frage geklärt werden kann."

Die Intendantin nickte verstehend. „Ich kann Ihnen gar nicht sagen, wie sehr mich dieses furchtbare Ereignis getroffen hat. Ellen Dombrowski war ein so lieber, ein so ganz besonderer Mensch und sie war eben auch eine sehr gute Schauspielerin. Ich kannte sie schon von früher und wusste, dass sie das ideale weibliche Gegenüber von Florian Brenner sein würde. Im Rahmen der Besetzung des Stückes ‚Casanova' habe ich sie ganz bewusst an unsere Bühne geholt. Sie war eine Person, die es verstand, das Publikum mit Tempo und Charme zu bezaubern. Außerdem war sie bildhübsch. Der traute man zu, jeden Mann bei ihrem Anblick zum Verführer werden zu lassen. Ellen war einfach sehr gut!"

Plötzlich schlug Florentine Landau ihre beiden Hände vor ihr Gesicht und begann, hemmungslos zu weinen. Als sie sich ein wenig beruhigt hatte, schnäuzte sie sich und sagte: „Ich bin so traurig! Ich fühle mich so deprimiert und schwach. Im Moment weiß ich nicht, wie ich in diesem Zustand mit meiner Arbeit weitermachen soll." Unvermittelt fuhr sie empört auf: „Das ist doch wie verhext! Schon wieder ein Mordfall an unserem Theater! Wie sollen wir denn da noch arbeiten können? Wir können doch nicht einfach rufen: ‚The show must go on!', und zur Tagesordnung übergehen. Wie sollen wir ein heiteres Stück darbieten, ohne dabei ständig an Ellen zu denken?"

Konstanze und Carlo hatten bisher geschwiegen. Beide bemühten sich um eine gewisse Distanz zu den aufgewühlten Emotionen.

Jetzt wandte Konstanze mit ruhiger Stimme ein: „Frau Doktor Landau, könnten Sie es sich vielleicht zur Aufgabe machen, dieses Stück in besonderer Weise für Ellen Dombrowski aufzuführen? Ich meine, so eine Art Hommage an sie."

Die Intendantin sah sie einen Augenblick lang erstaunt an, dann sagte sie: „Das ist ein guter Gedanke, Frau Grunwald. Sie haben recht. Ich sollte mich nicht so hängen lassen, sondern konzentriert im Sinn von Ellen weiterarbeiten. Das werde ich auch den anderen vom Ensemble sagen: Wir werden diese Aufführung in all ihrer Heiterkeit spielen, und zwar so, dass es Ellen Ehre macht. Wir spielen es für sie!"

Dann sah sie die Kommissare fest an.

„Es ist mir klar, dass Sie die Mitarbeiter des Theaters jetzt befragen müssen. Ich bitte Sie, das so schonend wie möglich zu tun. Meine Leute sind völlig durch den Wind."

„Natürlich, das können wir uns vorstellen. Ich habe gleich ein Frage an Sie: Wissen Sie, ob Ellen Dombrowski Angehörige hat?"

„Soviel ich weiß, leben ihre beiden Eltern nicht mehr. Sie hat mir auch einmal gesagt, sie sei als Einzelkind aufgewachsen."

„Können Sie uns sagen, ob Ellen Dombrowski Feinde oder besondere Neider hatte?"

„Nein, darüber ist mir nichts bekannt. Mein Eindruck war, dass sie bei allen gut ankam."

„Hatte sie besonders nahe Freunde, einen Partner oder eine Partnerin?"

Landau überlegte nicht lange: „Befreundet war sie, soweit ich das beurteilen kann, mit Annette Kirsch. Zumindest steckten die zwei immer ihre Köpfe zusammen und schienen sich besonders gut zu verstehen. Aber auch mit den anderen Kolleginnen und Kollegen verstand sie sich gut. Zwischen ihnen herrschte ein ausgeglichenes, kollegiales und freundschaftliches Verhältnis. Sie lebte mit dem Fabrikbesitzer Jost Raßmann zusammen. Mit ihm unterhielt sie seit einiger Zeit eine, meines Erachtens nach, komplizierte Beziehung, in der sie manchmal ziemlich unglücklich war. Ich weiß das, weil sie mir ab und zu ihr Herz ausgeschüttet hat. Sie hat Raßmann erst hier in Ansbach kennengelernt. Die beiden kannten sich noch nicht sehr lang. Er hat in Nürnberg eine größere Firma und war ihr altersmäßig wohl mehr als zwanzig Jahre voraus."

Energisch schüttelte die Intendantin den Kopf: „Ich weiß nicht, was sie an diesem Mann fand. War es sein Geld oder sein Auftreten, das auf mich immer machohaft und äußerst unsympathisch wirkte. Vielleicht fand Ellen aber gerade das anziehend – wer weiß! Raßmann beeindruckt sicher manche Menschen. Wenn man ihn jedoch näher kennenlernt, macht er mit seinem Wesen den guten Eindruck schnell zunichte. Ich finde ihn protzig und ziemlich vulgär. Er verkörpert den Typ, der ständig im Mittelpunkt sein möchte und mit einer lästigen Penetranz dauernd das große Wort führt. So ein Alpha-Männchen halt. Wenn ich die beiden zusammen sah, erschienen sie mir immer als das lebende Klischee: alter Mann mit Geld, Macht und Erfolg und junge, sehr attraktive Frau, die neben Firma, Haus, Luxusauto ein weiteres Statussymbol darstellt, und was er durch sie verkünden will: ‚Schaut her, wie potent ich bin.' Für Ellen hat es mir leidgetan, dass sie keinen anderen Partner gefunden hatte, denn sie war selbst eine starke, intelligente und vielfältig begabte Frau. Raßmann hat sie oft schlecht behandelt. In Gesellschaft hat er sie manchmal so hingestellt, als sei sie ein Dummchen, das froh sein konnte, ihn als den intelligenten Geschäftsmann an der Seite zu haben, der ihr zeigt, wo es langgeht. Ich hätte ihr einen Mann mit Herzensbildung gewünscht. Für mich ist Raßmann ein aufgeblasener Blender. Es würde mich nicht besonders überraschen, wenn sein finanzieller Erfolg auf Lug und Betrug beruhen würde."

Konstanze war hellhörig geworden. War bei der Intendantin mehr im Spiel als lediglich Empathie? Konnte es sein, dass im Blick auf das ungleiche Paar Neid im Spiel war – oder gar Eifersucht? Sie nahm sich vor, ein

Augenmerk auf das Verhältnis von Landau zu Dombrowski legen.

Diesen Raßmann würden sie sich auch genau ansehen müssen. Welche Probleme gab es wirklich zwischen ihm und der Dombrowski? Ob sich da ein Tatmotiv fand?

Sie straffte sich und sagte: „Frau Doktor Landau, es ist notwendig, dass jemand das Opfer eindeutig identifiziert. Eine Identifizierung nur anhand eines Fotos genügt leider nicht. Wären Sie in der Lage, mit mir in das Gerichtsmedizinische Institut zu fahren und sich die Leiche anzusehen?"

Landau seufzte schwer: „Eigentlich müsste ich jetzt nein sagen, denn ich fühle mich ganz schlecht. Aber wer soll es dann machen? Ja, ich nehme das auf mich! Werden Sie mich auch wieder hierher zurückbringen können?"

Konstanze war erleichtert:

„Vielen Dank für Ihre Bereitschaft. Sie helfen uns damit sehr. Ich habe im Anschluss im Institut noch einen Termin und kann Sie leider nicht persönlich zurückfahren, aber ich werde veranlassen, dass Sie in einem unserer Dienstwagen zurückgebracht werden."

„Wann müssen wir aufbrechen?", wollte Florentine Landau wissen.

„Ich rufe nur noch im Institut an, um unser Kommen anzukündigen, dann können wir gleich fahren."

Konstanze kam zu dem Schluss, dass es vorher nötig war, mit der Intendantin Klartext zu reden: „Frau Doktor Landau, jetzt muss ich Ihnen, wie allen am Theater Beschäftigten, die Frage stellen, wie und wo Sie die vorletzte Nacht verbracht haben. Also, wo waren Sie in dieser Nacht und gibt es Zeugen dafür?"

Florentine Landaus Gesicht wurde schneeweiß. Sie blickte Konstanze mit weit aufgerissenen Augen an.

„Ich kann nur hoffen, dass Sie mich nicht verdächtigen, Ellen umgebracht zu haben? Warum sollte ich das denn auch tun? Ich habe sie doch extra an diese Bühne geholt, weil ich sie für diese besondere Rolle brauchte. Außerdem habe ich sie als Mensch sehr geschätzt. Haben Sie das nicht gehört?"

Dann besann sie sich: „Ich sehe natürlich ein, dass Sie mir diese Frage stellen müssen. Also: Ich war in dieser Nacht zu Hause, habe gelesen und noch ein wenig ferngesehen. Es kam eine Dokumentarsendung über Karl den Großen. Sie wissen ja, dass ich momentan allein in einer Wohnung in der Ansbacher Innenstadt wohne. Ob mich jemand von den Nachbarn beim Kommen gesehen hat, weiß ich nicht."

Florentine Landau atmete tief ein und aus und versuchte, sich so wieder zu fassen. Dann sagte sie energisch: „So, ich weiß, dass das ein schwaches Alibi ist, aber ich war es bestimmt nicht! Jemand anderer hat Ellen Dombrowski getötet. Nochmals: Ich habe diese Frau geschätzt und gemocht. Finden Sie den wahren Mörder von Ellen, und zwar schnell, bevor er noch mehr Unheil anrichtet und er in unserem Theater nochmals zuschlägt! Ich wünsche mir von Ihnen ausdrücklich, dass Sie uns schützen."

Konstanze breitete die Arme aus und zog die Schultern hoch: „Ich würde Ihnen das sehr gerne zusagen, aber bei unserem gegenwärtigen Personalstand kann ich das beim besten Willen nicht. Ich hoffe sehr, dass sich das innerhalb der nächsten Tage ändert, aber wie gesagt ..."

„Was soll ich meinen Leuten nur sagen? Alle haben im Moment sicher eine tierische Angst." Florentine war ratlos.

Konstanze bemühte sich, die Frau mit sanfter Stimme zu beruhigen: „Frau Landau, wir stehen mit unseren Ermittlungen erst am Anfang. Bitte lassen Sie uns etwas Zeit, dann können wir Ihnen sicher besser unter die Arme greifen."

Die Intendantin nickte zwar, aber die Skepsis war ihr trotzdem deutlich anzusehen.

Davon ließ sich die Polizistin aber nicht beirren. Als hätte sie den bedenklichen Blick nicht bemerkt, fuhr sie fort: „Ich melde unser Kommen im Institut, dann können wir hinfahren."

Zu Carlo sagte sie: „Sei so gut und fang hier mit den Befragungen an. Wir treffen uns kurz vor ein Uhr in meinem Büro. Heute Nachmittag werde ich Dotzauer vom Stand der Ermittlungen in Kenntnis setzen."

Carlo nickte, verabschiedete sich von Florentine Landau und verließ das Büro.

Konstanze Grunwald und die Intendantin kamen einige Zeit später in der Gerichtsmedizin an. Als sie den Korridor zu Doktor Renzens Reich erreicht hatten, hielt sich Florentine Landau kreidebleich die Nase zu. Sie keuchte: „Mir macht dieser eigenartige Geruch hier zu schaffen."

Konstanze nickte: „Mir geht es genauso wie Ihnen. Außerdem wird mir jedes Mal ganz mulmig, wenn ich hier herein muss."

Ein Angestellter, der ganz in einen grünen Schutzanzug gekleidet war, nahm sie an einer der Türen in Empfang und führte sie in einen Raum, in dem ein Tisch stand, auf dem ein abgedeckter Körper lag. Er zog das Tuch gerade so weit zurück, dass der Kopf der darauf liegenden Person sichtbar wurde. Florentine Landau schlug die Hand vor den Mund. Ihre ganze Gestalt krümmte sich wie unter Schmerzen zusammen. Sie begann, laut zu weinen. Konstanze legte ihr einen Arm um die Schultern und hielt sie fest, bis sie sich etwas beruhigt hatte. Mit der anderen Hand hatte sie dem Institutsangestellten ein Zeichen gegeben, dass er das Gesicht der Toten wieder zudecken solle. Dann führte sie Florentine Landau behutsam aus dem Raum. Im Flur stellte sie ihr die entscheidende Frage: „Haben Sie die Tote erkannt?"

„Ja, das ist leider Ellen Dombrowski", Florentine Landau schluchzte.

Konstanze nahm sich Zeit und setzte sich mit der Intendantin auf eine sonnenbeschienene Bank vor dem Gebäude, um ihr Gelegenheit zu geben, sich wieder zu beruhigen.

Während sie so dasaßen, schlug die Stimmung der Intendantin von Trauer in Wut um. Sie schrie laut auf: „Welche Bestie hat Ellen das angetan!? Einfach ein junges Menschenleben auf diese Weise auszulöschen! Ich will, dass dieser Verbrecher ganz hart bestraft wird!"

Konstanze legte ihr besänftigend die Hand auf den Arm.

„Wir werden ihn fassen! Ich rufe Ihnen jetzt einen Streifenwagen, der Sie wieder zum Theater zurückbringt. Vielen Dank, dass Sie sich dieser schrecklichen Prozedur ausgesetzt haben. Ich sehe durchaus, wie schwer das für Sie war."

Konstanze telefonierte. Es dauert nicht lange, dann fuhr ein Polizeiauto vor, das Florentine Landau aufnahm, um sie zum Theater zurückzubringen. Die Polizistin ging wieder in das Institut hinein, lief durch die Gänge und betrat zuletzt den Sektionsraum.

Frau Doktor Brigitte Renz und Oberstaatsanwalt Sauber, dazu ein Assistenzarzt des Instituts, erwarteten sie bereits. Nachdem sie sich begrüßt hatten, zog der Arzt das Tuch von dem toten Körper, der vor ihnen auf einem Metalltisch lag.

Die Ärztin begann ohne Umschweife mit der äußerlichen Untersuchung der Leiche.

Während sie die Tote mithilfe ihres Assistenten hin und her wendete, sprach sie ihre Befunde in ein Mikrofon, das über dem Tisch hing.

Nachdem Doktor Renz den obligatorischen Y-Schnitt gesetzt hatte, trennte sie das Brustbein der Leiche durch und entnahm dem Körper ein Organ nach dem anderen. Ihr Assistent hatte gleichzeitig die Schädeldecke geöffnet und das Gehirn auf die Waage gelegt. Nach dem Wiegen wurde es von der Medizinerin genau unter die Lupe genommen. Dann wurden auch die anderen Organe der Frau mit penibler Genauigkeit begutachtet.

„In der Lunge ist kein Wasser", befand die Ärztin. „Sie ist also eindeutig nicht ertrunken, sondern war bereits tot, als man sie ins Wasser warf."

Abschließend kam sie zu dem Schluss: „Ich muss sagen, selten habe ich ein so gesundes Menschenkind unter dem Messer gehabt. Diese Frau war topfit!" Bei diesen Worten verzog sich ihr Gesicht zu einer Maske des Bedauerns.

Fast wie nebenher bemerkte die Ärztin: „Übrigens hatte die Frau wohl kurz vor ihrem Tod noch Geschlechtsverkehr. Allerdings kann ich kein Sperma finden. Vermutlich wurde dabei ein Präservativ verwandt." Übergangslos erklärte sie weiter: „Die Todesursache war Herzversagen. Aller Wahrscheinlichkeit nach infolge einer Vergiftung. Das Labor hat, wie Sie wissen, im Blut das Gift des Kugelfisches festgestellt."

Resolut beendete sie ihren kleinen Vortrag mit den Worten: „So, meine Dame, mein Herr, damit ist die Untersuchung erst einmal beendet. Ich danke Ihnen für Ihre Aufmerksamkeit und wünsche Ihnen einen guten Tag! Alles Weitere finden Sie in meinem ausführlichen Bericht."

Wieder in der Inspektion angekommen, ging Konstanze sofort zu ihrem Chef, um ihn über den Sachstand zu unterrichten und nochmals um Verstärkung zu bitten.

Dotzauer saß mit verdrießlichem Gesicht hinter einem Stoß Akten. Nachdem Wolfgang Sperber im Krankenstand war, musste er dessen Aufgaben teilweise erledigen, das war der Polizeidirektor absolut nicht gewohnt. Sein ganzer Lebensrhythmus war deshalb durcheinander geraten.

Grantig schaute er hinter seinem Aktenberg hervor auf Konstanze.

„Sie schon wieder! Ich versinke hier in Urlaubsgesuchen, Krankmeldungen und Anträgen auf Überstundenausgleich. Was machen Sie beide eigentlich?“

Konstanze war wild entschlossen, sich von der miesen Laune ihres Chefs nicht beeindrucken zu lassen.

„Wir versuchen, einen Mord an einer jungen Frau aufzuklären. Wie Sie sich sicher vorstellen können, kommen wir zu zweit damit nicht gut voran“, antwortete sie mit Schärfe in der Stimme. Dotzauers Augen wurden zu Schlitzen. Er fixierte sie mit einem Blick, als hätte sie ihm gerade ein Krokodil auf den Schreibtisch gelegt.

„Woher soll ich denn die Leute nehmen?!“, fuhr er auf und legte gleich nach: „Keiner will hier mehr arbeiten als unbedingt notwendig.“

Konstanze ließ sich nicht auf den aggressiven Ton ein.

Stattdessen begann sie, ihm alle Gründe aufzuzählen, die ihrer Meinung nach auf einen Mord an Ellen Dombrowski hinwiesen, und verlangte zu den Ermittlungen mehr Personal. Dotzauer hatte den Blick auf seinen Schreibtisch gesenkt und schüttelte den Kopf. Konstanzes Hoffnungen auf zusätzliche Mitarbeiter schwanden.

Sie hatte sich wohl mit ihrer Vermutung geirrt, denn Dotzauer schaute plötzlich wieder hoch und grinste sie an: „Das ist mir alles längst schon selbst in den Sinn gekommen. Ich bin bereits seit einigen Stunden zu dem Schluss gekommen, dass es sich um ein Tötungsdelikt handelt, und das trotz meiner vielen Arbeit hier.“ Er lehnte sich mit überlegenem Lächeln in seinem Sessel zurück.

Unbeeindruckt wollte Konstanze die Gunst des Augenblicks nutzen. Sie fasste nach: „Mit wie vielen Kollegen können wir also rechnen?“

Mit einem schweren Seufzer deutete Dotzauer auf seinen Aktenberg: „Sie sehen doch selbst, dass die meisten hier keine rechte Lust auf Arbeit haben, verehrte Frau Kollegin. Ich kann Ihnen also beim besten Willen nicht mehr als einen einzigen Beamten genehmigen.“

„Herr Dotzauer, das kann nicht Ihr Ernst sein! Ich brauche mehr Leute!“

„Nein, das ist mein letztes Wort und jetzt gehen Sie bitte“, entgegnete ihr Dotzauer mit Schärfe. „Ich habe wirklich reichlich zu tun. Der betreffende Kollege wird sich morgen früh um acht Uhr bei Ihnen melden.“

Die Kommissarin ließ noch nicht locker: „Wenn ich von Ihnen nur einen einzigen Mitarbeiter zugestanden bekomme, sollte der aber Erfahrung in der Mordermittlung mitbringen.“

Dotzauer setzte ein diabolisches Lächeln auf: „Darauf können Sie sich verlassen.“

Konstanze bekam ein sehr ungutes Gefühl.

Mit einem knappen „Danke!“ drehte sie sich auf der Stelle um und verließ das Büro ihres Chefs.

Wieder bei Carlo angekommen, sagte sie zu ihm mit matter Stimme: „Komm, gehen wir Essen.“

Natürlich bemerkte Carlo sofort Konstanzes schlechte Verfassung.

„War wohl nicht besonders gelungen, dein Vorstoß?“, fragte er vorsichtig.

Konstanze warf die Arme in die Luft und zischte wütend: „Wir bekommen nur einen einzigen Mann zur Verstärkung. Er hat mir nicht verraten, wer das ist, aber seinem hämischen Grinsen nach können wir uns keine

Hoffnung auf eine große Hilfe machen. Komm, reden wir jetzt nicht weiter darüber. Mir knurrt der Bauch und ich brauche nach den letzten Stunden eine Auszeit. Lass uns von hier verschwinden!"

Carlo nickte stumm. Klar, Konstanze brauchte eine Ablenkung und er war auch froh, von seinem Schreibtisch aufstehen zu können. Im Theater hatte er nur noch wenige Angestellte befragen können, weil die meisten außer Haus waren.

Bei der Frage, woher der Täter das Gift bekommen hatte, war er nicht weitergekommen. Seiner Recherche nach gab es in der Stadt und ihrer Umgebung keine Apotheke, die das Gift von Kugelfischen führte. Auch die Krankenhäuser hatten es nicht auf Lager. Er beschloss, diese Dinge später weiter zu verfolgen.

Carlo würde jedoch wegen der dynamischen Entwicklung des Falles keine Gelegenheit mehr finden, an dieser Stelle zu forschen.

Auf dem Weg zu einer Gaststätte in der Nähe hatte er plötzlich das Bedürfnis, Konstanze über seine vergeblichen Versuche zu informieren. Sie wollte aber nichts davon hören: „Carlo, es tut mir leid. Aber ich bitte dich, verschone mich jetzt mit dienstlichen Dingen. Ich möchte während des Essens nicht über den Fall oder etwas Polizeiliches sprechen, das würde mich nur wieder an die Obduktion erinnern und dann würde mir der Appetit gleich wieder vergehen. Ich will auch nicht an das Gespräch mit unserem Chef denken. Sein wölfisches Grinsen liegt mir wie ein Klumpen im Magen. Ich befürchte, er führt etwas gegen uns im Schilde."

„Damit würde er sich doch letztlich selbst schaden."

„Ach weißt du, Carlo, für dumme Menschen ist das zweitrangig, wenn sie hoffen, sie könnten anderen mit einer bestimmten Handlung einen Schaden zufügen.

Ich habe diesen idiotischen Zug schon einige Male bei bestimmten Menschen erlebt. Wenn Dummheit und Gemeinheit Allianzen eingehen, wird der dadurch entstandene Schaden hinterher meist sogar noch als Errungenschaft herumposaunt. Hauptsache, die Wortführer haben sich durchgesetzt."

Carlo schüttelte den Kopf: „Manche Menschen sind der lebende Beweis dafür, dass Gehirnversagen nicht unmittelbar zum Tod führt."

„Also, beim Essen reden wir nur über intelligente Menschen, abgemacht?"

„Darf ich auch über Myriam Hartwig sprechen?"

„Unsere Kollegin ist zwar etwas verschroben, aber neben dieser Eigenschaft ist sie jedenfalls intelligent. Außerdem, wenn man ihren Aberglauben einmal von der humorvollen Seite ansieht, muss man sagen, sie sorgt bei uns ständig für Unterhaltung, dafür muss man dankbar sein. Findest du nicht auch?"

Carlo wiegte zweifelnd den Kopf: „Ob man es so sehen kann, wenn man ständig damit konfrontiert wird? Ich hatte bisher jedoch den Eindruck, sie versucht, sich und andere mit ihren Mitteln zu schützen, ob uns das lieb war oder nicht. Ich meine, Myriam ist im Grunde sehr ängstlich und hat ständig Angst vor Katastrophen."

Konstanze nickte: „In unserem Beruf ist das berechtigt. Aber jetzt sitzt sie sehr tief in der Bredouille. Ich werde ihr auf jeden Fall noch heute Nachmittag einen Besuch in der Bezirksklinik abstatten und nachsehen, wie es ihr geht."

„Gut, aber nun reicht es wirklich. Ich sage: Ab jetzt kein Wort mehr über berufliche Dinge! Erzähl mir lieber ein wenig von dir und deiner Freundin. Wie läuft es denn so bei euch?"

Diese Anregung nahm der junge Kommissar sofort auf.

Seine Verbindung war für ihn Lust und Leiden in einem.

Carlo liebte Andrea, eine Tochter aus reichem Haus. Alles wäre bei den beiden wunderbar in Ordnung gewesen, denn Andrea liebte Carlo ebenfalls sehr. Das Problem war der Standesunterschied. Andrea war von Kind auf gewohnt, jeden nur denkbaren Wunsch erfüllt zu bekommen.

Große Reisen, luxuriöse Häuser, ein eigenes Pony, Unterricht in einer Privatschule, später ein schickes Auto. Ihre Freunde entstammten alle wohlhabenden Elternhäusern. Manche von ihnen schienen nicht nur mit einem goldenen Löffel im Mund geboren worden zu sein, sondern mit einem ganzen Besteck.

Für Andrea war das alles selbstverständlich. In der Werbebranche beschäftigt, verdiente sie selbst überdurchschnittlich gut und genoss darüber hinaus den Vorzug, dass die Firma, in der sie arbeitete, ihren Eltern gehörte.

In der Begegnung mit Carlo lernte sie zusammen mit dieser neuen Liebe das Leben von einer anderen Seite kennen. Der Kommissar stammte aus einer Familie, in der es weit bescheidener zuging. Carlo hatte eine jüngere Schwester. Seine Mutter arbeitete halbtags als Krankenschwester im Klinikum. Sein Vater war Beamter. Carlo und seiner Schwester hatte es zwar an nichts gefehlt, aber das Leben ihrer Familie spielte sich unter diesen Voraussetzungen natürlich in einem weitaus engeren Rahmen ab als das von Andrea.

Als sich Carlo und Andrea über die Standesgrenzen hinweg wahnsinnig ineinander verliebt hatten, fingen ganz unterschiedliche Umstände an, den jungen Leuten Probleme zu bereiten.

Carlo erzählte, dass er und Andrea wenigstens an einem Punkt zu einer, wie er meinte, guten Lösung gekommen waren.

Beide kamen zu dem Schluss, dass ihnen ihre Beziehung wichtiger war als die exklusiven Ausflüge mit ihren Freunden, die Carlos Konto in tiefe Abgründe stießen. Sie vereinbarten nämlich, dass Carlo die Kosten für gemeinsame Unternehmungen in „seiner Welt“ übernahm und Andrea finanziell für die Luxusaktionen zuständig war.

Beide fanden das gerecht, weil das jeden von ihnen entsprechend seinem persönlichen Budget belastete.

Euphorisch berichtete der junge Kommissar vom Gesinnungswandel von Andreas’ Eltern. „Sie sind in letzter Zeit sehr viel freundlicher zu mir geworden! Wahrscheinlich haben sie meine inneren Werte entdeckt!“

„Ach, so etwas hast du?“, frotzelte Konstanze.

Carlo überlegte gerade an einer passenden Erwiderung herum, aber er konnte seine Überlegung nicht anbringen. Während es in ihm noch dachte, wurde ihr Essen an den Tisch gebracht.

Sie hatten beide einen tierischen Hunger und fingen gleich schweigend zu essen an. Damit hatte sich das Gespräch zu Carlos Herzensthema erst einmal erschöpft. Die Gedanken daran lösten sich über dem köstlichen Gericht auf wie eine kleine Wolke im Wind.

Als Barbara Robertazzi einige Zeit später ihre Schritte und Stimmen auf dem Flur der Inspektion wahrnahm, kam sie aus ihrem Büro und sagte mit hochgezogenen Augenbrauen und ernster Miene: „Ich muss euch etwas zeigen.“ Sie ging mit den beiden Kommissaren an ihren Arbeitsplatz zurück und gab ihnen ein Schreiben zu lesen. Es war eine Pressemitteilung, die Dotzauer während ihrer Abwesenheit herausgegeben hatte. Darin stand, dass die Polizei mit Hochdruck an der Aufklärung des Falles „Rezat“ arbeite. Es gibt eine von Polizeidirektor Rudolf Dotzauer persönlich zusammengestellte Arbeitsgruppe.

Im Moment würden alle bisherigen Untersuchungsergebnisse penibel geprüft und es könne nur eine Frage der Zeit sein, bis der Täter gefasst und seiner gerechten Strafe zugeführt werde. Die Beamten seien auf einem guten Weg, betonte der Verfasser.

Barbara, Konstanze und Carlo sahen sich verwundert an: „An Dotzauer ist wirklich ein Politiker verloren gegangen", bemerkte Konstanze. „Er kann Dinge so darstellen, als wären sie Realität, obwohl er eigentlich nur seine Wunschgedanken beschreibt."

„Du meinst, er lügt?", stellte Barbara klar.

Carlo wandte ein: „Er macht mit dem Schreiben einen Vorstoß, um die Medien und die Bevölkerung in einer scheinbaren Sicherheit zu wiegen. Dass es vorläufig außer uns keine Arbeitsgruppe gibt, weiß ja niemand. Eines ist an der Verlautbarung zumindest keine Lüge: Es ist eine Frage der Zeit, bis wir den Täter seiner Strafe zuführen."

Konstanze wollte sich auf keine Verniedlichung einlassen: „Für mich ist es eine Lüge!", sagte sie scharf. „Darüber will ich aber nicht weiter diskutieren, das bringt nichts. Wir müssen vorwärtskommen, deshalb schlage ich vor, wir sehen uns zunächst die abschließende Stellungnahme von Frau Doktor Renz an. Ist die schon eingetroffen, Barbara?"

„Ja, ich habe sie auf deinen Schreibtisch gelegt und auch die Ergebnisse der Spusi in schriftlicher Form."

„Ich habe eine Bitte an dich, Barbara: Such uns die Rufnummer und die Adresse von einem Herrn Jost Raßmann, wohnhaft in Ansbach, mit einem Betrieb in Nürnberg, heraus.

„Mache ich gleich!"

Konstanze nahm sich die Obduktionsergebnisse vor, sie hatten keine weiteren Erkenntnisse gebracht.

Der Bericht der Spurensicherung von der Durchsuchung der Wohnung des Opfers brachte lediglich die Einsicht, dass Ellen Dombrowski keine Drogen zu Hause gelagert hatte. Ihre Wohnung war in keinster Weise auffällig, nicht anders als die Wohnung einer anderen x-beliebigen jungen Frau.

Auffällig waren einige schöne Schmuckstücke, die sich in entsprechenden Kästchen befanden. „Vielleicht Geschenke von ihrem Liebhaber?", überlegte Konstanze.

So ein Fiesling

Um Raßmann zu befragen, fuhren die beiden Beamten zum Haus von Ellens Liebhaber. Wie es sich für einen Fabrikbesitzer gehört, wohnte Jost Raßmann in einer ansehnlichen Villa. Das schöne Grundstück, das sie umgab, schmiegte sich an einen Berghang, sodass man von der Terrasse oder den Fenstern des Hauses aus einen schönen Blick auf das darunter liegende Ansbach haben musste.

Auf ihr Läuten wurde die Türe von einer älteren, schlanken Frau geöffnet, die in etwa Konstanzes Größe hatte. Sie trug ein dunkles, unförmiges Kleid, das sie auf den ersten Blick zu einer grauen Maus werden ließ. Konstanze ließ sich vom ersten Eindruck aber nicht täuschen. „Diese Frau hat bestimmt schon manches erlebt", ging es ihr durch den Kopf. „Sie muss einmal sehr schön gewesen sein."

Ihre vergangene Attraktivität war durchaus noch zu erahnen. Ihre Haut war wie zerknülltes und wieder glatt gestrichenes Papier. Die grauen Haare waren raffiniert geschnitten und aus dem ausdrucksvollen Gesicht blickten sie zwei aufmerksame und hellwache Augen in dunklem Blau an. Die ganze Haltung der alten Dame gebot Achtung.

Während sie die Person vor sich einer schnellen Musterung unterzog, gewann die Kommissarin den Eindruck, dass beim Erscheinungsbild dieser Frau einiges nicht zusammenpasste. „Ich weiß noch nicht was, aber ich werde es herausfinden", dachte sie sich.

Konstanze hielt ihren Ausweis hoch: „Kriminalpolizei Ansbach. Wir wollen Herrn Jost Raßmann sprechen. Ist er zu Hause?"

Mit einer überraschend schnellen Bewegung schnappte sich die Frau den Ausweis, behielt ihn in ihrer Hand und sagte knapp: „Ich sage ihm Bescheid!" Hastig wollte sie die Tür schließen. Konstanze fühlte sich von der Attacke auf ihren Ausweis überrumpelt, brachte es aber in einer mehr instinktiven Reaktion fertig, ihren Schuh in den Türspalt zu schieben. Ohne auf den Protest der Frau zu achten, sagte sie mit freundlicher Miene zu ihr: „Wir warten. Bitte beeilen Sie sich!"

Die Augen der Frau schossen Blitze auf sie ab. Dann drehte sie sich brüsk um und ging in sehr aufrechter Haltung von der Tür weg ins Hausinnere.

Kurze Zeit danach waren aus dem Flur energische Schritte zu hören. Die Tür wurde ganz aufgerissen und vor ihnen stand ein übergewichtiger älterer Mann, dessen offenbar schwarz gefärbtes Haupthaar nach hinten gebürstet war. Es glänzte durch übermäßiges Gel, das sein Haar wie eine Bademütze auf den Kopf geklebt hatte. Das auffällige Goldkettchen um den Hals, die dicke Uhr am Handgelenk, der protzige Ring am kleinen Finger und seine förmlich nach Kostspieligkeit stinkende Kleidung erinnerten Konstanze mehr an das Klischeebild eines Zuhälters oder eines schmierigen Altgangsters als an das eines seriösen Geschäftsmanns. Sein gebräuntes, rundliches Gesicht unterstrich den Eindruck. Die ganze Person weckte in Konstanze eine heftige Ablehnung. Sie versuchte, diese Regung rasch in den Griff zu bekommen, um sich eine schnelle Vorverurteilung zu verbieten.

Raßmann blickte sie verärgert an. „Was will die Polizei von mir? Habe ich falsch geparkt? Was fällt Ihnen ein, mich unangemeldet zu überfallen! Sie hinderten meine Haushälterin gewaltsam daran, die Haustüre zu schließen. Das ist Hausfriedensbruch! Ich werde mich über Ihre Vorgehensweise bei Ihrem Vorgesetzten beschweren! Hier, da haben Sie Ihren Ausweis wieder."

Seine Stimme war laut, rau und befehlsgewohnt.

Konstanze gab sich unbeeindruckt: „Kriminalpolizei Ansbach. Ich bin Oberkommissarin Grunwald und das ist Kommissar Grollmisch. Wir haben Ihnen eine wichtige Mitteilung zu machen. Dürfen wir hereinkommen."

Der Mann stutzte und sah jetzt etwas verunsichert drein: „Welche Mitteilung?"

„Kennen Sie Ellen Dombrowski?"

„Na klar, das ist meine Freundin. Was ist mit ihr?"

Konstanze entschloss sich, Raßmann die Mitteilung ganz schonungslos zu sagen, um seine Reaktion zu testen: „Ellen Dombrowski wurde tot aufgefunden. Sie wurde ermordet."

Raßmann glotzte sie an, als hätte sie Chinesisch gesprochen. Alle Farbe war plötzlich aus seinem Gesicht gewichen. Er öffnete seinen Mund, brachte aber nur ein Krächzen heraus, dann schluckte er hektisch und fuhr sie an: „Ich glaube das nicht! Sie wollen mich mit diesem Unsinn wohl schockieren. Wer sollte Ellen umbringen? Außerdem war sie gestern vom Nachmittag an bei mir und ist erst am Abend so gegen neunzehn Uhr weggefahren. Sie ging so früh von hier weg. Sie hätte tags darauf einen harten Probentag, sagte sie und wollte von hier aus direkt in ihre Wohnung fahren. Wann und wo soll sie ermordet worden sein?"

„Bitte haben Sie Verständnis, dass wir Ihnen aus Ermittlungsgründen nichts Näheres darüber sagen können."

Raßmann machte ein verständnisloses Gesicht.

„Was wollen Sie dann von mir? Soll ich mich jetzt mit dieser Nachricht einfach abfinden, oder was? Sagen Sie mir wenigstens, ob man sie vergewaltigt hat, bevor sie getötet wurde? Schweine gibt es ja genug, die so etwas tun!"

Raßmanns Stimme war immer noch lauter geworden. Den letzten Satz hatte er wutschnaubend herausgestoßen.

Konstanze ließ sich nicht aus der Fassung bringen:

„Sehen Sie, Herr Raßmann, es ist nun unsere Aufgabe herauszufinden, was geschehen ist. Wir tun unser Möglichstes, aber wir können beim jetzigen Stand der Ermittlungen leider noch nicht viel sagen. Frau Dombrowski ist ihrem Mörder nach neunzehn Uhr begegnet. Vielleicht sogar in diesem Haus."

„Sie meinen, ich hätte sie umgebracht!"

Raßmann war von einem Moment zum anderen vollkommen außer sich: Mit wutverzerrter Miene schrie er: „Was faseln Sie da! Sind Sie wahnsinnig? Sie soll in meinem Haus umgebracht worden sein? Sie unverschämte Frau! Am liebsten würde ich Sie beide mit einem Stock von meinem Grundstück verjagen!"

Konstanze befürchtete schon, er würde sich auf sie stürzen, und nahm instinktiv eine Abwehrstellung ein. Auch Carlo hatte seine Position blitzschnell verändert, um im Notfall eingreifen zu können.

Der Unternehmer stoppte sich aber, warf die Hände hoch und schüttelte wild den Kopf, dann stieß er ein Fauchen aus, das in einen Hustenanfall mündete. Als der etwas abgeklungen war, wich er einen Schritt zur Seite, machte mit grimmiger Miene eine knappe Handbewegung und knurrte herrisch: „Folgen Sie mir!"

Raßmann ging den Polizisten voraus durch den Eingangsbereich des Hauses zu einer Tür. Kopfschüttelnd nuschelte er dabei immer wieder vor sich hin: „Das kann es doch nicht geben! Ellen soll tot sein?"

Die Einrichtung des Raumes, den sie gemeinsam betraten, schien zu sehr mit dem Blick auf die Kostspieligkeit des Inventars zusammengestellt, um Freude am guten Geschmack aufkommen zu lassen. Alle Gegenstände schienen unablässig zu flüstern: „Teuer, teuer!"

Mit arroganter Miene wies Raßmann auf die cremefarbene Polstergarnitur in der Mitte des Zimmers: „Nehmen Sie Platz!"

Er selbst blieb stehen, dann fing er an, sich unruhig hin und her zu bewegen. Dabei schüttelte er seinen Kopf und murmelte: „Das gibt es doch nicht! Das gibt es doch nicht!“

Konstanze beobachtete ihn kurze Zeit, dann sprach sie ihn in ruhigem Ton an: „Wollen Sie sich nicht auch hinsetzen, Herr Raßmann?“

Wieder reagierte er schroff: „Das müssen Sie schon mir überlassen, ob ich mich in meinem Haus hinsetze oder lieber herumlaufe!“

Die Kommissarin versuchte, ihn zu besänftigen: „Bitte seien Sie doch vernünftig. Indem wir Sie befragen, tun wir nur unsere Pflicht. Wir müssen alles daransetzen, um herauszufinden, wer der Mörder Ihrer Freundin ist.“

Raßmann pflanzte sich vor ihr auf und fuhr sie an: „Als Erstes müssen Sie sich abgewöhnen, mir sagen zu wollen, was ich zu tun habe. Ich bin es gewohnt, anderen zu sagen, was sie zu tun haben. Wer sind Sie denn, dass Sie mir Anweisungen geben?“

Konstanze blieb ruhig.

„Ich habe Sie nur gebeten, sich zu setzen, weil es sich leichter redet.“

„Sie können das schon wollen, aber ich mache, was ich will. Das ist mein Haus. Sie sind hier von mir gelittene Gäste. Also benehmen Sie sich entsprechend!“

Konstanze hatte genug von diesem Geplänkel.

„Wir können es auch anders arrangieren“, entgegnete sie ihm nun ihrerseits mit Schärfe in der Stimme: „Entweder Sie setzen sich jetzt sofort hin oder wir nehmen Sie mit auf die Inspektion. Womöglich müssen Sie dort dann länger sitzen, als Ihnen lieb ist.“

Raßmann antwortete wütend: „Was fällt Ihnen ein, so mit mir zu reden! Sind Sie vielleicht von der Stasi, dass Sie sich solche Unverschämtheiten erlauben können? Hören Sie! Ich habe Beziehungen bis in die höchsten Kreise.

Wenn Sie mich so unverschämt angehen, können Sie sich im Nu auf einer Stelle in Entenhausen bei Donald Duck und seinen Neffen wiederfinden. Ein paar Besoldungsgrade niedriger, versteht sich."

Konstanze fand, dass es nun endgültig reichte: „Hinsetzen oder mitkommen!"

Carlo hatte sich drohend von seinem Platz erhoben, starrte Raßmann an und ließ mit seiner ganzen Haltung keinen Zweifel daran, dass er ihn am liebsten gleich am Schlafittchen packen würde.

Offensichtlich hatte er damit den Ausdruck gefunden, den der Mann verstand.

Ellens Geliebter ließ sich mit einem Seufzer in einen Sessel fallen und wirkte dabei wie ein Ballon, dem die Luft ausgelassen wurde. Dann schlug er die Hände vors Gesicht und rief: „Das darf doch alles nicht wahr sein!"

Konstanze beobachtete diesen Ausbruch mit einem inneren Abstand. Sie fragte sich, ob Raßmann gerade eine Show abzog. Als er jedoch seine Hände wieder vom Gesicht nahm, sahen die beiden Polizisten, dass er weinte. Die Tränen liefen ihm über die Wangen und sein Gesicht war schmerzlich verzogen. „Ich liebe Ellen", stieß er hervor. „Vielleicht hätte ich sie sogar einmal geheiratet. Sie ist so schön und hat einen wunderbaren Körper. Außerdem ist sie vor allem im Bett sehr gut." Nach diesem Satz veränderte sich sein Gesichtsausdruck und wandelte sich in ein perfides Grinsen. „Wir genossen die Lust, falls Sie überhaupt wissen, was ich damit meine, Frau Kommissarin."

Konstanze ließ sich nicht provozieren, obwohl sie ihm jetzt mit Genuss eine Kräftige gescheuert hätte.

Ruhig erwiderte sie: „Sie haben gerade von Liebe geredet?"

Raßmann schwieg einen Moment. Vielleicht, weil er erst einmal verdauen musste, dass sein Machospruch wenig bewirkt hatte. Konstanze schwieg ebenfalls und sah ihn dabei eindringlich an.

Der Möchtegern-Playboy wirkte fast ein wenig verlegen, als er wieder zu sprechen begann. Seine Hände zur Erklärung ausgebreitet, begann er, zunächst ein wenig zaghaft zu reden: „Na ja, Mädchen in dem Alter von Ellen sind einfach noch nicht richtig reif." Dann bekam sein Gesicht wieder diesen überheblichen Zug: „Diese jungen Dinger warten doch nur auf den Prinzen, der ihnen ihre Jungmädchenträume erfüllt. Für Ellen war eben ich der Prinz ihrer Träume."

Er beugte sich ein wenig nach vorne und unterstrich die Aufzählung seiner Vorzüge mit großzügigen Gesten: „Ich bin in jeder Hinsicht erfahren. Ich habe jede Menge Geld, ein schickes Auto, ein tolles Haus, ein großes Kabinenboot. Von meinem geistigen Bewusstsein konnte die kleine Gans lernen, wie es im Leben zugeht. Ich war der ideale Liebhaber für sie und dazu der Vater, den sie sich wahrscheinlich immer gewünscht hatte."

Konstanze wurde es angesichts der Überheblichkeit regelrecht übel. Dieses arrogante, aufgeblasene Subjekt vor ihr war anscheinend gerade vor dem Abheben.

Plötzlich wurde ihr diese Aufführung zu viel: „Herr Raßmann, sprechen Sie gerade wirklich von der Frau, von der ihre Kollegen sagen, dass sie nicht nur ein sehr charaktervoller, reifer Mensch war, sondern auch eine außergewöhnliche Künstlerin? Ihre Bezeichnungen klingen in meinen Ohren, als hätten Sie eben von einem völlig anderen Menschen gesprochen. Sie reden so abwertend von Ihrer Freundin. Ich kann mir gar nicht vorstellen, dass Sie diese Frau wirklich geliebt haben."

Raßmann schüttelte verständnislos den Kopf. „Sie verstehen das nicht! Eine Beziehung, wie wir sie unterhielten, war doch im Grunde eine Win-win-Situation. Ellen konnte sich durch mich Wünsche erfüllen, die mit ihrem mickrigen Schauspielergehalt unerreichbar gewesen wären, und ich hatte meinen Spaß mit ihr. Außerdem sah sie sehr hübsch aus. Zumindest konnte ich sie überall mit hinnehmen. Sie redete wenig Quatsch. Ich hatte schon dussligere Frauen."

Dann verhärteten sich seine Gesichtszüge wieder: „Sie sind doch Polizistin und keine Psychologin. Ich spreche Ihnen die Kenntnis und die Berechtigung ab, mit mir sachkundig über den geistig-seelischen Inhalt unserer Beziehung zu sprechen. Kümmern Sie sich lieber darum, den Verbrecher zu fangen, der Ellen ermordet hat. Alles andere geht Sie nichts an! Hören Sie auf, mich, einen verdienten Bürger dieser Stadt, mit Ihrem Dilettantengeschwätz zu belästigen. Sie reden sich gerade um Ihre Karriere, Frau Klugscheißerin!"

In Konstanze begann ein heißes Flämmchen größer zu werden. Sie spürte, wie sich ihr Körper anspannte. Gleich würde sie hochspringen, sich auf diesen Wicht werfen und ihm eine Abreibung verpassen, die er sein Lebtag nicht vergessen würde.

Carlo, der sich auf die Beobachterrolle zurückgezogen hatte, schien eine derartige Aktion zu befürchten. Er packte sie plötzlich hart am Arm. Sein Gesicht war wie versteinert, als er ihr ins Ohr zischte: „Das will er doch nur erreichen! Nimm dich zusammen!"

Er stand auf und stellte sich drohend vor Raßmann: „Schluss mit dem doofen Gerede! Es reicht. Sie haben Ihre frühere Geliebte jetzt genug durch den Dreck gezogen! Ich will sofort und präzise von Ihnen wissen, wo Sie sich in der Nacht des Mordes aufgehalten haben, Herr Raßmann. Sie stehen im Verdacht, Ellen Dombrowski ermordet zu haben!"

Der Unternehmer hob seine Hände, als wollte er einen Schlag abwehren. Seine Augen traten hervor. Sein Gesicht wurde feuerrot. Wütend fauchte er: „Ich soll Ellen umgebracht haben? Passen Sie auf, was Sie sagen. Das ist der reine Blödsinn! Warum sollte ich das denn tun? Sie war für mich in mancher Hinsicht wertvoll. Außerdem habe ich ein gutes Alibi. Sie wollen mir etwas anhängen, um einen Täter vorweisen zu können. So ein schneller Erfolg macht sich gut. Aber daraus wird nichts. Sie werden sich bei mir entschuldigen müssen. Eine Dienstaufsichtsbeschwerde ist Ihnen sicher. Mein Alibi ist in Ordnung, junger Mann! Jetzt hören Sie mir einmal zu und benehmen sich nicht so rüpelhaft! Ich war hier in meinem Haus. Ellen ging am frühen Abend. Nach dem Genuss von Alkohol und von Ellen ..." Er ließ sich Zeit, um seine Worte wirken zu lassen. „Also von beiden Genussmitteln sozusagen ..." Wieder eine kleine Sprechpause, „... bin ich wohl eingeschlafen. Zeugen gibt es dafür nicht. Anna, meine alte Haushälterin, die Sie bereits kennengelernt haben, hatte ihren freien Tag. Ich war erschöpft und gesättigt. Ich vermute nun, dass das naive Gänschen wahrscheinlich auf dem Heimweg auf irgendeinen Trick des Mörders hereingefallen ist. Der hat sie sich geschnappt, vielleicht noch einmal gepoppt und dann hopp ins Jenseits transferiert. Ich habe damit absolut nichts zu tun!" Wieder hob er seine Hände wie zur Abwehr.

Carlo grinste ihn spöttisch an: „Das nennen Sie ein Alibi. Ich sage Ihnen, ohne glaubwürdige Zeugen taugt das überhaupt nichts!" Er ließ seine Worte einen Moment wirken.

Raßmann schüttelte verärgert den Kopf und öffnete den Mund, um dem Gesagten etwas entgegenzusetzen.

Der Kommissar ließ ihn jedoch nicht zu Wort kommen. Er sah ihn direkt in die Augen und sagte heftig: „Ruhe, jetzt rede ich! Ich fasse zusammen: Ellen Dombrowski hielt sich am Nachmittag und am Abend ihres Todes in Ihrem Haus auf. Sie waren intim mit ihr. Am nächsten Morgen wurde sie ermordet in der Rezat gefunden. Herr Raßmann, ich glaube, Sie waren der letzte Mensch, der Ellen Dombrowski lebend gesehen hat. Sie wollten sich ihrer, warum auch immer, entledigen. Sie haben sie ermordet und in die Rezat geworfen. Es sollte so aussehen, als wäre sie auf dem Heimweg ihrem Killer begegnet. Geben Sie einfach zu, dass Sie dieser Täter waren. Ein Geständnis würde sich strafmildernd auswirken."

Raßmann sprang plötzlich auf und hob drohend die Fäuste gegen Carlo: „Du kleiner Bulle, wer hat dir denn das in deinen Beamtenschädel geschissen? So einer wie du muss erst einmal trocken hinter den Ohren werden, bevor er mir den Mund verbietet und mit mir auf diese unverschämte Art reden darf."

Die beiden Männer standen sich im Nu wie Kampfhähne gegenüber. Angesichts der Eskalation des Streites erhob sich Konstanze, bereit, sich zwischen die beiden zu werfen. In dem Bestreben, die Gemüter zu besänftigen, klang ihre Stimme ruhig und sachlich, aber sehr bestimmt. Sie hielt dem Geschäftsmann ihre offene Hand in Abwehrhaltung entgegen: „Raßmann stopp! Jetzt einmal ganz ruhig werden! Motive für die Tat kann es für Sie genug geben: einen Streit, der in Gewalt ausartete zum Beispiel. Vielleicht haben Sie im Suff zu einem Mittel gegriffen, um die langweilige Gespielin loszuwerden. Vielleicht war Sie Ihnen im Weg, weil sie etwas wusste, das unter keinen Umständen ans Licht der Öffentlichkeit kommen sollte? Sicher gibt es noch weitere Anlässe zu einer solchen Tat. Sie sind zumindest der Letzte, der mit ihr zusammen war. Herr Raßmann, das alles bringt Sie in unseren Augen in den Verdacht, die Tat begangen zu haben. Können Sie das nicht verstehen?"

Statt einer Antwort ging Raßmann zum Angriff über. Er versuchte, Carlo einen Faustschlag zu verpassen. Der wich schnell aus und konterte seinerseits. Der gewichtige Mann erwies sich als nicht so gewandt wie Carlo und fing sich einen sauberen Haken ein, der ihn umwarf. Konstanze nutzte aus, dass Raßmann auf dem Bauch gelandet war. Sie warf sich auf ihn und fixierte ihn mit ihrem ganzen Gewicht am Boden.

Zu Carlo sagte sie tief einatmend: „Ich denke, es ist besser, wir legen dem Herrn ein paar Armbänder an, er könnte sonst den Eindruck bekommen, wir würden ihn nicht ernst nehmen."

„Aua! Sie tun mir weh!", schrie Raßmann. „Wenn Sie mich jetzt auch noch fesseln, dann gehören Sie beide der Katz!" Erfolglos zappelte er mit den Beinen, um wieder hochzukommen. Konstanze drückte ihm ihr Knie fester in den Rücken und drehte ihm den Arm mit Schwung hoch.

Der dicke Unternehmer schäumte unter ihr vor Wut, war aber nicht in der Lage, sich aus dem Griff der Polizistin zu befreien.

Im Versuch, sich zu wehren, brüllte er: „Ihr beide seid nur kleine Idioten! Ich lasse mich doch nicht von zwei so miesen Beamten gefesselt aus meinem Haus führen. Wenn das meine Nachbarn sehen, bin ich in null Komma nix meinen guten Ruf los. Lasst mich sofort frei, ihr Arschlöcher!"

Carlo stand bereits neben ihm: „Her die Pfötchen und keinen weiteren Widerstand! Sonst wird es noch unangenehmer für Sie!"

Während er die Handschellen zuschnappen ließ, sagte er gelassen: „So, dann wolln wir mal. Ich rufe die Kollegen, damit die Sie auf die Inspektion bringen."

„Das werden Sie beide ganz schrecklich bereuen!", keuchte Raßmann. Weil Konstanze ihm ihr Knie nach wie vor fest in den Rücken drückte, kamen seine Worte nur als gepresste Häppchen aus seinem Mund.

Einen Augenblick, in dem er nach Luft rang, nutzte Konstanze aus, um ihn in gebotener Kürze über seine Rechte zu belehren. Abschließend informierte sie ihn: „Der Haftrichter wird entscheiden, ob Sie in die Untersuchungshaft überstellt werden oder nicht. Eine Anzeige wegen Widerstands und Beleidigung gibt es auf jeden Fall. Und jetzt geht es gleich in Richtung Inspektion. Sie können sich aufsetzen, aber bitte keine Sperenzchen mehr!"

Carlo war bereits dabei, telefonisch Kollegen anzufordern, die den Festgenommenen zur Inspektion bringen sollten.

„Ich will sofort meinen Anwalt sprechen!", schrie Raßmann. Er rappelte sich mühsam auf und setzte sich schnaufend hin.

Feuerrot im Gesicht krakeelte er weiter: „Bereiten Sie beide sich schon einmal seelisch darauf vor, dass Ihre Gewalttätigkeit schwerwiegende Folgen für Sie hat. Zu Ihrer Information: Ich kenne unter anderem Ihren Chef, Herrn Dotzauer, persönlich. Wir spielen im selben Golfclub."

Konstanze und Carlo grinsten sich amüsiert an und schwiegen. Dann sagte Konstanze kühl: „Selbstverständlich können Sie nachher Ihren Anwalt anrufen. Er kann Sie sofort besuchen, wenn Sie auf der Inspektion angelangt sind. Herr Dotzauer ist vielleicht auch da, wenn er nicht gerade Golf spielt."

Raßmann schimpfte weiter: „Ich hätte heute noch wichtige Termine in meinem Betrieb. Da geht es um Geld, so viel Geld, wie Sie es sich als poplige Staatsdiener gar nicht vorstellen können. Machen Sie sich also außer auf die anderen Probleme, die Ihre Brutalität nach sich ziehen wird, schon einmal auf eine saftige Rechnung gefasst, die ich Ihrer Behörde schicken werde."

Es läutete an der Haustüre. Carlo ging hinaus und sah nach.

Überraschend schnell war ein Streifenwagen eingetroffen.

Er führte die Polizisten ins Wohnzimmer.

Die Beamten halfen dem jetzt plötzlich still gewordenen Raßmann auf die Beine. Seine Stimmung hatte sich offenbar gedreht und sein Gesicht einen resignierten Ausdruck angenommen. Er ließ die Schultern hängen.

Seine Füße schlurften beim Gehen über den Boden. Von einem Moment zum anderen wirkte er wie gebrochen.

Die Beamten führten Raßmann an der mit offenem Mund dastehenden Haushälterin vorbei, die von der Türklingel angelockt in den Flur gestürzt war.

Konstanze sagte zu ihr: „Bitte warten Sie in der Küche des Hauses auf mich. Ich werde gleich mit Ihnen sprechen. Mein Kollege bleibt solange bei Ihnen."

Die Frau wandte sich ab und ging in einen an den Flur angrenzenden Raum. Carlo folgte ihr.

Konstanze kehrte ins Wohnzimmer zurück. Von dort rief sie Oberstaatsanwalt Doktor Sauber an und informierte ihn von der Verhaftung Raßmanns. Außerdem bat sie ihn darum, von einem Richter einen Durchsuchungsbeschluss zu erwirken.

Sauber reagierte besorgt: „Ich hoffe, Sie haben ausreichende Gründe, um Raßmann festzunehmen. Er hat, soviel mir bekannt ist, gute Verbindungen nach oben."

„Herr Doktor Sauber, Raßmann hat uns angegriffen und beleidigt, aber ich möchte Ihnen nichts vormachen, für einen Mord haben wir im Moment noch keinen stichhaltigen Beweis. Raßmann hat zugegeben, am Abend des Mordes mit Ellen Dombrowski zusammen gewesen zu sein. Er beteuert jedoch, dass sie sein Haus gesund und munter verlassen habe. Zeugen dafür hat er keine. Ich halte ihn für tatverdächtig, auch wenn ich das noch nicht beweisen kann."

„Was für ein Motiv sollte er denn haben?"

„Da könnte ich mir schon einiges vorstellen, aber so weit, dass ich meine Vermutungen belegen könnte, bin ich noch nicht."

Bevor der Staatsanwalt weitere Einwände vorbringen konnte, redete Konstanze schnell weiter: „Ich erhoffe mir von einer Hausdurchsuchung tiefere Erkenntnisse. Außerdem sehe ich in Raßmanns Fall die Gefahr der Verdunkelung, deshalb haben wir ihn auch ganz schnell aus dem Verkehr gezogen. Ich weiß, dass wir ihn nur maximal vierundzwanzig Stunden festhalten können. Wir werden diesen Zeitraum nützen. Vielleicht gelingt es uns, genügend Indizien zu sammeln, um ihn dingfest zu machen."

Doktor Saubers Bedenken räumte sie mit dem Gesagten nicht aus. Sein ablehnendes Kopfschütteln konnte sie fast durch den Hörer spüren: „Frau Kommissarin, ich habe in der Sache ehrlich gesagt große Bauchschmerzen. Die Beweislage ist doch hauchdünn. Ich werde versuchen, den zuständigen Richter zu überzeugen, dass Ihre Maßnahmen gerechtfertigt sind, aber das tue ich nur deshalb, weil mir Ihre prekäre Lage deutlich vor Augen steht und weil ich Sie für eine gute und zuverlässige Polizistin halte. Wegen des Widerstands und der beleidigenden Äußerungen können wir ihn jedenfalls nicht lange festhalten."

Konstanze war sich ihrer Sache selbst nicht ganz sicher, deshalb musste sie erst einmal schlucken, bevor sie sich bei Sauber für seine Unterstützung bedankte.

Nachdem sie aufgelegt hatte, wählte sie erneut und forderte die Spusi an. Gottfried Arpogaus, deren Chef, sagte ihr zu, so schnell wie möglich mit seiner Mannschaft in Raßmanns Haus zu erscheinen.

Konstanze wollte mit der Haushälterin sprechen und fand sie Zeitung lesend in der Küche. Carlo saß von ihr unbeachtet auf einem Stuhl am Küchentisch. Mit einer Geste bedeutete sie ihm, dass sie mit der Frau alleine sprechen wollte. Er verstand, erhob sich und verließ den Raum.

Als sie mit mürrischer Miene von ihrer Lektüre aufsah, sagte Konstanze etwas süffisant zu ihr: „Sie brauchen ihm heute kein Abendessen zuzubereiten, das bekommt er ausnahmsweise von uns."

„Was soll das heißen?", fuhr die Frau auf.

„Das heißt, dass wir uns noch ein wenig mit Herrn Raßmann befassen müssen. Das braucht seine Zeit."

„Haben Sie ihn verhaftet?", wollte die Alte wissen.

„Ja, es gab einen Anlass, ihn festzunehmen."

„Es geht bestimmt um dieses Flittchen, deren hübsches Lärvchen hier in dieser Zeitung zu sehen ist und das bei uns hier immer herumscharwenzelt ist? Schade, dass ich heute Morgen noch nicht dazugekommen bin, Zeitung zu lesen, sonst hätte ich den Jost warnen können, dass da etwas Unangenehmes auf ihn zukommt!"

„Ein wunderbarer, glücklicher Umstand!", dachte Konstanze.

Kühl sagte sie: „Frau Dombrowski wurde ermordet. Raßmann konnte uns nicht davon überzeugen, dass er daran unschuldig ist. Wir werden ihn also noch ein wenig danach befragen müssen."

„Das können Sie nicht machen!" Die Frau sprang auf und schüttelte ihre knochigen Fäuste gegen Konstanze.

„Doch, das können wir. Aber keine Angst, wenn wir ihm nichts nachweisen können, kommt er schnell wieder zu Ihnen zurück. Im Übrigen will ich jetzt mit Ihnen sprechen."

„Was wollen Sie denn von mir?", wollte die Haushälterin wissen. Sie war jetzt schlagartig kleinlaut geworden. „Ich bin doch nur eine alte Frau, die hier ihre Arbeit tut. Weiter weiß ich nichts."

„Gut, wenn das so ist, dann wird unser Gespräch wahrscheinlich auch schnell zu Ende sein." Konstanze bemühte sich um eine beruhigende Stimmlage und einen betont freundlichen Gesichtsausdruck. Sie setzte sich lächelnd zu der Haushälterin an den Tisch und legte ein kleines Aufnahmegerät vor die Frau hin.

„Ich werde unser Gespräch hiermit aufzeichnen."

„Muss das sein?", nörgelte die Alte.

„Ja, das gehört sich so."

Sie lächelte die Haushälterin an: „Wie ist Ihr Name?"

„Anna Raßmann."

Überrascht fragte Konstanze: „Sind Sie die Mutter von Jost Raßmann?"

„Nein, das heißt eigentlich ja. Ich bin die Stiefmutter von Jost. Seine Mutter verstarb, als er achtzehn Jahre alt war. Ein Jahr später habe ich seinen Vater geheiratet, da war Jost schon aus der elterlichen Wohnung ausgezogen. Die Firma, die heute Jost gehört, wurde von seinem Vater gegründet. Jost hat sie nach dessen Tod übernommen und leitet sie seither. Ich wurde beim Tod von Josts Vater in der Erbschaft bedacht, aber um die Firma zu erhalten, hatte der alte Raßmann dafür gesorgt, dass der Sohn den Löwenanteil davon bekam. Mir ist wenig zugestanden worden. Mein Anteil war ziemlich schnell aufgebraucht. Es war einfach zu spät für mich, um wieder in meinen früheren Beruf als Sekretärin zurückzukehren, und meine persönliche Rente ist sehr klein ausgefallen. In meiner Not bin ich zu Jost gegangen und habe ihn gebeten, mir Arbeit zu geben. Nachdem wir uns bis dahin relativ gut verstanden hatten, hat er mir die Stelle als Haushälterin angeboten. Was blieb mir übrig, als sie anzunehmen? Seitdem arbeite ich in diesem Haus."

Konstanze war von dem Bericht der alten Frau innerlich angerührt: „Wie ist es Ihnen in Ihrer Tätigkeit hier bisher ergangen?"

Die Frau zuckte mit ihren Schultern: „Ich bekomme ein Gehalt, das mir für mein Leben ausreicht. In meinem Alter braucht man ja nicht mehr so viel. Jost hat meine Anstellung an gewisse Bedingungen geknüpft."

„Und diese Bedingungen sind ...?"

„Ganz einfach. Ich muss dafür sorgen, dass das Haus sauber gehalten wird und dass jederzeit das von Jost gewünschte Essen für ihn und seine Gäste auf den Tisch kommt. Wenn es mir gesundheitlich schlecht geht, kann ich mir eine Hilfe dazuholen. Im Grunde sind es die Arbeiten einer Hausfrau. Ich schaffe das alles noch, obwohl sich mein gesundheitlicher Zustand in den letzten Monaten verschlechtert hat. Ich hoffe nur, Jost steht zu seinen Versprechen, wenn ich einmal nicht mehr für ihn sorgen kann."

„Gibt es weitere Bedingungen?"

Zögernd antwortete Anna Raßmann: „Ja ... ich bin von Jost zu unbedingter Verschwiegenheit über alle Dinge verpflichtet worden, die zu seinem persönlichen Bereich gehören. Ich darf Ihnen also auch nichts darüber sagen, was in diesem Haus bisher ablief."

Konstanze bemerkte, dass die alte Haushälterin immer aufgeregter wurde. Ihre Hände zitterten stark und sie hatte rote Flecken im Gesicht bekommen.

„Frau Raßmann", begann die Kommissarin behutsam zu sprechen, „ich kann mir vorstellen, dass Sie in Ihrer Lage Angst empfinden, sich durch eine Aussage selbst großen Schaden zuzufügen, deshalb verlange ich von Ihnen im Moment auch nicht, dass Sie mir haarklein berichten, was Sie wissen. Bitte haben Sie aber Verständnis dafür, dass ich Sie nach dem Verhältnis von Jost Raßmann und Ellen Dombrowski fragen muss. Wir müssen einen Mordfall aufklären und wir müssen herausfinden, warum ein junger Mensch um sein Leben gebracht wurde. Ich bitte Sie sehr darum, mir Ihr Wissen darüber anzuvertrauen."

Anna Raßmann schüttelte energisch den Kopf und stieß zwischen zusammengekniffenen Lippen heftig einen kaum verständlichen Satz hervor: „Angst? Wovor soll ich eigentlich noch Angst haben? Mir hat man bereits mein Leben zerstört! Zuerst der Vater, dann der Sohn!"

Verblüfft über diese Kehrtwendung in der Darstellung ihrer Situation fragte Konstanze: „Das klingt aber ganz plötzlich völlig anders als Ihre bisherige Schilderung. Was wollen Sie mir damit sagen?"

„Ich will sagen, dass für mich das Leben mit Albert Raßmann, so hieß mein früherer Mann, für mich von Jahr zu Jahr mehr zu einem Albtraum geworden ist. Er hat mich schlimmer behandelt als eine Sklavin. In seinem Haus wurde ich von ihm wie eine Gefangene gehalten. Er hat mich auch oft misshandelt. Albert Raßmann war ein Sadist!"

„Warum sind Sie nicht einfach von ihm weggegangen?"

„Weil er mir gedroht hat, mich umzubringen, wenn ich ihn verlassen würde. Ich habe ihm das hundertprozentig geglaubt. Und ich habe ihm auch geglaubt, als er sagte, er würde mich suchen und finden, wenn ich fortging. ‚Und wenn du dich in einem Mauseloch in Honolulu verkriechen würdest, ich habe überallhin meine Verbindungen. Ich werde dich finden, dann werde ich dich ganz langsam, qualvoll sterben lassen.' Das habe ich ihm geglaubt. Ich hatte Angst und nichts als Angst vor diesem Menschen und ich wusste nicht, wer mir in meiner Situation hätte helfen können."

Die alte Frau raufte sich bei diesen Worten die Haare und blickte so angstvoll drein, als könnte ihr verstorbener Mann in jedem Moment zur Tür hereinkommen und über sie herfallen.

Konstanze insistierte: „Aber es gibt doch die Polizei,

Frauenhäuser und Frauenbeauftragte bei den Kommunen?"

„Natürlich gibt es das alles, aber niemand kann einen Tag und Nacht bewachen. Ich fand mich immer ganz allein mit meiner Not. Wenn ich abgehauen wäre, wie lange hätte ich mich wohl verstecken können? Irgendwann wäre ich dem Raßmann doch wieder begegnet, dann hätte er ganz bestimmt wahr gemacht, was er mir angedroht hat. Außerdem, wovon sollte ich leben? Raßmann hat mir kein eigenes Geld zugestanden."

Konstanze war es bei dem Bericht der Frau eiskalt den Rücken heruntergelaufen. Sie konnte verstehen, dass ein Mensch in eine Lage kommen konnte, die ihm völlig aussichtslos erschien. Außerdem kannte sie die beschränkten Hilfsmöglichkeiten kommunaler und staatlicher Stellen. In ihrer Anteilnahme musste sie sich beherrschen, Anna Raßmann nicht in den Arm zu nehmen. Aber eigentlich brauchte sie selbst gerade Trost angesichts dieser Trostlosigkeit.

Sie straffte sich und stellte ihre Professionalität gegen das Gefühl des Mitleids.

„Frau Raßmann, bitte glauben Sie mir, das tut mir alles sehr, sehr leid für Sie. Sie sagten gerade: ‚Wie der Vater, so der Sohn.' Was wollten Sie mir damit sagen?"

„Ich wollte sagen, dass Jost zwar einigermaßen fair zu mir war. Anders als sein Vater! Seine Schikanen mir gegenüber hielten sich in gewissen Grenzen. Er wusste wohl, dass er mich einerseits in der Hand hatte, aber auch, dass ich für ihn, quasi durch meine Verpflichtung zu unbedingter Loyalität ihm gegenüber, recht nützlich war. Woher sollte er jemanden nehmen, den er so in der Hand hatte wie mich?"

Die Kommissarin nickte verstehend und ging zu einem anderen Thema über: „Wie war das Verhältnis von Jost und Ellen?"

„Ich kann Ihnen nur das eine sagen: Er hielt sie im Stil seines Vaters in einem raffinierten Geflecht von Abhängigkeit. Sie war dadurch recht gefügig und er konnte sie benutzen und für sich ausnutzen. Ich weiß, dass die junge Frau in dieser Beziehung sehr unglücklich war. Manche schlimme Szene zwischen den beiden musste ich mit anhören und ansehen. Sie tat mir leid."

„Ich verstehe nicht, warum Sie sich über Ellen Dombrowski mir gegenüber vorhin so abwertend geäußert haben."

„Können Sie das wirklich nicht verstehen, nachdem ich Ihnen meinen Hintergrund geschildert habe? Raßmann verlangt von mir Solidarität und Gehorsam. Solange er über mich bestimmen kann, muss ich in seinem Sinn reden und handeln. Wenn ich mich eingemischt hätte, wäre es mir bestimmt an die eigene Existenz gegangen."

„Können Sie sich vorstellen, dass Jost Raßmann Ellen Dombrowski umgebracht hat?"

Die alte Frau reagierte auf diese Frage nicht überrascht. Sie schien ernsthaft nachzudenken und zögerte nur einen Moment mit ihrer Antwort. Dann sagte sie: „Ich weiß es nicht. Vater und Sohn Raßmann waren beziehungsweise sind gewalttätige Menschen. Ganz kann man aber einen Menschen nicht durchschauen."

„Sagen Sie auf meine Frage trotzdem bitte einfach ja oder nein."

„Ja, ich hätte es Albert Raßmann ohne Weiteres zugetraut und seinem Sohn auch. Nun ist es heraus. Vielleicht kostet mich diese Offenheit nun meine Existenz, aber ich kann einfach nicht anders, als Ihre Frage zu bejahen. Tausendmal JA!", fügte sie grimmig hinzu.

„Frau Raßmann, ich verspreche Ihnen, dass ich Sie, so weit wie es mir möglich ist, aus der Sache heraushalte. Allerdings müssen Sie morgen auf die Inspektion kommen, um das schriftliche Protokoll unseres Gesprächs zu lesen und zu unterschreiben."

Die alte Frau nickte trübsinnig und winkte mit einer müden Handbewegung ab. „Was gesagt ist, ist gesagt. Das will ich auch nicht mehr zurücknehmen."

„Frau Raßmann, der Erkennungsdienst wird gleich da sein und notwendigerweise das Gebäude durchsuchen. Die Kollegen müssen sich auch in Ihren persönlichen Räumen umsehen, das lässt sich leider nicht umgehen. Bitte halten Sie sich im Haus zu unserer Verfügung. Die Beamten beginnen ihre Arbeit in Ihrer Wohnung. Wenn sie dort fertig sind, können Sie wieder in Ihre Räume. Die Visitation dort dauert nur eine kurze Zeit. Bleiben Sie bitte so lange hier in der Küche. Sie können während der Dauer unseres Hierseins leider auch keinen Kontakt nach draußen aufnehmen."

Anna Raßmann reagierte gelassen: „Dann lese ich eben in Ruhe meine Zeitung. Außerdem könnte ich Ihnen und Ihren Kollegen Kaffee oder Tee kochen."

Konstanze staunte darüber, wie sich die Frau in so kurzer Zeit wesensmäßig gewandelt hatte. Aus einem alten, zänkischen Weib war eine ältere, jetzt auf einmal sehr gelassen wirkende Frau geworden.

„Ich danke Ihnen."

Konstanze stand auf und verließ die Küche, um im Haus nach Carlo zu suchen. Als sie ihn in einem Raum fand, in dem ein riesiger Fernsehschirm stand und in dem sich ein großes Bücherregal von Wand zu Wand erstreckte, grinste er sie triumphierend an: „Schau mal, was ich in diesem feudalen Medienraum Schönes gefunden habe." Er hielt ihr einen Plastikbeutel hin, in dem sich ein weißes Pulver befand.

„Oh Carlo, du bist ja ein wirklicher Schatzsucher!"

Das Grinsen des jungen Kommissars wurde immer

breiter: „Außerdem bin ich genial! Ich habe den Beutel in dieser großen alten Bibel gefunden. Sie ist innen vollkommen ausgehöhlt. Ein schönes Symbol für den Hausherrn, finde ich. Ich habe das Versteck so schnell gefunden, weil ich nicht recht glauben konnte, dass er ein rechtschaffener Gläubiger ist. Probier mal, das ist ein sehr reines Kokain."

Konstanze nahm eine kleine Probe. „Super, jetzt haben wir ihn! Mir fällt ein Stein vom Herzen! Bei der Menge schätze ich den Fund auf einen Wert von zehn- bis fünfzehntausend Euro. Ich bin gespannt, ob die Spusi noch mehr von dem Zeug findet. Auf jeden Fall besteht die Chance, dass wir auch bei der Durchsuchung seines Computers und seiner Adressenlisten auf seine diesbezüglichen Kontakte stoßen. Ich rufe gleich Oberstaatsanwalt Sauber an, um ihm Bescheid zu geben."

Während Konstanze telefonierte, sah sich Carlo weiter in der Wohnung um, bis er die Glocke an der Haustüre hörte und den Männern und Frauen des Erkennungsdienstes öffnete. Nachdem er deren Chef Gottfried Arpogaus von seinem Fund berichtet hatte, suchte er Konstanze.

„Ich denke, wir können das Feld jetzt der Spusi überlassen, ich habe Gottfried wegen des Rauschgifts Bescheid gesagt. Sie werden auch konzentriert im Haus nach dem Gift des Kugelfisches suchen."

„Gut, fahren wir zur Inspektion."

„Ich möchte heute Nachmittag Myriam Hartwig im Bezirkskrankenhaus besuchen", kündigte Konstanze an.

Zu diesem Besuch sollte es an dem Tag jedoch nicht mehr kommen.

Einer tappt in die eigene Falle

Wieder auf ihrer Dienststelle angekommen, erwartete die beiden Kriminaler eine böse Überraschung. Barbara Robertazzi teilte ihnen mit, dass Dotzauer schon ungeduldig in seinem Büro auf sie lauere.

Als die beiden sein Dienstzimmer betraten, fuhr er sie gleich wütend an: „Endlich sind Sie da, nachdem Sie in den letzten Stunden genügend Mist gebaut haben! Wie konnten Sie sich nur erlauben, Herrn Raßmann zu verhaften, ohne etwas gegen ihn in der Hand zu haben?“ Mit einer schroffen Handbewegung verhinderte er, dass Konstanze Einwände erheben konnte, und redete ohne Punkt und Komma weiter: „Er war mit seinem Rechtsanwalt bei mir. Die beiden haben mir ausführlich berichtet, wie unverfroren Sie mit dem Mann umgesprungen sind. Jetzt können Sie sich durch Ihr ungehobeltes Benehmen auf eine Dienstaufsichtsbeschwerde einstellen. Sie haben sich mit einem sehr verdienten und unbescholtenen Bürger angelegt, der lediglich das große Pech hat, dass seine geliebte Freundin von irgendeinem verrückten Mörder umgebracht wurde. Unsensibel, wie Sie beide offenbar vorgegangen sind, haben Sie diesem armen Mann neben der Trauer um seine Partnerin auch noch einen gewaltigen Nervenschock nach Art des Hauses zugefügt. Er ist vollkommen deprimiert. Wahrscheinlich benötigt er eine psychiatrische Behandlung durch einen Arzt. Sein Rechtsanwalt hat bereits eine Klage wegen polizeilicher Willkürmaßnahmen angekündigt. Außerdem wollen sich die beiden natürlich auch noch an die Öffentlichkeit wenden. Die Medien, allen voran unser Lokalmatador Mostrich, werden wie die Hyänen über uns herfallen. Ich werde dem Herrn Polizeipräsidenten gleich nachher Meldung von Ihrem ungeheuerlichen Vorgehen machen!“

Irgendwann musste auch Rudolf Dotzauer einmal

tiefer Luft holen. Konstanze nutzte die Gelegenheit, um die schlichte Frage anzubringen: „Wo ist Raßmann jetzt?"

Ihr Chef war gleich noch mehr aufgebracht. Er fuchtelte mit den Händen in der Luft herum und schrie: „Mehr haben Sie wohl zu all dem nicht zu sagen als: ‚Wo ist er? Wo ist er?' Wo wird er wohl sein? Auf freien Fuß habe ich ihn natürlich gesetzt! Wir achten, solange ich hier Inspektionsleiter bin, die allgemeinen Menschenrechte, merken Sie sich das, solange Sie sich noch in diesen Räumen aufhalten! Die sogenannte ‚Schutzhaft' gab es mal bei den Nazis. Diese Zeiten sind vorbei. Haben Sie das noch nicht bemerkt?"

Carlo hatte Konstanze wieder beim Arm gepackt, damit sie nicht auf dumme Ideen kam. Schnell sagte er: „Sie haben sehr voreilig gehandelt, Herr Dotzauer. Raßmann hat Widerstand geleistet und uns beleidigt. Aber noch gravierender ist, dass wir in Raßmanns Haus eine größere Menge Kokain gefunden haben. Die Staatsanwaltschaft wurde von uns entsprechend informiert. Außerdem hätten Sie zumindest mit uns sprechen müssen, bevor Sie sich zu einem solch großzügigen Schritt entschlossen hätten. Wir haben schon unsere Gründe, wenn wir jemanden festnehmen. Die Spusi ist immer noch in Raßmanns Haus am Suchen. Auch deren Ergebnisse hätten Sie abwarten müssen. Unserer und bestimmt inzwischen auch Doktor Saubers Ansicht nach besteht bei Raßmann Verdunkelungs- und Fluchtgefahr. Vielleicht hat er in seinem Betrieb inzwischen alles beiseite gebracht, was ihn noch mehr belasten könnte?"

Konstanze konnte nicht anders, als dem Gesagten genussvoll die Krone aufzusetzen: „Das können Sie dem Herrn Polizeipräsidenten gleich mit berichten, wenn Sie sich über uns bei ihm beschweren! Uns fällt bestimmt auch noch einiges zu Ihrer Person ein, wenn er uns in der Sache befragen sollte."

Die beiden Kriminaler blickten sich ernst und ganz unbefangen an. Dann wandten sie sich wieder Dotzauer zu, der plötzlich sehr blass aussah.

Der Polizeidirektor rang sichtbar nach Worten. Schließlich sagte er im Bemühen, Würde zu bewahren: „Verlassen Sie sofort mein Büro und holen Sie so schnell wie möglich diesen Raßmann zurück. Mit dem habe ich noch zu reden!"

„Wir übrigens auch", feixte Carlo. „Aber beruhigen Sie sich erst einmal, wir werden ihn finden!"

Ohne die Reaktion dieser Worte abzuwarten, gingen die beiden auf den Flur hinaus in Richtung ihrer Büros. „Entschuldigen hätte er sich schon können!", maulte Carlo, dann fingen beide an zu lachen. Barbara kam neugierig aus ihrem Büro: „Ihr beiden jubelt, als hätte die gegnerische Mannschaft ein Eigentor geschossen!?"

„Du hast den Nagel auf den Kopf getroffen! Dotzauer ist in seiner unnachahmlichen Größe wieder einmal selbst in eine Falle gegangen, die er für uns aufgebaut hatte."

„Mit ‚Größe' umschreibt ihr vielleicht vornehm das berühmte ‚Napoleon-Syndrom'?"

„Du sagst es, liebe Barbara!"

Dann wurden sie sehr schnell ernst. Konstanze erklärte: „Dotzauer hat Raßmann laufen lassen und erst jetzt begriffen, welchen Blödsinn er damit angestellt hat. Er hat uns gerade befohlen, den Mann sofort wieder einzufangen. Nun müssen wir ihn gleich zur Fahndung ausschreiben. Hoffentlich ist er nicht schon über alle Berge."

Beide Beamte ließen Barbara stehen und liefen geschwind zu Konstanzes Büro, um sofort eine Fahndung nach dem Freigelassenen einzuleiten.

Als das geschehen war, rief Konstanze Gottfried Arpogaus an, um zu erfahren, welche Ergebnisse die Hausdurchsuchung gebracht hatte.

„Du wirst es nicht glauben, wir haben noch allerhand Koks gefunden. Ich bin mir ziemlich sicher, dass Raßmann das Zeug nicht nur konsumiert hat, sondern auch damit handelt. Ihr solltet die Nürnberger Kollegen bitten, Raßmanns Betrieb zu durchsuchen. Da könnte sich vielleicht noch einiges finden lassen."

„Das werden wir. Habt ihr sonst noch etwas entdeckt, das mit dem Mordfall zu tun haben könnte?"

„Du denkst an den Gips, der unter den Fingernägeln des Opfers gefunden wurde?"

„Ja, daran denke ich und an die Kleider oder den Schmuck der Frau. Habt ihr davon etwas gefunden?"

„Leider nein. Die kann der Täter irgendwo unterwegs entsorgt haben. Vielleicht kommen sie ja noch zum Vorschein. Ich schicke dir später unseren Durchsuchungsbericht."

Hoffnung auf einen Neubeginn

Florentine Landau hatte bereits den Tag über versucht, das schreckliche Erlebnis der Identifikation von Ellen Dombrowskis Leiche durch angestrengtes Arbeiten zu verdrängen und sich zunächst mit der Vorstandschaft des Theatervereins in Verbindung gesetzt. Sie rief die Mitglieder des Gremiums zu einer Dringlichkeitssitzung herbei. Alle hatten sich sofort bereit erklärt zu kommen. In der Beratung stimmten die Vorstandsmitglieder mit der Intendantin überein, dass das Stück „Casanova" trotz der tragischen Ereignisse auf jeden Fall aufgeführt werden sollte.

Florentine erläuterte ihnen die Besetzungsschwierigkeiten der Frauenrolle. Kurz vor der Sitzung war ihr eine Schauspielerin in den Sinn gekommen, der sie zutraute, den Part gut auf die Bühne zu bringen.

Silke Baumeister hieß die junge Frau. Florentine hatte keinen Moment gezögert und sofort ihre Telefonnummer gewählt. Silke war gleich am Apparat und tatsächlich bereit einzuspringen. Sie hatte im Moment gerade kein Engagement, so kam ihr die Anfrage aus Ansbach wie gerufen.

Nachdem auch die Vorstandschaft mit der Wahl dieser Darstellerin einverstanden war, konnte die Intendantin der Schauspielerin telefonisch die Zusage geben. Silke Baumeister war begeistert. Sie kündigte an, bereits am folgenden Tag nach Ansbach zu kommen. Mit ihrem Eintreffen konnten die Proben für das Stück wieder aufgenommen werden.

Als diese Dinge gelöst waren, rief Florentine ihr Ensemble zusammen. Die Stimmung war bei diesem Treffen verständlicherweise sehr getrübt. Alle hatten Ellen Dombrowski gemocht und waren von dem grausamen Mord sehr geschockt. Florentine Landau erzählte ihren

Kollegen, wie es ihr bei der Identifikation der Leiche ergangen war. Es war ihr nicht möglich, während des Berichts die Tränen zurückzuhalten. Auch einigen Schauspielern gelang das nicht. Es tat ihnen gut, ihre Trauer und ihren Schrecken in der Gemeinschaft der anderen auszudrücken. Als alle wieder etwas Fassung gefunden hatten, nahm die Intendantin die Anregung von Konstanze Grunwald auf und bat darum, dass alle mit ihr in Gedanken an Ellen und zu ihrer Ehre weitermachen würden.

Sie ließ sie wissen, dass Silke Baumeister die Rolle des Bellino und die anderen Frauenrollen des Stückes übernehmen würde.

Damit waren die Ensemblemitglieder mehr als einverstanden. Alle anwesenden Damen waren sehr froh, dass es ihnen erspart geblieben war, gefragt zu werden ob sie Ellens Nachfolgerin werden wollten. Lag über dieser Rolle denn nicht so etwas wie ein tiefschwarzer Schatten? Keine von ihnen traute sich zu, gegen diese Finsternis anzuspielen.

Die nächste Probe für das Stück würde am nächsten Tag um vierzehn Uhr auf der Probenbühne stattfinden. Florentine Landau freute sich darauf, dabei die neue Kollegin begrüßen können.

Bis dahin sollten alle Zeit für sich haben, um langsam wieder auf den Boden zurückzufinden.

Die Intendantin Florentine Landau lebte allein. In Ansbach hatte sie für sich und ihre Katze eine sehr schöne, helle Wohnung in der Innenstadt gefunden.

Als sie an diesem Abend, früher als gewöhnlich, ihre Wohnung betrat, kam ihr ihre Katze Lilly mit aufgestelltem Schwanz entgegen, umkreiste sie zweimal und lief voran in die Küche.

Es war ein Ritual. Florentine öffnete eine Futterdose

und leerte den Inhalt in die Porzellanschüssel mit dem aufgemalten Katzenkopf. Lilly strich ihr währenddessen ununterbrochen laut schnurrend um die Beine. Als das Futter in der Schüssel lag, begann Lilly zu fressen.

Währenddessen ging Florentine zum Kühlschrank und belegte sich ein Brot mit Wurst, dann goss sie sich ein Glas Wasser ein.

Während sie kaute, sah sie ihrer Katze beim Fressen zu.

Als Lilly damit aufhörte, sich auf den Küchenläufer legte und anfing, sich zu putzen, sagte Florentine zu ihr: „Heute würde ich wirklich jemand zum Reden brauchen. Weil kein Mensch da ist, erzähle ich es eben dir: Ich habe mir die tote Ellen ansehen müssen. Es war furchtbar für mich, sie so bleich und leblos daliegen zu sehen."

Florentine redete immer weiter, versuchte, sich ihr Entsetzen und den Schmerz von der Seele zu sprechen. Leider beschwor sie damit die schrecklichen Bilder des Tages nur umso deutlicher auf ihre innere Leinwand.

Schließlich verstummte sie und legte ihr Gesicht in ihre Hände.

Nach einer Weile begann sie zu weinen.

Die Katze widmete sich inzwischen ihrer Körperpflege und ließ sich weder vom Reden noch vom Weinen ihres Frauchens dabei stören.

Als Lilly mit ihrer Putzaktion fertig war, strich sie wieder um Florentines Beine, bis diese sie auf den Arm nahm und sich mit ihr auf ihre Couch setzte. Das Weinen hatte ihr gut getan. Sie fühlte sich erleichtert und wollte sich ablenken, um wieder mehr Fassung zu gewinnen.

Vielleicht konnte ihr der Fernseher dabei helfen?

Während sie im Fernsehprogramm nach einer Sendung suchte, die einen Kontrast zu ihrem Stimmungstief darstellte, kraulte sie Lilly, die dabei laut zu schnurren begann.

Ihre Wahl fiel schließlich auf einen alten Film. Sie nahm Lilly auf den Arm, ging mit ihr in die Küche und öffnete sich eine Flasche Wein. Wieder im Wohnzimmer angekommen, schaltete sie das Fernsehgerät ein und schenkte sich Rotwein in ein Glas.

Ein schreckliches Ende

Konstanze wusste, dass sie nun schnell sein mussten, um den Mann wieder in ihre Hände zu bekommen.

„Carlo, ruf die Nürnberger Kollegen an. Sie sollen die betrieblichen Unterlagen in Raßmanns Fabrik beschlagnahmen. Wichtig ist, dass niemand etwas davon verschwinden lässt."

„Wird gemacht!"

„Ich werde Frau Raßmann inzwischen befragen, ob Jost Raßmann noch eine andere Wohnung besitzt. Ah, ja ... hast du veranlasst, dass die Bahnhöfe und der Flughafen überwacht werden?"

„Ja, habe ich!"

Carlo telefonierte mit Raßmanns Rechtsanwalt. Er machte ihm klar, in welcher misslichen Lage sich sein Mandant befand, wenn er sich nicht in kürzester Zeit der Polizei stellen würde. Der Rechtsanwalt sah das ein, beteuerte aber, er habe seinen Mandanten nach Hause gefahren. Kurz vor Raßmanns Haus habe der ihn gebeten anzuhalten.

„Er sagte, dass er ein Stück zu Fuß gehen wollte, um sich abzuregen, bevor er seiner Stiefmutter gegenübertreten würde."

Kaum hatte er den Telefonhörer aufgelegt, wurde er von Konstanze gerufen: „Carlo, komm schnell! Lass uns zu Raßmanns Haus fahren. Ich will seine Stiefmutter noch einmal befragen. Wir suchen das ganze Haus nach ihm ab. Womöglich hat er sich darin versteckt."

Anna Raßmann war von ihrem Kommen überrascht. Sie beteuerte, dass ihr Stiefsohn nicht nach Hause gekommen war. „Sie erwähnten doch auch, dass er wohl einige Zeit auf der Polizeiwache verbringen müsse", sagte sie mit ganz kleiner Stimme.

Die Kommissare ließen sich auf kein weiteres Gespräch ein, sondern fingen gleich an, das Haus des Flüchtigen sorgfältig zu durchsuchen.

Raßmann war nicht da.

Sie wandten sich noch einmal an die alte Frau: „Frau Raßmann, wo könnte sich Jost aufhalten?“

Die überlegte eine Weile, dann sagte sie: „Er hat ein Boot am Großen Brombachsee mit einer recht gut ausgestatteten, geräumigen Kabine. Vielleicht hält er sich dort auf?“

„Wo liegt das Boot normalerweise und wie sieht es aus? Hat es einen Namen?“

Frau Raßmann konnte alle Fragen beantworten. Carlo gab die Angaben sofort an die zuständige Inspektion in der Nähe des Brombachsees weiter.

Konstanze fragte die Frau: „Gibt es jemand, der ihn bei sich aufgenommen haben könnte?“

Anna Raßmann überlegte eine kleine Weile, dann schüttelte sie den Kopf: „Jost hat eine Menge Bekannte, aber so gut wie keine Freunde. Vielleicht ist er in einem Hotel?“

„Wir werden das überprüfen.“

Sie ließen sich von der Frau noch ein aktuelles Foto von Raßmann geben, dann verabschiedete sich Konstanze von ihr: „Haben Sie vielen Dank. Wenn wir noch Fragen haben, werden wir auf Sie zukommen.“

Die Haushälterin geleitete sie noch zur Tür.

Vor dem Haus sagte Konstanze: „Die Kollegen sollen die Hotels und Pensionen in der ganzen Umgegend besuchen und nach ihm fragen.“

Carlo griff wieder zu seinem Mobiltelefon und gab den Auftrag weiter.

„Wir müssen das Foto von Raßmann gleich rausschicken. Lass uns schnell zurück in die Inspektion fahren und das tun.“

Konstanze war schon beim Auto und stieg ein. Carlo rannte ihr nach. Kaum hatte er im Wagen Platz genommen, fuhr Konstanze mit durchdrehenden Rädern los.

Wieder zurück auf der Inspektion, lief Carlo in sein Büro, um das Bild einzuscannen.

Barbara Robertazzi fing die Kommissarin auf dem Flur ab: „Zunächst die gute Nachricht“, verkündete sie, „ihr bekommt eure sehnlichst erwartete Verstärkung!“

„Wie viele Beamte hat uns Dotzauer zugestanden?“

„Also, das ist jetzt leider der weniger gute Teil meiner Mitteilung: Ihr bekommt nur einen Mann und der heißt Theodor Mühleis.“

„Ach du liebes Lieschen! Ich dachte, du hättest etwas von Verstärkung gesagt? Mühleis ist doch mehr so etwas wie Dotzauers Rache.“

Dann überlegte sie kurz und sagte: „Mühleis soll sofort zu mir kommen.“

Es dauerte nicht lange, dann erschien der Gerufene mit verzagtem Gesicht in Konstanzes Büro.

Die Kommissarin übersah seinen Gesichtsausdruck und sagte: „Theo, ich begrüße dich in unserem Team! Ich habe Arbeit für dich. Du begibst dich bitte gleich ins Theater und fragst die Schauspieler, wo sie sich in der vorgestrigen Nacht aufgehalten haben. Frag sie auch, wie ihr persönliches Verhältnis zu Ellen Dombrowski war. Nimm jeweils ein Protokoll auf. Lege mir die Protokolle bitte morgen früh bei der Besprechung um acht Uhr vor.“

Mühleis nickte und sagte lakonisch: „Mache ich!“ Dann zog er ab.

Nach etwa einer halben Stunde kam die Meldung einer Streife herein, dass sich niemand an Bord des Bootes am Brombachsee aufhielt.

Während die Kommissare auf weitere Informationen warteten, forschten sie in Jost Raßmanns beruflichem Umfeld nach, ob er irgendwo aufgetaucht war. Die Polizei fahndete stundenlang mit Hochdruck, ohne dass die Fahndung ein positives Ergebnis brachte.

Am nächsten Morgen läutete das Telefon in Konstanzes Büro bereits um sieben Uhr dreißig. Anna Raßmann war in der Leitung. Mit schüchterner Stimme sagte sie: „Frau Kommissarin, nehmen Sie es bitte einer alten Frau nicht übel, ich habe versäumt, Ihnen zu sagen, dass Jost ein Wochenendhaus besitzt. Ich hatte das ganz vergessen. Mein Gedächtnis lässt manchmal zu wünschen übrig. Ich sage Ihnen, wo das Haus steht." Sie erklärte den Weg einigermaßen umständlich. „Es steht etwas versteckt am Waldrand."

Konstanze hatte bereits eine Landkarte der Umgebung aus ihrem Schreibtisch geholt und fuhr die Wegbeschreibung mit ihrem Finger darauf ab.

Sie beendete das Gespräch und setzte eine entsprechende Meldung an die Funkstreifen ab.

Dann eilte sie zu Carlo.

„Vielleicht werden die Kollegen im Wochenendhaus fündig", hoffte Konstanze.

Kurz danach wurde die Meldung durchgegeben, dass die Polizisten durch ein Fenster des verschlossenen Wochenendhauses einen strangulierten Menschen entdeckt hatten. Sie hatten bereits einen Notarzt angefordert.

„Um Himmels willen, das wird doch nicht Raßmann sein? Wir fahren sofort hin! Ich rufe gleich die Spusi und Frau Doktor Renz an. Beim Hinausgehen bitten wir Barbara, dass sie die Staatsanwaltschaft und Dotzauer entsprechend informiert."

Als die beiden Kriminalbeamten wenig später das Wochenendhaus erreicht hatten, wurden sie von den Streifenbeamten, dem Arzt und zwei Sanitätern begrüßt.

Die Polizisten hatten inzwischen das Türschloss geknackt und den Erhängten abgenommen. Ein Notarzt konnte nur noch den Tod des Mannes feststellen. Es war Raßmann.

Einer der Polizisten sagte zu den Kommissaren: „Als wir das Haus betraten, waren wir erst einmal überrascht von dem Komfort, der uns da drin erwartete. Alles vom Feinsten und mit großem Stilgefühl eingerichtet. Ein Luxuswochenendhaus, das seinesgleichen sucht! Die Leiche passte allerdings nicht recht zum geschmackvollen Ambiente. Raßmann hing an einem Strick, der seinerseits an einem Deckenhaken befestigt war. Wir vermuteten, dass er auf einen Stuhl gestiegen ist und das Seil an dem Haken befestigt hatte. Mit dem Seil um den Hals hatte er den Stuhl umgestoßen. Wahrscheinlich war er sich dabei nicht bewusst gewesen, dass er auf diese Weise einen sehr qualvollen Tod sterben würde."

Eine gründliche Untersuchung durch alle weiteren Beteiligten musste erst ein Fremdverschulden am Tod des Mannes ausschließen. Die Polizisten hatten sich in dem Haus umgesehen, ob Raßmann einen Abschiedsbrief hinterlassen hatte. Auf einem Sideboard lag ein offenbar handgeschriebenes Blatt Papier.

Vorsichtig nahm Konstanze es entgegen.

An Anna!

Liebe Anna, wenn du das liest, bin ich tot. Ich habe meinem Leben ein Ende gesetzt, weil ich keinen Sinn mehr darin sehe. Nachdem meine Freundin Ellen ermordet wurde, hält mich die Polizei für den Täter.

Ich habe es zwar nicht getan, aber ich kann auch kein Alibi vorweisen. Bestimmt wird mir der Mord angehängt.

Bei der Durchsuchung meines Hauses werden sicher auch noch die Drogen gefunden, mit denen ich gehandelt habe.

Ich bin mir bewusst geworden, dass ich die nächsten Jahre meines Lebens deswegen im Gefängnis verbringen muss. Dieser Gedanke ist mir unerträglich. Lieber will ich sterben!

Bitte sei mir nicht böse!
Ich danke dir für alles, was du für mich getan hast.
Dein Jost Raßmann

„Oh gütiger Himmel, er muss völlig verzweifelt gewesen sein!" Konstanze schlug sich die Hand vor den Mund und schüttelte den Kopf dabei. Tränen standen in ihren Augen.

Carlo meinte verzweifelt: „Irgendwie fühle ich mich jetzt mitschuldig an diesem Tod. Aber was hätten wir anders machen können, damit es nicht so weit kommen konnte?"

Konstanze versuchte, ihn zu beruhigen: „Wir konnten doch nicht ahnen, dass er so extrem reagieren würde. Er machte bei unserem Verhör einen so sicheren und arroganten Eindruck. Wenn Dotzauer ihn nicht freigelassen hätte, wären unsere Chancen vielleicht besser gewesen, seinen Zustand zu erkennen."

Kurz darauf kam Frau Doktor Renz. Nachdem sie sich den Leichnam angesehen hatte, sagte sie zu Konstanze und Carlo: „Alles deutet darauf hin, dass der Mann bereits tot war, als man ihn aufhängte. Am Hals fand ich Würgemale. Er ist erwürgt worden. Die Strangulierung hat erst post mortem stattgefunden, da bin ich mir jetzt schon sicher."

Nachdem die Ärztin gegangen war, wurde der Tote weggefahren.

Konstanze überlegte, ob ein einziger Mörder beide, Raßmann und Ellen Dombrowski, umgebracht hatte.

Dotzauers Reaktion auf Konstanzes Bericht fiel so aus, wie es die Kommissarin bereits erwartet hatte. Sein Schema, die Ursache von Katastrophen auf andere zu schieben, aber Erfolge auf sein eigenes Konto zu buchen, griff wieder einmal: „Da sehen Sie, was Sie und Grollmisch angerichtet haben", fauchte er sie an. „Sie haben Raßmann, diesen erfolgreichen Unternehmer, in den Tod gejagt! Der Mörder hat ihm aufgelauert."

Konstanze reagierte empört auf diesen absurden Vorwurf: „Ich nehme an, er würde noch leben, wenn er in unserem Gewahrsam geblieben wäre. Was den erfolgreichen Jungunternehmer angeht: Sein Drogenhandel scheint tatsächlich gut gelaufen zu sein."

„Sparen Sie sich Ihren Sarkasmus!"

Dotzauer war verunsichert.

Konstanze ließ nicht locker: „Was ich sage, entspricht der Wirklichkeit, auch wenn es nicht in Ihr Weltbild passen sollte, Herr Dotzauer! Herr Raßmann war Drogenhändler. Vielleicht hatten seine Geschäftspartner etwas gegen ihn und haben ihn umgebracht. Ich denke, wir sollten uns im Drogenmilieu umsehen. Zunächst werde ich die Haushälterin noch einmal befragen. Das Gespräch mit ihr verlief sehr seltsam. Am Anfang hat sie sich vor Raßmann gestellt, im Verlauf der Befragung fing sie an, ihn zu beschuldigen und zu verdammen. Alles sehr merkwürdig!"

„Tun Sie alles, damit wir die Sache vom Hals kriegen. Der Tod eines verdienten Unternehmers und seiner Gefährtin bringt sehr viel Unruhe in die Stadt. Die Leute bekommen Zweifel an der Integrität der Führungspersönlichkeiten, das ist gar nicht gut. Zu wem sollte man dann noch Vertrauen haben?"

„Ich finde es gar nicht so schlecht, wenn der wahre Charakter eines Menschen herauskommt", entgegnete Konstanze spitz. „Wir werden selbstverständlich tun, was wir können. Im Übrigen habe ich immer noch zu wenig Leute. Ein Mann mehr bringt nicht viel. Sie kennen die Regel: Entweder wird der Täter innerhalb von drei Tagen gefasst oder der Fall zieht sich lang hin. Geben Sie mir also mehr Mitarbeiter!"

„Mehr Personal habe ich nicht. Sie schaffen das zu dritt, wäre doch gelacht, wenn Sie den Täter nicht schnell herausfinden würden. Finden Sie Raßmanns Geschäftsfreund und schon haben Sie ihn."

Die Kommissarin war rein äußerlich zwar die Ruhe selbst. Ihre Stimme klang aber hart und bewies ihre innere Empörung: „Ich bewundere immer wieder Ihre Fähigkeit, das eigene Wunschdenken als die Wirklichkeit zu sehen. Ich hoffe, Sie haben wenigstens in dieser Sache einmal recht."

Sie drehte sich um, ließ Dotzauer einfach stehen und ging zur Bürotür hinaus.

„Unverschämtes Weib!", knurrte der Polizeidirektor durch die Zähne. „Für Ihre Widerborstigkeit ist Ihnen eine negative Bemerkung in Ihren Personalakten sicher. Wird sich nicht gut machen, Frau Oberkommissarin!"

Inzwischen war es Abend geworden. Konstanze ging in Carlos Büro. Er saß noch an seinem Computer. „Lass uns für heute Schluss machen. Wir hatten einen harten Tag. Wer weiß, wie es in diesem Fall morgen weitergeht. Ich gehe jetzt jedenfalls."

„Ich mache auch Schluss", sagte Carlo und rieb sich die Augen. Dann fragte er neugierig: „Wie ist es bei Dotzauer gelaufen?"

Konstanze berichtete von dem Streitgespräch. Carlo schüttelte den Kopf: „Er ist manchmal so vernagelt, dass er nur noch an sich selbst und seine Meinung glaubt, auch wenn er alles nur von seinem Schreibtisch aus beurteilt. Manchmal tue ich uns richtig leid."

Vor der Inspektion trennten sich ihre Wege. Konstanze fuhr nach Hause, um sich ein Abendessen zuzubereiten. Carlo fuhr in Richtung der Wohnung seiner Freundin.

Einer muss der August sein

Theodor Mühleis traf sich zu diesem Zeitpunkt zum Essen mit Ottokar Hauptvogel in ihrer Stammwirtschaft. Nachdem sie der reschen Bedienung ihre Bestellung aufgetragen hatten, berichtete Mühleis dem Freund, was sich inzwischen im Fall Dombrowski ereignet hatte. Es war zwar Kriminalbeamten offiziell streng verboten, in der Öffentlichkeit über den Stand einer laufenden Ermittlung zu sprechen, aber für Mühleis war der Freund so etwas wie ein Kollege, darum hielt er sich ihm gegenüber nicht an diese Vorschrift. Er begann seine Schilderung mit einem sorgenvollen Gesicht: „Stell dir vor, der Dotzauer hat mich der Mordaufklärung zugeteilt. Er hat das damit begründet, dass ich im Fall ‚Rokokomord' schon einmal sozusagen federführend mit einer Mordsache befasst war."

„Das hört sich spannend an!" Hauptvogel war gleich ganz Ohr.

„Spannend sagst du?", antwortete Mühleis mit verdrießlicher Miene. „Ich habe heute den ganzen Tag Schauspieler im Theater auf ihr Alibi zur Mordzeit befragen dürfen und wie sie zu Ellen Dombrowski gestanden haben. Du kennst doch den Spruch: ‚Und ist der Zirkus noch so klein, einer muss der August sein!' In diesem Zirkus bin ich der August, der Laufbursche, der von den beiden Superermittlern mit Zuträgerarbeiten beschäftigt wird."

Neugierig fragte der Privatdetektiv: „Was hast du denn herausgefunden?"

Mühleis besann sich kurz, dann sagte er kopfschüttelnd: „Eigentlich nichts."

„Was heißt ‚nichts'? Du hast doch mit denen gesprochen, oder nicht?"

„Ja, klar, aber die einen haben ein Alibi und die anderen haben keines. Die meisten waren halt an diesem Abend und in der Nacht allein zu Hause und haben ferngesehen, gelesen oder geschlafen. Die anderen waren bei Freunden oder lagen nicht allein im Bett. Das müssen wir alles nachprüfen, das macht noch enorm viel Arbeit, das sage ich dir. Mit dem Mordopfer haben sich alle gut verstanden, sagen sie zumindest." Mühleis schaute verzagt drein.

In diesem Moment trat Frieda an den Tisch und stellte ihre Getränke mit gekonntem Schwung vor die beiden auf den Tisch: „Wohl bekomm's, die Herren!"

Sie prosteten sich zu und tranken.

„Was ist denn heute sonst noch bei euch passiert?", wollte Hauptvogel wissen.

Mühleis zählte ihm die Ereignisse dieses denkwürdigen Tages auf. Er hatte sich, vor dem Verlassen des Dienstgebäudes, genauestens nach dem neuesten Stand erkundigt. Schließlich wollte er nicht mit „leeren Händen" vor Hauptvogel treten. Der war schwer beeindruckt: „Bei euch geht es ja zu wie in Chicago in der Prohibitionszeit!" Er schüttelte den Kopf: „Dieser Jost Raßmann war also tatsächlich Drogenhändler, sagst du? Mensch, manche kriegen den Hals wirklich nicht voll. Ein reicher Fabrikbesitzer und dann auch noch Drogendealer. Man glaubt es nicht! Und dann wird er gleich umgebracht. Der Abschiedsbrief war bestimmt getürkt!" Hauptvogel schnalzte mit der Zunge und schaute skeptisch drein. „Wer hat den wohl gekillt? Ich tippe auf einen Mord im Rauschgiftmilieu."

Bedächtig den Kopf wiegend, antwortete der Kommissar: „Kann sein, kann nicht sein."

„Und wie wollt ihr jetzt weitermachen?"

Mühleis breitete die Hände aus und zog die Schultern hoch: „Morgen früh werden wir uns besprechen. Vorher möchte ich mich nicht festlegen. Du kennst doch den Spruch: ‚Ich sage lieber nicht ja und nicht nein, sonst heißt es, ich hätte ja oder nein gesagt.'" Er grinste, wurde aber gleich wieder ernst: „Was meinst denn du, wie wir weitermachen sollten?"

Hauptvogel runzelte die Stirn. Man hörte förmlich, wie sich in seinem Kopf die Rädchen drehten. Mühleis schaute ihm gespannt beim Denken zu. Dann sagte der Detektiv entschlossen: „Wenn du mich fragst: Ich glaube, euer Mörder läuft immer noch frei herum. Es sei denn, die Freundin hätte ihren Geliebten erpresst oder in Gefahr gebracht, dann hätte er Grund gehabt, sie aus dem Weg zu räumen. Aber warum hätte sie das tun sollen? Man schlachtet doch nicht das Huhn, das goldene Eier legt!"

„Da hast du auch wieder recht!" Mühleis nahm einen großen Schluck von seinem Bier. Frieda stellte ihr Essen vor sie hin.

Sie wünschten sich „Mahlzeit!", dann aßen sie eine Zeitlang schweigend und konzentriert auf die köstlich duftende Speise.

In die Stille am Tisch hinein sagte Hauptvogel: „Weißt du, was mich an der Sache stört?"

Mühleis schüttelte stumm den Kopf.

„Mich stört, dass der Mörder sein Opfer nicht besser versteckt hat. Wenn du jemand tot in die Rezat wirfst, musst du damit rechnen, dass die Leiche schnell gefunden wird. Welcher Verbrecher will das schon? Vielmehr möchte er doch Zeit schinden und eine möglichst große Wegstrecke zwischen sich und der Polizei zurücklegen. Auf mich wirkt das Ganze wie eine Inszenierung. Ich sage dir einmal meine Diagnose, so als wäre ich einer von euren Profilern."

Theodor Mühleis starrte ihn an. Sein Freund überraschte ihn immer wieder mit seiner Scharfsinnigkeit. „Ja, sag mir deine Theorie, dann werde ich dir in meiner Eigenschaft als Mordermittler sagen, ob sie logisch ist."

Der Kriminaler machte ein wissendes Gesicht.

Hauptvogel hob seine Stimme und gleichzeitig seinen Zeigefinger, um die Gewichtigkeit seiner Worte zu betonen: „Ich bin der Meinung, wir haben es mit zwei Tätern zu tun."

Mühleis schaute ihn verblüfft an. „Wieso meinst du das?"

„Die Morde sind in ihrer Ausführung völlig unterschiedlich. Hier ein Giftmord an einer schönen Frau, dort ein brutaler Mord an einem Rauschgifthändler."

„Also dann tippe ich im Fall der Frau auf einen weiblichen Täter. Das weiß man doch, Giftmorde verüben Frauen. Männer wählen die harte Tour."

„Kannst durchaus recht haben", nickte Hauptvogel. „Im Fall von dem Raßmann muss jemand immerhin so viel Kraft aufgebracht haben, die Leiche an den Deckenhaken zu hängen. Ob da nur einer am Werk war? Im Fall der Schauspielerin sieht es völlig anders aus. Ich sage dir, dieser Mörder will uns mit der Art und Weise, wie er sein Opfer an die Öffentlichkeit gebracht hat, zum Ausdruck bringen, dass er nicht einfach nur eine hübsche Frau umbringen wollte. Ich meine so rein um des Mordes willen. Er präsentierte die Leiche wie ein Jäger, der stolz seine Trophäe vorführt. Vielleicht war er sogar in der Nähe, als die Frau gefunden wurde. Ich behaupte, das ist ein Mensch, der die Aufmerksamkeit auf sich ziehen will. Er möchte allen verkünden: ‚Schaut her, ich bin ein ganz toller Typ!'"

Mühleis verzog seinen Gesicht in Bewunderung: „Also, das hast du gut ausgedrückt! Das könnte sogar sein." Wieder wiegte er nachdenklich seinen Kopf.

„Und jetzt sage ich dir noch etwas voraus. Ich weiß, damit lehne ich mich weit aus dem Fenster!" Wieder unterstrich Hauptvogel seine Worte mit den Händen: „Der die Frau umgebracht hat, der wird wieder töten!"

Der Kommissar sah ihn mit offenem Mund an: „Du meinst, wir haben es mit einem Serientäter zu tun? Das wäre ja furchtbar!"

„Ja, leider. Ich bin überzeugt, hier hat ein Mehrfachtäter sein grauenhaftes Werk begonnen. Und ich sage bewusst: Erst begonnen!"

„Dieser Gedanke verdirbt mir glatt den Appetit", sagte Mühleis besorgt und aß dabei zügig weiter.

„Lass es dir nur gut schmecken. Noch habt ihr erst eine seiner Leichen, bald werden es mehr sein."

„Also Ottokar, das ist doch keine Art und Weise, ein Tischgespräch zu führen!" Mühleis zog eine beleidigte Schnute. „Es schmeckt mir gleich wirklich nicht mehr richtig."

„Sorry, aber du hast meinen analytischen Verstand herausgefordert, da musste ich doch einfach reagieren."

„Ja meinst du vielleicht, auf diese Gedanken wäre ich nicht auch schon längst gekommen?" Mühleis versuchte, ein schlaues Gesicht zu machen. Es gelang nicht so recht. „Wir sind schließlich in der Ausbildung kriminalistisch gebildet worden. Natürlich im Fall der Frau ist das ein Serientäter!"

Dann hielt er inne. Zweifel hatte sich in seine Züge geschlichen. Er schüttelte den Kopf: „Kann sein, kann aber auch nicht sein. Wir werden sehen. Du schaust gerade in Richtung Frieda. Bestell doch bitte einen Schnaps. Auf deine gewichtige Rede hin brauche ich den jetzt. Kannst dir auch gleich einen mitbestellen. Heute übernehme ich die Getränke!"

Das ließ sich der vielfältig Begabte nicht zweimal sagen. Er hob zwei Finger in Friedas Gesichtsfeld. Die verstand prompt das Signal und kam kurz danach mit zwei Klaren an.

Nachdem sie den Schnaps gekippt hatten, grinste

Mühleis seinen Freund an: „Ich habe heute eine ganz wunderbare Frau kennengelernt!“

„Wo? Im oder außerhalb des Theaters?“

„Im Theater, bei den Befragungen. Annette Kirsch heißt sie. Ich sage dir, das ist eine besonders süße Kirsche! Nett und hübsch ist die! Außerdem ist sie sehr gescheit. Wir haben uns sofort wunderbar verstanden. Ich glaube, die mag mich. Ich werde sie morgen gleich noch einmal befragen. Meinst du, ich sollte sie dabei zu irgendetwas in ein Lokal einladen?“

„Theoooo! Das hatten wir doch schon einmal!“, brummte Hauptvogel ungehalten. „Du kanntest schon einmal eine Zeugin, die so traumhaft war. Erinnere dich bitte daran, wie du dabei hereingefallen bist!“

„Also hereingefallen ist wirklich nicht das richtige Wort. Erstens war es mit ihr wirklich wunderschön und ich bin schließlich kein Röntgenapparat auf zwei Beinen. Wer kann denn in einen anderen Menschen wirklich hineinsehen? Bei Annette ist alles von vornherein ganz anders. Sie ist auch ein ganz anderer Mensch.“

„Natürlich ist sie ein anderer Mensch, das ist doch selbstverständlich. Jeder ist anders! Aber es ist doch in deinem Beruf grundsätzlich verboten, mit Zeugen ein Verhältnis anzufangen!“

Mühleis winkte ab: „Ach, was da alles verboten ist. Wenn ich mich immer danach richten würde, dürfte ich so viel nicht. Zum Beispiel dürfte ich dir das alles nicht erzählen.“ Er schaute Hauptvogel mit listigem Blick an.

„Also das ist ja etwas total anderes“, wiegelte der ab. „Ich bin ja sozusagen, sagen wir mal, fast ein Kollege von dir. Außerdem sind wir befreundet und du kannst dich wie eh und je auf mein Stillschweigen verlassen.“

Hauptvogel wollte jedoch nicht lockerlassen, das war er seinem Freund schuldig: „Sag mal, wie alt ist diese Frau denn überhaupt?“

Mühleis druckste ein wenig herum, dann sagte er: „So Anfang dreißig, nehme ich an."

„Anfang dreißig! Du bist also mindestens zwanzig Jahre älter als sie. Hast du dir einmal überlegt, was euer großer Altersunterschied für euch bedeutet? Die junge Frau hat doch ganz andere Erwartungen an das Leben als du. Vielleicht wünscht sie sich Familie. Möchtest du dich in deinem Alter mit eigenen kleinen Kindern befassen? Bedenke auch: Ihr beide lebt in ganz verschiedenen Welten und damit meine ich nicht in erster Linie Theater und Polizei, sondern in verschiedenen kulturellen Welten. Du hast deine Jugend in den siebziger Jahren des vorigen Jahrhunderts gelebt. Sie ist voll und ganz im Zeitalter der elektronischen Revolution aufgewachsen. Weißt du, zum Beispiel, welche Musik sie hört? Du könntest ihr Vater sein. Hast du mal bedacht, was das alles für euch beide bedeutet? Diese Frau hat noch so viel vor sich und du bist bereits ein ganzes Stück über das mittlere Menschenalter hinaus. Schau doch einmal nach, welche Erwartungen du eigentlich an eine Partnerschaft hast. Kann dir eine so junge Frau diese Erwartungen wirklich erfüllen? Klar, das Äußere eines Menschen ist wichtig, und wer schaut nicht gern schöne junge Menschen an, aber im Zusammenleben zählen doch auch andere Dinge. Wichtig sind doch die Gemeinsamkeiten und die Verantwortung, die einer für den anderen übernimmt. Du hast viel mehr Lebenserfahrungen als sie. Willst du ihr ein Partner auf Augenhöhe sein oder ein Lehrer?"

Das war eine lange Rede. Theodor Mühleis hatte sie sich zwar angehört, aber einverstanden war er mit den Worten seines Freundes keineswegs.

Er schüttelte abwehrend den Kopf: „Alles was du gesagt hast, ist einerseits richtig, andererseits aber auch nicht. Es kommt doch auf die Einstellung der Partner an. Toleranz braucht man in jeder Partnerschaft und es ist nicht gesagt, dass Gleichaltrige in der gleichen ‚Kultur', wie du das nennst, aufgewachsen sind. Außerdem könnten wir durchaus noch Kinder bekommen und oft sind ältere Väter sowieso die besseren Väter. Ich meine, man muss halt miteinander darüber reden, was man sich von einer Partnerschaft erwartet. Am wichtigsten ist doch, dass man sich liebt. ‚Liebe überwindet die Grenzen', heißt es und das glaube ich auch."

Hauptvogel winkte resigniert ab: „Du hast dich verliebt und deshalb kann ich sagen, was ich will, das kommt bei dir in deinem Zustand nicht an."

„Bist du sicher, dass du nicht auch ein klein wenig neidisch bist auf mich?"

„Nein, bin ich nicht. Ich sage das, weil ich dir eine gute Partnerschaft wünsche, die möchte ich auch, aber ich möchte sie nicht um jeden Preis."

„Also du kannst jetzt sagen, was du willst, überzeugt hast du mich nicht! Bei Annette und mir war es Liebe auf den ersten Blick. Ich habe gespürt, wie es zwischen uns geknistert hat. Die Chemie stimmt! Ich habe während unseres Gesprächs ihre Hand berührt und sie hat stillgehalten. Später habe ich sogar eine Zeitlang ihre Hand festgehalten und sie hat mir richtig verliebt in die Augen gesehen. Ist das nicht wunderbar?"

„Wenn deine Annette so wunderbar ist, dann könnte sie doch bereits einen Partner haben?"

„Na ja, schon", erwiderte Mühleis zögernd. Er ist Tänzer an einem Nürnberger Theater. Sie kennt ihn seit einem Jahr, hat sie mir erzählt. Sie haben sich bei der Zusammenarbeit zu einem Musical kennengelernt. Ich glaube, sie ist in dieser Beziehung nicht recht zufrieden."

„Ich höre dich immer von glauben sprechen. Glauben heißt nicht wissen. Du weißt das nicht und wünschst dir, dass es so ist, wie du es möchtest."

„So etwas spürt man einfach. Aber du warst schon

lange nicht mehr verliebt, also kannst du auch nicht nachempfinden, wie feinfühlig man da wird."

„Du nennst es feinfühlig, ich nenne es bekloppt!" Hauptvogel war es leid, sich das Geschwätz des verliebten Gockels länger anzuhören. „Frieda, ich zahle!", rief er der Bedienung zu. Die kam gleich an ihren Tisch und kassierte ab.

In ziemlich frostiger Stimmung verabschiedeten sich beide voneinander.

Auf seinem Heimweg dachte Hauptvogel mit Sorge über seinen Freund nach. „Man muss nicht unbedingt ein Pessimist sein, um zu befürchten, dass sich der Theo wieder einmal in eine Sackgasse manövriert. Ich hoffe nur, er kommt wieder heil aus der Sache raus!"

Wie berechtigt seine Sorge um Theodor Mühleis war, sollte sich schon am nächsten Tag erweisen.

Muss mit weiteren Morden gerechnet werden?

Pünktlich um acht Uhr trafen sich die Kommissare, um die „Morgenlage" zu besprechen.

Die Spurensicherung hatte bereits ihren Bericht geliefert. Eine reife Leistung, fanden die drei. Das Ergebnis der Spusi lautete, dass man auf Grund der Spurenlage von einer Gewalttat ausging. Unter anderem fanden sich Blut am Boden und unübersehbare Schleifspuren.

Es war zwar noch die Obduktion der Leiche Raßmanns abzuwarten, aber den Kriminalern war klar, dass es sich in diesem Fall nicht um einen Suizid, sondern um einen Mordfall handelte.

„Carlo, nimm bitte diesmal an meiner Stelle den Termin im Gerichtsmedizinischen wahr", bat Konstanze ihren Kollegen.

„Ich will heute Vormittag Myriam im Bezirkskrankenhaus besuchen."

Der junge Kommissar verzog das Gesicht. „Da bin ich nicht scharf drauf, aber der Besuch bei Myriam ist wirklich wichtig, das sehe ich ein."

„Ein Mann muss tun, was er tun muss!"

Während die beiden ihre Abmachung trafen, raffte sich Theodor Mühleis plötzlich dazu auf, ihnen die Theorie vorzutragen, die Hauptvogel am vergangenen Abend in der Wirtschaft entwickelt hatte.

Er räusperte sich kurz, blickte sie scharf an und sagte: „Nach allem, was wir bisher wissen, hat der Täter von Ellen Dombrowski sein Opfer nicht so gründlich versteckt, wie man es von einem Mörder erwarten könnte. Ich sage euch, dieser Mensch legt es darauf an, alle auf sich aufmerksam zu machen. Er will zeigen, wie großartig er ist. Und ich prophezeie euch, dass das der Grund ist, warum er wieder morden wird. Ich bin der Meinung, wir haben es in diesem Fall mit einem Serientäter zu tun!"

Carlo grinste ihn an: „Oha Theo, seit wann bist du ein Prophet?"

Konstanze reagierte nachdenklicher: „Carlo, diese Vermutungen sind nicht so einfach von der Hand zu weisen! Ich bin bereits geneigt, in Myriams Sinn auf Holz zu klopfen. Wir können nur hoffen, dass du völlig auf dem Holzweg bist, Theo."

„Ihr werdet schon sehen, dass ich recht habe", antwortete Mühleis mit überlegener Miene. Dann fuhr er fort: „Beide Morde unterscheiden sich in der Art und Weise, wie sie ausgeführt wurden, ganz grundsätzlich voneinander. Hier der heimtückische Giftmord, dort der äußerst brutale Mord, den man einem oder mehreren kräftigen Männern zuordnen könnte. Ich sage euch, wir haben es mit unterschiedlichen Tätern zu tun."

„Du kannst durchaus recht haben. Wir sollten deine Theorie unbedingt im Blick behalten", bestätigte ihn Konstanze.

„Auf jeden Fall müssen wir jetzt weitermachen", sagte sie dann entschieden.

Theodor Mühleis wurde von ihr beauftragt, im Theater weitere Befragungen durchzuführen. Er sollte sich insbesondere nach den Gewohnheiten und Hobbys von Ellen Dombrowski erkundigen. Mühleis stimmte dem Auftrag mit bemerkenswerter Begeisterung zu. Er hoffte von Herzen, Annette Kirsch auf diese Weise dabei sprechen zu können. Vielleicht konnte er dafür einen schönen Rahmen finden. Zum Beispiel bei einer Tasse Kaffee im Hofgarten vor der Orangerie in der Sonne.

Die Kommissare erhoben sich, um ihren jeweiligen Aufgaben nachzugehen. Mühleis versuchte gleich, Annette Kirsch telefonisch zu erreichen. Er hatte Glück und konnte seine Flamme zu einem Gespräch in das Café vor der Orangerie bestellen.

Zu Besuch in einer besonderen Welt

Konstanze fuhr zum Bezirkskrankenhaus. Nachdem sie ihr Auto auf dem Parkplatz geparkt hatte, fragte sie am Pförtnerhaus, auf welcher Station sich Myriam Hartwig befand.

Das Krankenhaus bestand aus einer größeren Ansammlung von zumeist alten Gebäuden, die sich über ein sehr großes Gelände verteilten. Etwa in der Mitte dieser Anlage stand etwas erhöht eine Kirche, die den Eindruck machte, als hätte sie alles um sich herum beschirmend im Blick.

Konstanze lief ein Stück die Straße zwischen den Häusern entlang, bis sie das richtige Gebäude fand. Aus beruflichen Gründen war die Kommissarin schon ein paar Mal hier zu Besuch. Allerdings in der forensischen Abteilung. Dort wurden gemeingefährliche psychisch Kranke untergebracht. Von einem hohen Zaun und Stacheldraht umgeben, waren diese Gebäude, zumindest rein optisch, gut ausbruchgesichert. Alle Sicherungen waren natürlich völlig sinnlos, wenn man einen Täter einfach durch die Tür in die Freiheit laufen ließ, wie vor einiger Zeit mit einem Dreifachmörder geschehen, der ungehindert durch Ansbach und auch anderswo herumspazieren durfte. Er bekam dieses gefährliche Privileg, weil man ihn brauchte, um durch sein Geschick Geld zu verdienen.

Konstanze stellten sich immer noch die Haare auf, wenn sie daran dachte. Für die an der Sache beteiligte Ministerin hatte die Affäre das Ende ihrer Karriere bedeutet. Ihr Mann musste als verantwortlicher Arzt mit einer größeren Strafe rechnen.

„Seltsam“, ging es ihr durch den Kopf, „wenn es ums Geld oder um Macht geht, dann gelten für einige unter uns besondere Gesetze. Nicht nur in unserem Land, aber immer öfter bei uns. Kein Wunder, dass die Menschen, denen es am Nötigsten fehlt, immer rebellischer werden."

Auf der angegebenen Station angekommen, läutete sie an einer verschlossenen Tür.

Ein ganz in Weiß gekleideter Pfleger öffnete ihr. Konstanze zeigte ihm ihren Dienstausweis und sagte, dass sie Myriam Hartwig besuchen wolle. Der Pfleger ließ sie ein und nannte ihr die Nummer von Myriams Zimmer.

Konstanze durchlief einen langen, düsteren Gang, auf dem ihr immer wieder Menschen entgegenkamen. Manche schienen mit ihren Gedanken weit weg zu sein und bewegten sich merkwürdig steif, fast wie Marionetten. Ihre Gesichter wirkten wie zu einer Maske erstarrt. Andere schlichen mit auf den Boden gerichteten Augen an ihr vorbei.

Als sie an einem Raum vorbeikam, der offenbar dem Aufenthalt der Patienten diente, blieb sie einen Moment stehen und schaute hinein. Konstanze erblickte einige Personen, die offenbar völlig teilnahmslos auf ihren Plätzen saßen und ins Leere starrten. Andere liefen ruhelos im Raum herum. Wieder andere redeten, als hätten sie ein Gegenüber, aber da war niemand zu sehen. „Als hätten sie ein Handy", fuhr es der Kommissarin durch den Sinn.

Ein Mann mit ziemlich aggressivem Gesichtsausdruck ging von innen auf sie zu. Konstanze wandte sich ab und lief schnell weiter. An der Zimmertür, deren Nummer ihr der Pfleger genannt hatte, klopfte sie an. Ein gut vernehmliches „Herein!" war die Antwort.

Myriam Hartwig saß an einem kleinen Tisch. Vor ihr lag die aufgeschlagene Tageszeitung. Als sie ihre Kollegin erblickte, ging ein Strahlen über ihr Gesicht. Sie stand auf, ging auf Konstanze zu und umarmte sie herzlich. „Ich freue mich so, ein vertrautes Gesicht zu sehen, wenn es nicht gerade das meiner Mutter oder meiner lieben

Töchter ist. Die nerven mich gerade ziemlich mit ihrer aufdringlichen Fürsorge. Diese Aufmerksamkeit hätte ich mir daheim gewünscht! Ich hoffe, du hast ein wenig Zeit mitgebracht. Ich sehne mich danach, etwas von euren Ermittlungen in der Mordsache zu hören."

„Ich habe tatsächlich eine Stunde Zeit, dann muss ich wieder zurück an die Arbeit."

Beide setzten sich am Tisch einander gegenüber.

„Ich berichte dir gleich, wo wir in dem Fall stehen, aber zuerst will ich wissen, wie es mit dir steht."

„Na ja, du weißt, auf welche Weise ich hier hereinkam. Ich hätte eben nicht sagen sollen, dass ich mich bestrahlt fühle. Der Oberarzt hat bei mir eine mittelschwere Depression diagnostiziert. Er meinte, ich sei suizidgefährdet, deshalb müssten sie mich medikamentös einstellen, auch um meine Angstzustände zu beseitigen. Jetzt beobachten sie mich. So schnell lassen sie mich hier nicht heraus. Es prallte an dem Arzt anscheinend völlig wirkungslos ab, dass ich ihm in dem Gespräch dauernd sagte, dass ich mit meinen Angstzuständen ganz gut alleine zurechtkomme. Das glaubte er mir einfach nicht. Ich sehe ein, dass meine Mittel zur Abwehr von bösen Dingen manchem komisch vorkommen können, aber ich tue doch keinem etwas Böses, wenn ich auf Holz klopfe oder bestimmte Steine bei mir trage. Außerdem orientiere ich mich halt an dem uralten Wissen unserer Vorfahren. Das hilft mir, um mit negativen Einflüssen fertig zu werden. Jeder Mensch hat doch das Recht, sich so zu schützen, wie er es für richtig hält. Meinst du nicht auch?"

„Doch, das meine ich auch, aber du hast doch selbst gemerkt, wie sehr du damit manchem ganz schön auf die Nerven gegangen bist. Ich hoffe nur, dass man dich hier nicht einfach nur mit Medikamenten ruhigstellt. Draußen auf dem Flur habe ich Leute gesehen, die wirken auf mich wie Zombies."

Myriam nickte traurig: „So etwas will ich nicht erleben. Ich sehe einen bestimmten Sinn in meinem Aufenthalt hier. Ich möchte die Zeit nutzen, um mir über meine persönlichen Probleme klarer zu werden."

Konstanze lächelte sie an. Mit Besorgnis in der Stimme sagte sie: „Sieh doch zu, dass du bald wieder hier herauskommst. Wir brauchen dich! Nicht nur als Arbeitskraft! Du bist in unserer Mitte einfach als Myriam mit besonderen Eigenschaften herzlich willkommen."

„Ich danke dir! Ich bin so froh, dass du das sagst. Hier drin wird man noch vollkommen irr, vor allem an sich selbst."

Myriam plauderte anschließend noch ein wenig über ihre persönlichen Erlebnisse mit Ärzten, Pflegern und Mitbewohnern des Hauses. Dann lenkte sie das Gespräch konsequent auf das Thema Tatermittlung. Konstanze unterrichtete sie offen über den Stand der Dinge. Sehr viel war in diesen wenigen Tagen geschehen, aber die Kommissarin musste ihrer Kollegin gestehen, dass sie mit den Lösungen der beiden Mordfälle immer noch auf der Stelle traten.

Sie erzählte Myriam von Mühleisens Theorie von zwei verschiedenen Tätern. Die griff gleich nach einem ihrer Steine, die an der Kette an ihrem Hals hingen, und klopfte energisch dreimal auf den Holztisch zwischen ihnen. „Das könnte ich mir, nach allem, was du geschildert hast, durchaus vorstellen. Interessant, dass der Theodor sich so scharfsinnig einbringt."

Nach etwa einer Stunde verabschiedete sich Konstanze von Myriam. Als sie auf den Gang hinaustrat, wurde sie unfreiwillige Zeugin einer schockierenden Szene. Der Mann, der bei ihrem Hereinkommen so aggressionsgeladen auf sie zugegangen war, kämpfte auf dem Flur mit einer Pflegerin. Der rabiate Patient war über einen Kopf größer als die Krankenschwester und von sportlich-muskulöser Gestalt. Sein Gesicht war verzerrt. Er attackierte sie wütend. Es gelang ihm, sie mit seinen gezielten Faustschlägen an empfindlichen Stellen ihres Körpers zu treffen.

In ihrer Not fing die Frau an, um Hilfe zu rufen.

Konstanze griff ein. Sie schubste die Pflegerin zur Seite. Aber den Moment einer kleinen Unaufmerksamkeit nutzte der tobende Mann, um ihr einen harten Schlag an den Kopf zu verpassen.

Die Polizistin taumelte einen Schritt zurück, um aus der Reichweite des Schlägers zu kommen. Der setzte sofort nach. Vor Konstanzes Augen tanzten schwarze Punkte. Der Gegner verschwamm momentan zu einem bloßen Umriss. Allein ihr beständiges Selbstverteidigungstraining half ihr, dem Angreifer einen punktgenauen Fußtritt in die Genitalien zu verpassen. Der Mann krümmte sich schreiend zusammen.

Konstanze schlug daraufhin mit ihrer Handkante konsequent zu. Der Angreifer fiel zu Boden. Konstanze ließ sich auf ihn fallen und drehte ihm mit Schwung den Arm auf den Rücken.

Der Mann rief nun seinerseits laut um Hilfe. Ungeachtet seiner Schreie drückte ihn Konstanze fest auf den Boden. Ihr war schwindlig. Immer noch sah sie alles verschwommen. Sie hoffte, dass ihr schnell jemand vom Pflegepersonal helfen würde.

Die angegriffene Schwester war inzwischen in das Stationszimmer gerannt und hatte per Haustelefon Kollegen alarmiert.

Bereits nach sehr kurzer Zeit flog die Türe im Flur auf und zwei Pfleger stürzten herein. Die Schwester stand schon wieder bei Konstanze und dem am Boden liegenden Patienten. Sie rief den beiden Pflegern zu: „Der da hat mich angegriffen. Wenn diese Frau nicht gewesen wäre, würde ich jetzt am Boden liegen. Wer weiß, was der mit mir gemacht hätte!"

Konstanze ließ den Mann los und versuchte aufzustehen. Ihr war jedoch so schwindlig, dass sie gleich wieder zusammensackte. Einer der Pfleger half ihr, sich aufzurichten. Während der eine dem nun ganz ruhig daliegenden Mann Fesseln anlegte, hielt der andere Konstanze fest, damit sie nicht umfallen konnte.

„Er hat mir eine verpasst, deshalb ist mir ein wenig schwindlig", erklärte ihm Konstanze.

Die Schwester holte einen Stuhl. Konstanze setzte sich darauf und atmete langsam und tief durch. Dann beugte sie sich ein wenig nach vorne und betastete die Stelle, an der sie der Mann getroffen hatte.

„Ich rufe einen Arzt, der soll Sie ansehen, damit wir sicher sein können, dass Ihnen bei dem Schlag nichts Schlimmeres passiert ist."

Konstanze wollte sagen: „Das ist nicht nötig, ich habe schon öfter einen Hieb abbekommen". Aber da war die Schwester schon im Stationszimmer verschwunden.

Kurz darauf erschien ein Arzt und ließ sich von Konstanze berichten, was geschehen war. Er untersuchte sie mit ernster Miene, schüttelte den Kopf und sagte: „Ich glaube nicht, dass Sie einen größeren Schaden davongetragen haben. Wenn es Ihnen jedoch übel werden sollte, suchen Sie bitte einen Arzt auf, das wäre ein Zeichen, dass es sich um eine ernst zu nehmende Gehirnerschütterung handelt. Ich rate Ihnen, sich ein wenig hinzulegen und sich auszuruhen, das ist nach diesem Zwischenfall sicher gut."

Dann verabschiedete er sich von ihr und ging.

Nachdem der Arzt weg war, bedankte sich die Schwester herzlich bei Konstanze: „Ich bin sehr froh, dass Sie mir geholfen haben. Allein wäre ich mit dem nicht fertig geworden. Dumm, dass ausgerechnet zu diesem

Zeitpunkt keiner von meinen Kollegen hier war. Aber sagen Sie mir, wieso Sie so gut trainiert sind. Sie könnten Ihr Geld glatt als weiblicher Bodyguard verdienen."

„Ich bin Polizistin und habe gerade meine Kollegin Myriam Hartwig besucht."

„Ah, deshalb! Nochmals vielen Dank für Ihr Eingreifen! Ich bringe Sie noch zur Türe."

Die Schwester sperrte die Türe auf und lächelte Konstanze dankbar an: „Na dann, auf Wiedersehen!" Sie schüttelte ihr herzhaft die Hand.

„Bloß nicht!", dachte sich Konstanze, während sie nickte. Dabei wurden der Schwindel und die Kopfschmerzen stärker. Trotz dieser Schwierigkeiten wollte sie in ihr Auto steigen und heimfahren. Sie war von Herzen froh, der Heilstätte den Rücken kehren zu können. Vom Parkplatz aus unterrichtete sie Barbara von dem Vorfall. Dann fuhr sie heim, nahm eine Kopfschmerztablette und legte sich in ihr Bett. Sie schlief sofort ein.

Das vorläufige Ende eines schönen Traums

Annette Kirsch war zeitig im Café vor der Orangerie angekommen. Sie wollte sich noch ein wenig Zeit gönnen, bevor der merkwürdige Polizist eintraf. Während sie an einem der Tische unter einem Sonnenschirm saß, dachte sie an das erste Gespräch mit ihm zurück. Es hatte wie eine ganz normale Befragung einer Zeugin begonnen. Annette hatte dem Polizisten von ihrer Freundin, Ellen Dombrowski, erzählt. Ihre Trauer über deren schreckliches Schicksal hatte sie dabei nicht verborgen. Sie hatte geweint. Der Kommissar gab sich angesichts ihrer Trauer äußerst einfühlsam und zeigte großes Verständnis für ihre Gefühlslage.

Irgendwie, sie konnte nicht sagen wie, war es dazu gekommen, dass sich das Gespräch mit der Zeit merkwürdig verändert hatte. Sie hatten sich immer wieder in die Augen geblickt. Der Kommissar legte schließlich seine Hand auf die ihre. Das hatte ihr gut getan. Zwischen ihnen war etwas geschehen, das sie zugleich beglückte und verwirrte.

Das letzte Mal, dass sie sich in einen Mann verliebt hatte, war nun schon einige Zeit her. Er hieß Alexander Wagner.

Bei der gemeinsamen Arbeit war sie auf ihn aufmerksam geworden. Alexander, ein Tänzer am Staatstheater Nürnberg, sah außerordentlich gut aus. Er bewegte sich beim Tanzen mit fast katzenhafter Geschmeidigkeit und Eleganz. Dazu zeigte er sich unglaublich kraftvoll bei der Ausführung von Hebefiguren. Sie hatte dem attraktiven Mann spontan ihre Aufmerksamkeit geschenkt. „Ein echtes Sahneschnittchen!", hatte sie sich bei seinem Anblick gedacht. Alexander war ebenfalls auf sie aufmerksam geworden und nach einiger Zeit umwarb er sie mit all seinem überwältigenden Charme. Er war ein sehr einfallsreicher Geliebter, der sie nach Strich und Faden verwöhnte. Lange Zeit war Annette Hals über Kopf in ihn verliebt gewesen.

Diese Phase bekam jedoch einen bitteren Beigeschmack, als er ihr in immer kürzeren Abständen seine übergroße Eifersucht spüren ließ. Jeden noch so kleinen Anlass nahm er dazu her, ihr eine Szene zu machen. Annette versuchte, ihn jedes Mal zu beruhigen, und schwor ihm jedes Mal ihre unbedingte Liebe.

Alexander hatte sich trotzdem immer mehr in seine Eifersucht verrannt. Annette schien es, als würde sein Verhalten ins Wahnhafte abgleiten. Er engte sie unerträglich ein. Ihr Beruf verlangte nun einmal von ihr, dass sie sich mit anderen Männern abgeben musste. Als „Jugendliche Liebhaberin" war sie gezwungen, auf der Bühne eine liebende Frau darzustellen, und musste ihre Partner natürlich auch liebkosen und küssen.

Alexander rastete deswegen regelmäßig aus. Steif und fest vertrat er die Behauptung, sie hätte eine wirkliche Liebschaft mit dem jeweiligen Darsteller. Annette konnte sagen, was sie wollte. Es ging so weit, dass der Tänzer einen ihrer Partner bedrohte. Florentine Landau sah sich gezwungen, gegen ihn ein Hausverbot für das Theater Ansbach auszusprechen. Seitdem hatte Annette etwas mehr Ruhe, aber das dauernde Misstrauen schwebte wie eine schwarze Gewitterwolke über ihrer Beziehung und vergiftete sie mehr und mehr. Ihre große Liebe wich dem Wunsch, sich von diesem eifersüchtigen Mann zu lösen. Alexander fühlte sich durch ihr kühles Verhalten in seinem Verdacht bestätigt. Ein neuer Liebhaber war im Spiel. Misstrauisch beobachtete er sie und hätte sie wahrscheinlich auf Schritt und Tritt überwacht, wenn ihn nicht sein anspruchsvoller Beruf daran gehindert hätte. So verlegte er sich auf heftige Vorwürfe und beschuldigte sie wütend, ihn zu hintergehen.

Annette sinnierte, auf welche Weise sie ungeschoren von ihm loskommen konnte. Denn dass er sie einfach gehen ließ, glaubte sie nicht. Bei seinem Temperament und seinem anachronistischen Machodenken rechnete sie mit dem Schlimmsten.

In dieser Situation war sie zufällig mit Theodor Mühleis zusammengetroffen. Wenn sie an ihn dachte, spürte sie eine tiefe Freude in sich. Die Aussicht, ihm jetzt wieder zu begegnen, ließ sie gespannt und erregt werden. Von seinem etwas ungewöhnlichen Aussehen war sie nicht abgeschreckt worden. Denn sie war es von ihrer beruflichen Tätigkeit her gewohnt, mit Menschen zusammenzukommen, die gewisse allgemeine Normen in Aussehen und Wesen sprengten.

In der Nähe des Kommissars hatte sie sich bereits bei dem ersten Gespräch so wohl und geborgen gefühlt wie schon lange nicht mehr. Schon beim ersten Mal war in ihr der Eindruck erwacht, dass sie in vielen Dingen gut übereinstimmten. Für sie stellte auch der Altersunterschied keinen wirklichen Hinderungsgrund dar. Fantasievoll und überschwänglich gestimmt, sah sie bereits einen aufregenden und schönen gemeinsamen Weg vor sich.

Sie hatte Alexander natürlich von dem grausamen Mord an ihrer Freundin Ellen berichtet. Er war zunächst sehr verständnisvoll auf ihr Entsetzen und ihre Trauer eingegangen. Als sie ihm jedoch mit einer schlecht verhohlenen Begeisterung von dem so besonders einfühlsamen Polizisten Theodor Mühleis erzählte, war sein Misstrauen sofort hellwach. Seine Stimmung schlug spontan um. Zunächst wurde er ungehalten, dann wütend. Alles lief darauf hinaus, dass er sie schließlich mit Vorwürfen überhäufte und heftige Drohungen gegen den Kommissar aussprach. Er würde sich rächen, wenn der sich ihr weiter nähern sollte.

Annette Kirsch sah Theodor Mühleis schon von weitem kommen. Sie musste sich eingestehen, dass sie sich immer wieder ungeduldig nach ihm umgesehen hatte, während sie an dem Tisch saß.

Als er schließlich bei ihr angekommen war, schien es ihr, als hätte sich eine durchsichtige Glasglocke über sie beide gesenkt. Trotz der Menschen um sie herum waren sie plötzlich ganz für sich. In ihrer Traulichkeit geborgen, konnten sie sehr vertrauensvoll miteinander über ihr bisheriges Leben sprechen und über all die Wünsche, die jeder von ihnen hegte. Lediglich die Bedienung störte dieses ausschließliche Miteinander, als sie die Bestellung aufnahm und ein wenig später das Gewünschte auf den Tisch stellte.

Danach waren sie wieder ganz bei sich.

Theodor Mühleis war wie verzaubert. Die schöne Frau vor ihm trug ein einfaches schwarzes Kleid. Ihr zartes Gesicht bekam einen zärtlichen Ausdruck, wenn sie ihn ansah. Ihre gebräunte Haut unterstrich ihre reizvollen Züge. Auch die Arme, der Hals und das Dekolleté, das den Ansatz ihrer Brüste zeigte, hatten dieses warme Braun.

Mühleis fragte sich, ob sie am ganzen Körper durchgehend so gebräunt war und wo sie wohl in der Sonne gelegen hatte.

Als sie gegessen und getrunken hatten, fragte Theodor, ob sie noch ein Stück mit ihm durch den Hofgarten gehen wollte. Annette blickte auf ihre Uhr und erschrak, wie weit die Zeit inzwischen fortgeschritten war. „Ich habe leider nur noch eine Viertelstunde, dann muss ich wieder ins Theater zurück. Wir haben eine wichtige Besprechung wegen eines Stückes. Morgen soll übrigens die Neubesetzung der Hauptrolle von ‚Casanova' eintreffen. Silke Baumeister heißt sie. Die Landau kennt sie schon länger und meint, sie sei bestens für die Rolle geeignet."

Als sie durch die Tischreihen den Restaurantbereich verließen, ging Mühleis hinter ihr. Er betrachtete den Schwung ihrer Hüften, betrachtete ihr sanft schwingendes, sehr ansehnliches Mittelteil und freute sich daran, wie schön die hochhackigen Schuhe Annettes braune Beine modellierten.

Annette hakte sich bei ihm ein, Mühleis schien es sogar, als schmiege sie sich beim Gehen an ihn.

Trotz der zeitlichen Beschränkung gingen Annette und Theodor ein ganzes Stück miteinander in den Park hinein. Beide empfanden die starke Anziehungskraft des anderen, während sie jetzt Hand in Hand dahingingen. An einer etwas von Gebüsch umgebenen Stelle hielt es Theodor Mühleis nicht mehr aus. Er nahm Annette in den Arm und küsste sie. Annette erwiderte seinen Kuss zunächst etwas vorsichtig, dann jedoch mit Leidenschaft und voller Begehren.

Beide bemerkten nicht, dass ihr Kuss von einem Menschen beobachtet wurde, der wutschnaubend nur darauf gewartet hatte, dass so etwas passieren würde. Jetzt hatte er seinen Anlass, gegen einen Nebenbuhler loszuschlagen. Und er war nicht allein.

Annette löste sich von Theodor. Ihr Gesichtsausdruck verriet große Freude über das, was zwischen ihnen geschehen war.

„Ich muss jetzt leider gehen.“ Annette sah Mühleis liebevoll in die Augen. „Ich möchte dich öfter so küssen. Mindestens tausend Mal hintereinander!“

„Das möchte ich auch“, erwiderte Theodor, der sich wie in einem Rausch fühlte.

„Ich rufe dich an!“, sagte sie und hauchte ihm noch einen flüchtigen Kuss auf den Mund, dann wandte sie sich um und lief schnellen Schrittes den Weg zurück. An einer Wegbiegung wandte sie sich nochmals um und winkte ihm zu. Theodor Mühleis verharrte wie vom

Himmel berührt selig an Ort und Stelle und winkte zurück.

Als sie nicht mehr zu sehen war, hörte der Kommissar hinter sich ein Knacken im Gebüsch. Er drehte sich um und erschrak. Zwei Männer, ganz in Schwarz gekleidet, mit Sturmhauben über dem Gesicht, kamen mit energischen Schritten auf ihn zugelaufen. Reflexartig wandte sich Mühleis zur Flucht, aber da stand schon ein Dritter in ähnlicher Aufmachung und versperrte ihm den Fluchtweg. Dem Polizisten war sofort klar, dass sie vorhatten, ihn anzugreifen. Er sah keine Chance, sich gegen sie zu verteidigen. Seine Dienstpistole lag sicher in der abgeschlossenen Schreibtischschublade in seinem Büro auf der Inspektion. Eine andere Waffe hatte nicht bei sich. Ihm blieb keine Zeit, sich noch irgendetwas einfallen zu lassen, um aus dieser Situation ungeschoren herauszukommen.

Die Männer schlugen sofort auf ihn ein. Ein Tritt traf ihn im Unterleib. Ein noch nie erlebter Schmerz explodierte in Bauch und Hoden.

Er krümmte sich nach vorne.

Ihm blieb nur, sich vor den harten Schlägen einigermaßen zu schützen. Obwohl ihm der Schmerz fast den Atem nahm, fing er an, aus Leibeskräften um Hilfe zu schreien. Seine Deckung gegenüber den Hieben erwies sich als völlig ungenügend. Ein weiterer Schlag, hart und präzise mit einem Schlagring ausgeführt, traf ihn unters rechte Ohr.

Das schreckliche, berstende Geräusch, als sein Kiefer brach, war das Letzte, was er hörte.

Mühleis ging zu Boden. Sein Kopf schlug hart auf den gekiesten Weg.

Die Tritte der Angreifer, die ihm unter anderem drei seiner Rippen brachen, spürte er nicht mehr

War es Zufall oder Fügung? Einer hatte das Schreien gehört. Ottokar Hauptvogel war in seiner Eigenschaft als Fremdenführer mit einer Gruppe gerade im Hofgarten angekommen. Er stand mit der Touristengruppe vor dem Kaspar-Hauser-Denkmal, als er die verzweifelten Schreie vernahm.

Er hatte keinen Moment Zweifel, dass es sich diesmal wirklich um die Schreie eines Menschen in höchster Not handelte. Hauptvogel ließ die Leute seiner Gruppe einfach stehen und rannte in die Richtung, aus der die Schmerzenslaute kamen. Er war noch nicht weit gekommen, als er drei vermummte Männer sah, die auf einen am Boden liegenden Menschen einschlugen. Hauptvogel ließ eine Art Urschrei los und stürzte auf sie zu.

Sein Auftauchen hatte die Gewalttäter von ihrem Tun abgelenkt. Angesichts eines stattlichen Mannes, der wie ein wütender Elefant auf sie zustürmte, ließen sie von ihrem Opfer ab und machten sich aus dem Staub. Statt sie zu verfolgen, beugte sich Hauptvogel zu dem Mann am Boden.

Jetzt erst erkannte er Mühleis. Dessen Gesicht war blutüberströmt. Hauptvogel sah, dass sein Freund sehr schwer verletzt war. Er blutete stark im Gesicht und am Kopf. Der gewichtige Mann wischte sich mit einer resoluten Bewegung die Tränen des Entsetzens und der Wut aus dem Gesicht und holte schnell sein Mobiltelefon heraus. Nachdem er die Rettungsleitstelle unter 112 erreicht hatte, erklärte er dem Wachhabenden mit kurzen Worten die Situation. Der versprach, sofort Hilfe zu schicken.

Inzwischen waren die Mitglieder der Touristengruppe herangekommen. Anders als die Senioren, die bei dem missgedeuteten Überfall in Panik geraten waren, reagierten diese Leute mit Umsicht. Einer von ihnen stellte sich Hauptvogel mit knappen Worten als Arzt vor. Er kniete sich neben den Verletzten und untersuchte ihn vorsichtig, dann brachte er ihn sorgsam in eine stabile Seitenlage. Die anderen Mitglieder der Reisegruppe hielten sich zurück und bildeten einen schützenden Ring um den Verletzten. Jetzt waren auch andere Menschen auf das Geschehen aufmerksam geworden. Immer mehr Passanten kamen herbei und wollten wissen, was los war. Sie wurden von den Gruppenmitgliedern davon abgehalten, sich dem am Boden Liegenden zu nähern.

Nach kurzer Zeit trafen Polizei, Sanitäter und Notarzt ein. Mühleis wurde auf eine Trage gelegt und zunächst im Rettungsfahrzeug untersucht. Nach einer Erstversorgung brachte das Sanitätsauto ihn mit Sondersignal zum Klinikum.

Mit bangem Herzen fragte Hauptvogel den Arzt aus der Touristengruppe: „Wie steht es um den Verletzten? Was sagen Sie als Arzt?“

Der Mediziner wiegte bedenklich den Kopf: „Soweit ich das bei meiner oberflächlichen Untersuchung feststellen konnte, ist der Mann sehr schwer verletzt.“

„Das ist ein guter Freund von mir.“ Hauptvogel blickte in die Runde und sah entsetzte Gesichter. Der mutige Detektiv verbarg sein Gesicht in den Händen.

Die Polizei bemühte sich, die Gewalttäter zu fassen, leider ohne Erfolg. Hauptvogel war zur Inspektion gebracht worden, um dort als Zeuge befragt zu werden. Seine vage Beschreibung der Täter brachte die Beamten leider auch nicht weiter.

Schnell kam bei ihnen die Frage auf, welchen Dienstaufgaben Theodor Mühleis im Hofgarten nachgegangen war.

Carlo und Konstanze vermuteten, dass er eine kleine Pause bei seinen Befragungen im Theater eingelegt hatte und sich einen Spaziergang gönnte.

„Er war wohl zur falschen Zeit am falschen Ort“, überlegte Carlo.

„Für mich sieht dieser Überfall mehr nach einem Racheakt als nach einem Raubüberfall aus", entgegnete ihm Konstanze.

„Es scheint doch so, als hätten ihm die drei Männer aufgelauert und wären dann gezielt über ihn hergefallen. Ich denke, es ist gut, im Theater nachzufragen, mit wem er dort geredet hat. Vielleicht gibt es einen Zusammenhang oder jemand hat etwas beobachtet. Carlo, bitte kümmere dich darum und frag auch beim Personal des Restaurants im Hofgarten nach, ob denen etwas aufgefallen ist. Nimm einige uniformierte Beamte mit, dann geht es schneller. Ich sehe im Krankenhaus nach dem Theo."

Im Klinikum erfuhr die Kommissarin, dass Mühleis gerade operiert wurde. Mehr, als dass der Zustand ihres Kollegen sehr ernst ist, konnte ihr zu diesem Zeitpunkt niemand sagen. Die Ärzte würden ihr Möglichstes tun. Das klang schlecht. Konstanze fuhr wie betäubt durch die Stadt zu ihrer Dienststelle zurück. Dort sprach sie zunächst mit Barbara, die erschüttert von dem ungeheuerlichen Vorkommnis an ihrem Schreibtisch saß. Die Sekretärin mochte Mühleis trotz seines merkwürdigen Aussehens. Für sie war er ein liebenswerter Mensch, mit dem sie gerne ab und zu ein wenig plauschte.

Dass man ausgerechnet ihn so brutal niedergeschlagen hatte, machte sie sehr betroffen.

„Barbara, wir werden die Täter finden!", sagte Konstanze resolut. „Aber jetzt schaff mir bitte den Streifenführer her, der als Erster am Tatort war."

Wenig später kam der drahtige Hauptwachtmeister Naumann in ihr Büro. Er war immer noch sehr erregt. „Wie geht es Theodor?", fragte er besorgt.

„Sehr schlecht, glaube ich. Sie versorgen ihn gerade im Operationssaal und gaben mir keine präzise Auskunft."

„Leider passieren solche Sachen immer öfter!", Naumann fuhr empört mit den Händen in der Luft herum.

„Die Brutalität bei solchen Angriffen wird immer größer. Ich sage dir, wenn Hauptvogel sein Schreien nicht zufällig gehört hätte, wäre das übel ausgegangen. Viel hat nicht mehr gefehlt und sie hätten den Theo erschlagen. Als ich den gesehen hatte, dachte ich mir, der ist doch schon fast tot!"

„Was habt ihr denn bisher herausgefunden?", fragte Konstanze ungeduldig.

„Wenig genug! Hauptvogel hat ausgesagt, dass drei Männer auf Mühleis eingeschlagen haben. Als sie ihn kommen sahen, sind sie weggerannt. Sie waren alle drei schwarz gekleidet und hatten Motorradsturmmützen über den Kopf gezogen. Mehr hat er nicht gesehen, weil er sich sofort um Mühleis gekümmert hat. Die Mitglieder der Gruppe, die er bis dahin geführt hatte, haben den Vorfall überhaupt nicht beobachtet. Die Täter waren bereits geflohen, als die Leute am Tatort ankamen."

„Ja dann vielen Dank für deinen Bericht, Kollege! Wir werden jeden Stein umdrehen, bis wir diese Verbrecher finden!"

„Wir von der Streife sind dabei, das kannst du mir glauben!"

Kurz darauf läutete das Telefon. Carlo rief an. „Mühleis hatte kurz vor dem Überfall ein Gespräch mit der Schauspielerin Annette Kirsch. Sie hat mir berichtet, dass Theo sie zunächst zu einer Tasse Kaffee vor der Orangerie eingeladen hatte. Anschließend seien sie dann noch ein Stück im Hofgarten spazieren gegangen. Der Spaziergang dauerte nicht lange, weil Frau Kirsch wegen einer Besprechung zum Theater zurückkehren musste. Der Theodor ist im Hofgarten geblieben. Von dem Überfall hat sie nichts gehört und nichts gesehen, sagt sie."

„Du, das klingt alles ein wenig merkwürdig in meinen Ohren. Befragung einer Verdächtigen im Café und dann noch ein Spaziergang? ‚Die seltsamen Methoden des Kommissars Mühleis', darüber möchte ich mehr erfahren! Irgendwas klingelt da bei mir. Ich weiß noch nicht, was läutet, aber ich werde dem nachgehen. Ich komme sofort ins Theater und werde mit Frau Kirsch reden, sozusagen von Frau zu Frau."

„Das ist gut. Frau Doktor Renz hat übrigens wegen unserer Sachen die Obduktion von Raßmann verschoben. Ich rufe sie an und sage ihr, dass ich nun Zeit habe und bereit bin, an der Obduktion teilzunehmen."

„Ja, mach das. Wir kontaktieren uns danach."

Konstanze machte sich sofort auf den Weg ins Theater. Annette Kirsch erwartete sie bereits im Foyer. Sie hatte verweinte Augen und einen deutlichen blauen Flecken in ihrem Gesicht.

Die Kommissarin war bei ihrem Anblick alarmiert. Sie deutete auf den Bluterguss: „Was ist geschehen?"

„Kommen Sie bitte mit, ich erzähle Ihnen alles", sagte Annette Kirsch mit erstickter Stimme. Sie führte sie in einen der Garderobenräume.

„Hier sind wir ungestört. Was ich Ihnen sagen möchte, braucht niemand zu hören. Gut, dass Sie eine Frau sind, dann können Sie mich vielleicht besser verstehen."

Im Folgenden erzählte sie Konstanze, dass sie sich in Mühleis verliebt hatte. „Kurz vor dem Treffen mit dem Polizisten habe ich mit Alexander telefoniert. Unvorsichtigerweise habe ich ihm erzählt, dass mich Ihr Kollege zu einem Gespräch vor das Restaurant eingeladen hat. Sogar die Uhrzeit habe ich ihm genannt. Alexander war eifersüchtig auf Theodor Mühleis, weil ich ihm gesagt habe, wie nett der ist. Alexander und seine Freunde müssen uns im Café beobachtet haben. Sie sind uns bestimmt in den Park nachgeschlichen. Wahrscheinlich haben sie beobachtet, dass wir uns küssten. Nachdem ich gegangen war, haben sie Theo zusammengeschlagen. Als man mir sagte, was geschehen ist, dachte ich sofort an Alexander. Ich bin zu ihm hingefahren und habe ihn zur Rede gestellt. Er hat die Tat gleich zugegeben. Der Kuss war Anlass genug für ihn, um, schäumend vor Eifersucht und in seiner Männlichkeit schwer verletzt, ein Exempel zu statuieren. ‚Ich und meine Freunde haben uns deinen Kavalier gründlich vorgenommen!', hat er höhnisch zu mir gesagt. Dann schlug er mir hart ins Gesicht. Mit roher Gewalt drängte er mich zur Tür seiner Wohnung. Nachdem er sie geöffnet hatte, verpasste er mir einen Tritt, sodass ich auf dem Treppenabsatz zu Boden fiel. Dabei schrie er: ‚Pass auf, dass ich dich nicht umbringe, du Hure!' Dann hat er die Türe zugeknallt."

Nach ihrer Schilderung begann Annette Kirsch heftig zu weinen. Schluchzend sagte sie: „Ich bin an allem schuld! Hätte ich dumme Kuh dem Alexander nur nichts von dem Treffen mit Theo erzählt! Ich habe große Angst, dass Alexander auch mir noch etwas antut!"

In Konstanze erwachte das Jagdfieber: „Wo finden wir diesen Alexander und seine Freunde?"

„Alle drei arbeiten als Tänzer im Nürnberger Staatstheater. Bestimmt sind sie auch heute dort."

„Sagen Sie mir, wie seine Freunde heißen."

Annette nannte die beiden Namen.

„Vielen Dank für Ihre Offenheit! Ich kümmere mich sofort um ihn und seine Kumpels. Wir tun, was wir können, um Sie vor ihm zu schützen."

Konstanze verabschiedete sich von der Schauspielerin, rief ihre Nürnberger Kollegen an und bat sie um Amtshilfe. Man versprach ihr, sofort nach Alexander Wagner und seinen Helfern zu suchen, um sie zu verhören.

Als Konstanze wieder auf der Inspektion angelangt war, stellte sich ihr Barbara aufgeregt in den Weg: „Bitte sag mir, was los ist! Weißt du inzwischen, wer Theodor niedergeschlagen hat? Ich sitze an meinem Schreibtisch und kann mich nicht konzentrieren. Dauernd grüble ich, warum ausgerechnet unserem sanftesten Kollegen so etwas Schlimmes passieren musste. Weißt du, wie es ihm inzwischen geht? Lebt er überhaupt noch? Mein Gott, was sind das für Menschen, die zu dritt einen Einzelnen in dieser Brutalität zusammenhauen?"

„Wie es Theo inzwischen geht, weiß ich leider nicht, aber ich habe von einer Schauspielerin einen Hinweis bekommen. Es könnte sich um einen Racheakt ihres wahnhaft eifersüchtigen Freundes gehandelt haben. Ich hoffe, wir erwischen diese Schweine!"

„Das wäre wunderbar, wenn diese Kerle so schnell wie nur möglich und möglichst lang hinter Gitter kämen."

Dann lächelte sie überraschend und fragte neugierig: „Hatte der Freund der Schauspielerin eigentlich Grund zur Eifersucht?"

„Es sieht so aus. Unser Theo und die Schauspielerin haben sich ineinander verliebt. Sie küssten sich im Hofgarten, dabei wurden sie beobachtet."

Barbara schüttelte den Kopf: „Der Theo macht vielleicht Sachen! Verliebt sich wieder einmal in eine Zeugin."

Nachdem sie ausgiebig den Kopf geschüttelt hatte, sagte sie: „Ach, dass ich das nicht vergesse, Dotzauer erwartet dich übrigens schon ungeduldig in seinem Büro. Die Medien haben Wind von dem Überfall bekommen und rückten ihm bereits heftig auf den Pelz."

„Ich gehe sofort zu ihm."

Als Konstanze Dotzauers Büro betrat, erwartete sie ein

sehr ungeduldiger Vorgesetzter: „Wo bleiben Sie denn?“, sagte er vorwurfsvoll.

„Ich komme gerade von der Befragung einer Frau, die mir einen wichtigen Hinweis auf die mutmaßlichen Ganoven gegeben hat, die Mühleis zusammengeschlagen haben. Die Nürnberger Kollegen sind schon unterwegs, um sie zu schnappen.“

Dotzauer war mit der Antwort nicht zufriedengestellt.

„Es wird ja wohl Zeit, dass sich etwas tut in der Sache“, nörgelte er. „Ich sitze hier an meinem Schreibtisch, werde von der Journaille gelöchert und weiß nicht, was ich denen sagen soll. Wir müssen sofort eine plausible Presseerklärung herausgeben, damit an der Medienfront wieder Ruhe einkehrt.“

Konstanze schüttelte energisch den Kopf: „Moment bitte! Immer ein Schritt nach dem anderen! Erst müssen wir sicher wissen, ob dieser Mann und seine Freunde wirklich die Täter sind. Bevor das nicht sicher ist, können wir lediglich unverbindliche Statements herausgeben. Ich muss Sie leider um etwas Geduld bitten.“

„Geduld, Geduld! Sie haben vielleicht Nerven! Drei Kapitalverbrechen, darunter der Mord an zwei Prominenten. Geschehen in wenigen Tagen und wir können mit keinem Ergebnis aufwarten. Warum eigentlich nicht?“

„Ein Grund ist bestimmt, dass Sie uns bisher weitere Mitarbeiter verweigert haben. Wie können Sie dann erwarten, dass wir Ihnen schnelle Aufklärungen servieren? Nun ist auch noch unser dritter Mann ausgefallen. Stellen Sie uns jetzt einige Beamte zur Verfügung?“

„Sie können nicht von mir verlangen, dass ich Ihnen Beamte im Ofen backe! Aber meinetwegen. Sie sollen noch ein paar Leute bekommen.“

Konstanze gab sich nicht zufrieden: „Gut. Aber bitte Kollegen mit Erfahrung. Und noch etwas: Bitte stellen

Sie jemand ab, der Mühleis im Krankenhaus schützt. Das sind wir unserem Kollegen schuldig."

Dotzauer hob abwehrend die Hand: „Das geht überhaupt nicht, verehrte Frau Grunwald, bei allem Verständnis für den Kollegen muss ich Ihnen sagen, dass Sie die Länge unserer Personaldecke völlig falsch einschätzen. Eine Bewachung kommt nicht in Frage. Und jetzt machen Sie sich endlich wieder an Ihre Arbeit. Ich will Ergebnisse sehen." Dotzauer blickte von ihr weg und senkte seinen Blick auf eine geöffnete Akte vor sich. Das Gespräch war beendet.

Konstanze ärgerte sich. Am liebsten hätte sie Dotzauer gründlich den Kopf gewaschen, aber das hätte bei ihm sicher nur bewirkt, ihr Steine in den Weg zu legen.

In ihrem Bemühen, sich zu beherrschen, hatte sie plötzlich das Gefühl, in dem Raum ersticken zu müssen. Die Wände schienen auf sie zuzukommen. Sie schnappte nach Luft, unterdrückte die Worte, die sich ihr aufdrängten, und verließ das Büro.

Jetzt brauchte sie dringend frische Luft und Bewegung, um den Ärger über Dotzauers arrogantes Verhalten zu verkraften.

Die Kommissarin verließ das Haus, ohne sich abzumelden. Schon unterm Weggehen schaltete sie ihr Mobiltelefon aus.

Sie bestieg ihren Wagen und fuhr durch die Stadt hinaus auf das Land.

Neue Kraft und eine gute Nachricht

Hinter Schalkhausen parkte sie ihr Auto auf einem kleinen Parkplatz am Scheerweiher. Noch ganz mit sich und ihrem inneren Aufruhr beschäftigt, lief sie schnellen Schrittes die Straße zu den wenigen Gebäuden einer alten Mühle weiter, die sie hinter sich ließ und auf den schmalen Weg einbog, der an dem idyllisch gelegenen Weiher entlangführte.

Es dauerte eine Weile, bis sie ihre Umgebung richtig wahrnahm. Aber dann richtete sie ihren Blick auf die beeindruckenden Gestalten der bereits abgestorbenen uralten Eichen am Wegesrand.

Sie gewahrte die Wasservögel auf dem stillen Weiher, spürte die wärmende Sonne auf ihrer Haut und beobachtete, wie sich das Schilf sanft im warmen Wind dieses herrlichen Frühsommertages wiegte.

Nachdem sie einige hundert Meter gegangen war, setzte sie sich auf eine der Bänke am Rand des Weges und ließ das harmonische Bild auf sich wirken.

Sie atmete erleichtert auf: „Wie gut, dass es solche Orte gibt!" Je länger sie die beruhigende Wirkung der Natur auf sie zuließ, desto mehr spürte sie wieder innere Ausgeglichenheit.

Als ihre Gedanken an die Vorfälle erneut anfingen, sich zwischen sie und die wohltuende Stille der Natur zu drängen, stand sie auf und ging weiter. Sie erreichte einen Bauernhof, aus dem das Geschnatter von Gänsen und das Gackern von Hühnern an ihr Ohr drangen. Ein Stück weiter setzte sie sich wieder auf eine Bank. Von diesem Platz aus erkannte sie in der Ferne höhere Gebäude von Ansbach. Vor ihr erstreckte sich eine weite, von Hügeln begrenzte Wiese. Ein Stück dahinter die Dächer eines Dorfes. In der Ferne fuhr ein roter Personenzug vorüber.

Das frische Grün des Grases zu ihren Füßen war bereits von bunten Blüten übersät. Ein alter Baum stand neben ihr wie ein guter, kraftvoller Freund, der sie gerne unter seinen Ästen ruhen ließ.

Lange saß sie einfach so da und fühlte neue Kraft in sich aufsteigen.

Als sie nach etwa einer Stunde ihren Platz verließ, schien es ihr, als hätte sie ihre Last auf der Bank zurückgelassen. Beschwingten Schrittes ging sie den Weg wieder zurück.

Jetzt erst war sie im Stande, Einzelheiten am Wegesrand genau wahrzunehmen. Sie freute sich am frischen Grün der Blätter, am Gesang der Vögel, genoss das Gurgeln des schmalen Baches, der neben ihr vorbeieilte.

Als Konstanze wieder auf der Inspektion anlangte, erwartete sie Carlo bereits voller Unruhe.

„Ich habe versucht, dich telefonisch zu erreichen, aber dein Mobiltelefon war abgeschaltet. Wo warst du?"

Konstanze erzählte ihm von dem Gespräch mit Dotzauer und von ihrer Flucht in die Natur.

Ihr Kollege ließ ein paar deftige Schimpfworte los, mit denen er Dotzauers Wesen treffend umschrieb. Dann grinste er plötzlich, sah Konstanze an und sagte: „Ich habe gute Nachrichten für dich: Die Nürnberger Kollegen haben angerufen und berichtet, dass sie diesen Wagner und seine Kumpels einkassiert haben. Weil es bei dem Fall um einen von uns geht, haben sie die drei offenbar dermaßen in die Mangel genommen, dass diese Armleuchter die Tat gestanden haben. Wagners Motiv war tatsächlich die Eifersucht. Seine Freunde hat wohl eine Art ‚Nibelungentreue' dazu gebracht mitzumachen. Die Hauptschuld schiebt vorläufig einer auf den anderen. Der Staatsanwalt hat sie dem Haftrichter vorführen lassen und der hat sie ratzfatz ins Untersuchungsgefängnis gesteckt. Nicht zu fassen! Wie können sich diese Machos mitten in Westeuropa des einundzwanzigsten Jahrhunderts aufführen, als kämen sie direkt aus dem Mittelalter?“ Er tippte sich an die Stirn.

„Na ja“, bremste Konstanze, „die Dummen sterben nicht aus, das weißt du doch, oder?“

„Jemand aus Eifersucht umzubringen? Erwachsene Menschen sollten die freie Entscheidung eines erwachsenen Menschen achten. Niemand ist das Eigentum eines anderen. Ich verstehe so eine egozentrische Einstellung nicht.“

„Bist halt ein Guter, lieber Carlo. Außerdem hast du recht. Ich bin schon froh, dass ich dich zum Partner habe! Mit einem Pascha, der nur sich selbst achtet, könnte ich nicht zusammenarbeiten, da gäb's irgendwann einmal ein Duell zwischen dem und mir wie in ‚High Noon‘! Du weißt schon, was ich meine?“

„Klar! Gary Cooper und sein rauchender Colt sind mir unvergesslich. Der arme Chauvi würde am Boden liegen mit einem kleinen Loch im Hemd.“

„Genau so!“, bestätigte Konstanze.

„Carlo, ich habe eine gute Idee: Wir feiern jetzt unseren Sieg gegen das Böse. Ich rufe zuerst Annette Kirsch an und sage ihr, dass sie keine Angst mehr zu haben braucht, und dann lade ich dich zum Essen beim Griechen ein. Was hältst du davon?“

„Ich finde, das ist eine geile Idee!“

Guter Dinge machten sich die beiden Beamten auf zu ihrer internen Feier.

Nach einem köstlichen Mahl verabschiedeten sie sich voneinander, um einen Abend nach ihrem jeweiligen Geschmack zu verbringen.

Konstanze fuhr nach Hause, duschte sich und zog sich etwas Bequemes an. Sie wollte sich gerade ein Glas

Rotwein genehmigen, als ihr Telefon läutete. Zu ihrer freudigen Überraschung war Wolfgang Sperber am Apparat. Der Kriminalhauptkommissar weilte immer noch in einer Rehabilitationseinrichtung. Bei einem Angriff auf ihn hatte er eine Niere verloren. Sperber wollte von Konstanze wissen, wie sie mit den anliegenden Fällen weiterkamen.

Konstanze berichtete, was in den letzten Tagen passiert war.

„Ach, wir bräuchten dich hier so dringend, Wolfgang! Wie lange wirst du noch im Krankenstand sein?"

„Einige Wochen wird es wohl noch dauern, bis ihr mich wieder habt. Ich bin aber überzeugt, dass ihr beide es schafft, den Fall zu klären."

Die beiden unterhielten sich noch eine Weile in ihrer üblichen Vertrautheit. Nach diesem Gespräch begann für Konstanze und ihre Katze der geruhsamste Teil des Abends. Die Kommissarin trank noch ein Glas Rotwein und las ein wenig.

Tigerle lag auf ihrem Schoss und schnurrte die meiste Zeit zufrieden vor sich hin. Als ihr die Zeilen des Buches immer wieder vor den Augen verschwammen, ging Konstanze in ihr Bett und schlief fast traumlos dem nächsten Morgen entgegen.

Weit weg im Land der Schmerzen

Als Konstanze das Krankenzimmer betrat, in dem Theodor Mühleis lag, hätte sie fast einen Schrei ausgestoßen. Um das zu vermeiden, schlug sie sich die Hand vor den Mund. Dann sprach sie ihn mit leiser Stimme an.

Mühleis war unter weißen Verbänden verborgen. Seine Augen waren fast zugeschwollen. Der Rest seines Gesichtes war verfärbt und wirkte wie aufgeblasen. Er war wach. Mit einiger Mühe versuchte er, seine Augen etwas weiter zu öffnen, um seine Kollegin besser sehen zu können.

„Grüß dich, Konstanze", brachte er flüsternd hervor. „... bin froh, dich zu sehen. Hätte dumm ausgehen können ..."

Seine Stimme klang wie verwaschen. Offensichtlich hatten ihm die Ärzte den Unterkiefer fixiert. Konstanze zog sich einen Stuhl zum Bett hin und setzte sich: „Wie geht's dir?"

Mühleis schloss die Augen. Er versuchte wohl, seine Kraft für eine Antwort zu sammeln. Seine Augen wurden beim Schließen zu tiefen Schlitzen in einem blauroten Gewebe. Konstanze empfand tiefes Mitleid.

Eine seiner Hände lag auf dem Kissen. Die andere war an einen Schlauch angeschlossen, durch den ständig eine Flüssigkeit in den Körper lief.

Sie berührte seine Hand vorsichtig, als könnte sie ihm schon durch die Berührung allein einen weiteren Schaden zufügen.

„... geht mir schlecht! ... Schmerzen! ... Waren plötzlich da und schlugen zu ... weiß nicht wieso ..."

Der Verletzte wollte schlucken, verschluckte sich dabei und musste husten. Zwischen einzelnen Hustern stöhnte er laut auf. Er litt offenbar sehr.

Dann, nachdem er ganz vorsichtig eingeatmet hatte,

flüsterte er: „Prellungen ... Arzt sagt, drei Rippen gebrochen ... tut elend weh, wenn ich huste ..."

„Du sollst lieber nicht reden, Theo. Ich glaube, ich gehe besser wieder. Es ist nicht gut, wenn ich dich zum Husten bringe."

„... ist schön, dass du gekommen bist ..."

Wieder schloss er die Augen.

Konstanze drückte vorsichtig seine Hand und stand auf.

„Ich komme morgen wieder, dann geht es dir bestimmt schon ein wenig besser."

„Ich will nicht hier liegen ...", flüsterte er. „... ich möchte mit dir weggehen. Kann nicht aufstehen ..."

Wieder schloss er seine Augen.

„Ist was mit deinen Beinen?"

„... haben mir die rechte Kniescheibe zertrümmert ... hat Arzt gesagt ... Wollen morgen operieren ..."

„Ach so ein Mist!"

„... finde ich auch ..."

„Du, die werden dich wieder in Ordnung bringen, Theo!"

„Was ist, wenn mein Bein steif bleibt? .... Komme aufs Abstellgleis ... Was wird aus mir?"

„Theo, wart einfach ab, was kommt. Ich wünsche dir viel Geduld."

„... hab große Angst ..."

„Wovor hast du Angst?"

„... vor nichts Bestimmtem. Ich hab einfach nur Angst ..."

„Ich denke, das ist doch normal. Immerhin haben die versucht, dich umzubringen."

„... wird schon wieder ... werden."

„Was du erlebt hast, das vergisst man nicht so schnell. Das braucht seine Zeit."

„... bin eben kein guter Polizist ..."

„Jeder Polizist hätte nach einem solchen Überfall ein Trauma."

„Wenn ich morgen komme, reden wir weiter. Ruhe dich jetzt aus."

„... werde morgen operiert ..."

„Wenn du nicht reden kannst, komme ich eben übermorgen wieder. Und nun gehe ich wirklich, damit du dich ausruhen kannst."

Vom Bett her kam keine Antwort. Ob Theodor wohl eingeschlafen war?

Konstanze verließ leise das Zimmer. Auf dem Flur kam ihr ein junger Arzt entgegen.

„Entschuldigen Sie bitte, dass ich Sie anspreche, sind Sie der Stationsarzt hier?"

„Ja. Was kann ich für Sie tun?"

„Ich habe gerade Theodor Mühleis besucht. Er hat darüber geklagt, dass er große Angst hat."

Der Arzt zog die Augenbrauen hoch: „Darüber darf ich mit Ihnen nicht sprechen."

„Ja, das denke ich mir schon. Ich will Sie auch nur auf seine große Angst aufmerksam machen. Vielleicht wäre es gut, einen Psychiater hinzuzuziehen? Sicher haben Sie doch einen Spezialisten hier in der Klinik."

„Hm." Der Arzt zögerte ein wenig, dann sagte er: „Daran habe ich auch schon gedacht. Wissen Sie übrigens, ob Herr Mühleis Familienangehörige hat?"

„So viel mir bekannt ist, hat er keine Angehörigen."

„Danke für die Information. Einen guten Tag."

„Bitte tun Sie für meinen Kollegen alles, was Sie können."

„Darauf können Sie sich verlassen."

Konstanze fand den Arzt trotz seiner knappen Antworten eigentlich ganz nett. Er hatte einen warmen, aufmerksamen Blick und ein freundliches Gesicht.

Sie strebte dem Ausgang der Klinik zu und hoffte, dass sie hier das Richtige unternehmen würden, damit der geschundene Leib von Theodor Mühleis wieder heil wurde. Und seine geschundene Seele auch.

Angst

Mühleis presste seine Arme um seinen Kopf und versuchte, seinen Schädel mit den Händen zu schützen. Die Schläge kamen von allen Seiten. Er krümmte sich zusammen, aber sie trafen ihn in den Bauch, trafen schmerzhaft seine Brust. Sein Rücken fühlte sich wie zerbrochen an. Ein Stiefel traf seine Stirn. Er stürzte zu Boden und sah, dass sie Messerklingen an ihren Stiefelspitzen hatten. Er wusste, dass er jetzt sterben würde. Gleich würden sie zutreten, dann war es aus. Er schrie mit aller Kraft. Er schrie immer noch, als er die Augen öffnete und Menschen sah, die sich in weißen und blauen Kitteln über ihn beugten. Erst ganz langsam erinnerte er sich daran, dass er im Krankenhaus lag. Die Gestalten an seinem Bett erkannte er erleichtert als Schwestern und den Arzt, der ihn betreute. Theo fühlte, wie ihm der Schweiß brennend in die Augen lief. In seinem Kopf tobte ein stechender Schmerz.

Der Körper tat ihm weh, als stünde er in Flammen.

Die Atemnot machte es ihm unmöglich zu sprechen.

Er hörte die beschwichtigende Stimme des Arztes: „Ganz ruhig atmen. Ich habe Ihnen gerade ein stärkeres Schmerzmittel gegeben, es wird gleich besser. Gaaanz ruhig atmen."

Unruhig wischte der Patient sich den Schweiß mit einer Hand vom Gesicht und keuchte. Der Arzt redete immer noch auf ihn ein: „Gaaanz ruhig atmen. So ist es schon viel, viel besser. Gleich sind auch die Schmerzen weg, dann ist es gut. Sie sind in Sicherheit. Bald werden wir Sie wieder gesund gemacht habe."

Tatsächlich ließen die Schmerzen allmählich nach. Sein Atem beruhigte sich.

Er krächzte: „Was ist passiert?"

„Sie haben nur schlecht geträumt und dabei laut geschrien. Ihren Infusionsschlauch haben Sie herausgerissen und das Nachtkästchen vollkommen abgeräumt, deshalb sind wir Ihnen zu Hilfe gekommen."

„... danke ...", flüsterte er.

„Ich habe Ihnen eine neue Infusion gelegt. Die Schwestern werden Ihr Bett in Ordnung bringen. Wir werden Ihnen helfen, eine gute Nacht zu verbringen."

Mühleis sah auf der Bettdecke vor sich große rote Flecken.

„Ich blute."

„Beim Herausreißen der Infusionsnadel ist ein wenig Blut aufs Bett gekommen. Das ist kein Problem. Bettwäsche kann man waschen. Ist doch kein Wunder. Ihr Unterbewusstsein ist gerade dabei, Ihr Erlebnis auf diese Weise zu verarbeiten. Das gibt sich aber nach und nach", erklärte der Arzt in ruhigem Ton.

Als der Arzt wieder gegangen war, begannen die Schwestern damit, sein Bett zu richten.

Der Verletzte hätte am liebsten seine Ruhe gehabt.

Jede Berührung erschien ihm wie ein Angriff.

Alle Geräusche schmerzten ihn.

Wenn die Schwestern oder die Putzfrauen im Zimmer arbeiteten, war ihm, als träfen ihn die Töne, die sie verursachten, wie Schläge. Er bekam dann plötzlich Atemnot.

Als die Schwestern seine Bettdecke wegzogen, versteifte er sich. Er hatte natürlich gewusst, dass das jetzt geschehen würde, aber er erschrak trotzdem. Ohne die Decke fühlte er sich allem ausgeliefert. Er lag still da, als erwartete er die nächste Attacke. Sein Verstand sagte ihm, dass Schwestern und Ärzte ihm helfen wollten, sein Körper aber war auf Abwehr und Flucht eingestellt. Konnten die Pflegekräfte verstehen, wie er sich fühlte?

Konstanze konnte das wahrscheinlich nicht, vermutete er. Ihr Besuch war für ihn sehr anstrengend gewesen. Als er daran dachte, erhöhte sich sofort sein Pulsschlag.

Sein Atem ging immer schneller. Er hörte das Blut in den Ohren rauschen.

„Er hyperventiliert!“, rief eine Schwester der anderen zu. „Schnell eine Plastiktüte!“

Als Mühleis sah, wie sich das Plastik über sein Gesicht legte, befiel ihn Panik.

„Ganz ruhig atmen“, befahl die Stimme der Schwester über ihm.

„Gleich geht es Ihnen wieder besser.“

Er wollte sich wehren, aber sie hielten ihn fest.

Kraftlos spürte er, wie sein Atem ruhiger wurde.

Sein Herz beruhigte sich ebenfalls langsam.

Seine Angst hatte sich zurückgezogen auf eine kleine Insel in seinem Inneren.

Das beruhigende Medikament wirkte endlich.

Er wurde sehr müde.

Gleich würde er einschlafen.

Inzwischen war der Arzt wieder ins Zimmer gekommen. Er warf einen prüfenden Blick auf die Daten, die von den Monitoren über dem Bett angezeigt wurden. Was er sah, beunruhigte ihn. Er sagte zu den Schwestern, sie sollten ein besonderes Auge auf diesen Patienten haben.

Konstanze brauchte ein wenig Abstand zu dem vorhergehenden Geschehen. Ihren Wagen hatte sie auf dem Parkplatz vor der Stadtverwaltung abgestellt und war das kurze Stück zu dem kleinen Café am Residenzplatz zu Fuß gegangen.

Bei dem Team um Wolfgang Sperber erfreute sich das kleine Lokal seit Langem großer Beliebtheit. Das Personal hier war ihr gegenüber immer sehr freundlich und aufmerksam. Außerdem konnte man durch die großen Fensterscheiben die Fassade der Markgrafenresidenz betrachten und Menschen vorbeieilen sehen.

Im Inneren war es zwar etwas eng, aber dadurch

auch auf besondere Weise heimelig. Insgesamt ein großer Unterschied zu anderen Cafés in Ansbach, in denen die Gäste ihre beladenen Tabletts meist etwas unsicher von der Theke zu den Tischen balancierten. Abfertigung statt Gemütlichkeit.

Konstanze setzte sich aufatmend an einen kleinen Tisch direkt am großen Fenster. Die Bedienung kam lächeln zu ihr. Sie bestellte sich einen Cappuccino, ein Stück Kuchen, dazu ein Glas Wasser.

Ihre Gedanken verließen den anheimelnd duftenden Raum und flogen zurück in das Krankenzimmer. Sie spürte noch einmal ihr Entsetzen beim Anblick des Verletzten in seinem Elend.

Sie spürte aber auch Wut auf diejenigen, die ihm das angetan hatten.

War es diese Erziehung zum Macho, die Alexander Wagner und seine Kumpels dazu gebracht hatte, die „Ehrverletzung" gleich mit einem versuchten Totschlag zu sühnen, oder lag es bereits in ihren Genen?

Sie wurde von ihrem Grübeln erlöst, als die Bedienung ihr das Gewünschte brachte.

Konstanze hatte die wunderbare Fähigkeit, sich völlig dem Genuss einer kulinarischen Köstlichkeit hinzugeben und dabei andere Gedanken auszublenden. Der Cappuccino war wirklich gut. Der Kuchen ebenfalls. Ab und zu blickte sie auf und sah zum Fenster hinaus. Sie merkte, wie das Erlebte sich nach einiger Zeit von einer dicken Nebelsuppe zu einem durchsichtigen Schleier verdünnte und schließlich seine Kraft verlor. Die Konturen des Albtraums lösten sich allmählich auf.

Das Café hatte sich nach und nach gefüllt. Eine ältere Frau fragte sie, ob sie sich mit an ihren Tisch setzen konnte. Konstanze bejahte, wollte sich aber auf kein Gespräch einlassen. Als sie gegessen und getrunken hatte, zahlte sie und verließ das Lokal in Richtung ihres Wagens.

Auf der Inspektion stürzte sie sich wieder in ihre Ermittlungsarbeiten.

Ihr Abend verlief erholsam. Konstanze schlief in dieser Nacht tief und fest.

Am nächsten Morgen traf die Kommissarin früher zur Arbeit auf der Inspektion ein. Vieles war zu tun.

Zu ihrem Erstaunen fand sie Carlo bereits an der Arbeit. Beim Eintreten Konstanzes in sein Büro wandte er sich ihr zu. Sein Gesicht sah müde aus. An seinem Computer sitzend wirkte er genervt. Sein Haar, das ihm normalerweise schon nach allen Seiten vom Kopf abstand, wirkte so, als hätte er mit nassen Fingern eine Stromleitung berührt.

Mit einem „Guten Morgen!" begrüßte sie ihn beschwingt und heiter.

„Ach du Armer! Wie lange sitzt du schon hier?"

„Seit sechs Uhr sitze ich hier und durchforste die Liste von Leuten, mit denen Ellen Dombrowski und Jost Raßmann zu tun hatten."

„Hast du daran gedacht, neben den Schauspielern die anderen Angestellten des Theaters unter die Lupe zu nehmen?", wollte Konstanze wissen.

„Neiiin", kam es etwas unwirsch zurück. „Ich lasse mir aber von der Theaterverwaltung gleich eine Liste schicken." Dann wandte sich der Blick des Kommissars wieder dem Bildschirm zu.

Konstanze wollte ihn nicht länger stören und ging zu ihrem eigenen Büro. Kaum hatte sie es betreten, klingelte das Telefon. Frau Doktor Renz meldete sich am anderen Ende.

„Wie gut, dass ich Sie so früh schon erreiche, Frau Grunwald! Mich hat der Gedanke nicht losgelassen, dass ich bei der Obduktion etwas übersehen haben könnte. Deshalb nahm ich mir den Jost Raßmann noch einmal vor. Tatsächlich habe ich dabei eine kleine Einstichstelle in der Achselhöhle gefunden. Die ist mir wohl zunächst nicht wichtig genug erschienen. Heute Nacht ist sie mir aber plötzlich siedend heiß in den Sinn gekommen. Es handelt sich dabei zweifelsfrei um den Einstich einer Nadel. Im Labor haben sie übrigens einen sehr hohen Alkoholpegel in Raßmanns Blut festgestellt. Ich vermute, der oder die Täter hatten seine Volltrunkenheit ausgenutzt, ihm ein Gift einzugeben, das sich schnell abbaut. Die Stelle mit dem Einstich habe ich ausgeschnitten und ins Labor gegeben. Vielleicht finden sich noch Reste des Giftes. Wir wissen noch nicht, ob es dasselbe Gift ist, mit dem die Frau ermordet wurde."

Das war eine wichtige Mitteilung für Konstanze.

„Danke für Ihre Sorgfalt, Frau Doktor! Ich will heute früh sowieso Frau Raßmann nochmals befragen, dabei könnten Ihre Ergebnisse wichtig sein."

Nachdem die Kommissarin aufgelegt hatte, informierte sie Carlo von der Neuigkeit und sagte: „Komm, wir fahren zu Frau Raßmann. Ich will ihr nochmals auf den Zahn fühlen."

Carlo war froh, sich von seinem Computer lösen zu können. Er stand auf und streckte sich ausgiebig. Nach einem tiefen Atemzug sagte er: „Ja, ich brauche dringend Bewegung, sonst bekomme ich noch einen Koller vor diesem Ding." Er deutete mit einer laschen Handbewegung auf den erleuchteten Bildschirm.

Anna Raßmann öffnete ihnen die Haustür. Konstanze war erstaunt, statt der grauen Maus vom letzten Mal eine elegante, perfekt gestylte ältere Dame vor sich zu haben – und das schon am frühen Morgen!

Die Verwandlung glich der einer unscheinbaren Raupe, die in einem schönen Schmetterling ihre wahre Gestalt gefunden hatte.

Konstanze sah sich in ihrem ersten Eindruck von dieser Frau bestätigt.

Sie hatten es mit einer erfahrenen, besonderen Persönlichkeit zu tun. Eine in Wahrheit starke Frau stand ihnen gegenüber. Die blauen Augen blickten sie abschätzig an.

Die Stiefmutter von Jost Raßmann hatte sich aber nicht nur äußerlich verändert.

Sie schien sich auch innerlich verwandelt zu haben.

Ihre Stimme klang selbstbewusst und befehlsgewohnt: „Ach die Frau Polizistin und ihr Kollege. Haben Sie etwas in meinem Haus vergessen?"

„Frau Raßmann. Ich habe noch Fragen an Sie."

Jetzt hatte Anna Raßmann mit einem Mal auf eine andere Tonlage umgeschaltet. Auf Abstand bedacht sagte sie: „Von meiner Seite ist aber bereits alles gesagt. Ich wüsste nicht, was wir beide noch miteinander zu schaffen hätten."

Anna Raßmann straffte energisch ihren Körper und wollte die Tür mit Schwung schließen, aber Konstanze stoppte sie mit einer Hand ab.

„Was fällt Ihnen ein. Das ist Hausfriedensbruch!", fuhr sie die Kommissarin wütend an.

Konstanze meinte auch, ein klein wenig Zittern in der Stimme der Frau gehört zu haben.

Sie blickte ihr kerzengerade in die Augen: „Frau Raßmann, warum wollen Sie nicht mit mir sprechen?"

Anna Raßmann wurde von einem Moment zum anderen schneeweiß im Gesicht. Die Grande Dame verwandelte sich im Nu wieder zurück in eine zitternde alte Frau. Ihre Schultern sanken nach vorne, als sie mit leiser Stimme sagte: „Also kommen Sie herein."

Sie drehte sich um. Als wäre sie plötzlich sehr müde, ging sie mit schlurfenden Schritten voraus.

Konstanze und Carlo folgten ihr gespannt. Im Wohnzimmer wies die neue Hausherrin mit resignierter Miene auf die Sitzgarnitur: „Bitte setzen Sie sich."

Konstanze setzte sich ihr gegenüber. Carlo nahm neben seiner Kollegin Aufstellung.

Anna Raßmann ließ sich auf die Couch fallen und saß in sich zusammengesunken wie gebrochen da.

„Frau Raßmann, ich werde unser Gespräch mit diesem Gerät aufnehmen. Auf der Inspektion wird es Ihnen als Ausdruck vorgelegt, den Sie unterschreiben müssen."

Die alte Frau sah sie stumm an, nickte dann aber zustimmend.

Die Kommissarin legte das Aufnahmegerät zwischen ihnen auf den Tisch.

Konstanze sah ihr Gegenüber fest an: „Frau Raßmann, wir wissen inzwischen, dass sich Ihr Stiefsohn nicht selbst umgebracht hat. Jemand hat ihn betäubt und anschließend erhängt. Sie wissen vielleicht, wer das getan hat?"

Anna Raßmann schüttelte stumm den Kopf.

„Jost hat wahrscheinlich auch viel Geld mit dem Handel von Rauschgift verdient. Wussten Sie davon?"

Wieder schüttelte die alte Frau den Kopf.

„Nein!", sagte sie dann etwas verzagt und blickte zu Boden.

„Ich glaube Ihnen nicht, Frau Raßmann!", insistierte Konstanze mit scharfer Stimme. „Ich bin überzeugt, dass Sie uns etwas vorspielen. Sie sind nie und nimmer die hilflose alte Frau, als die Sie sich bei unserem letzten Besuch dargestellt haben. Sie wissen genau, was Sie wollen, und Sie setzen das auch durch, davon bin ich überzeugt."

Die Kommissarin beschloss, aufs Ganze zu gehen: „Frau Raßmann, Sie sind durch den Tod Ihres Stiefsohnes zur Erbin der Firma und seines gesamten Vermögens geworden. Sie profitieren von seinem Tod. Ich muss Sie darauf hinweisen, dass wir Sie verdächtigen, an der Tötung von Jost Raßmann beteiligt gewesen zu sein. Außerdem glauben wir, dass Sie an Raßmanns Handel mit Rauschgift beteiligt waren. Sie haben die Tötung Ihres Stiefsohnes nicht allein durchgeführt. Aber ganz bestimmt wussten Sie davon."

Wieder schüttelte die Beschuldigte den Kopf, blickte zu Boden und antwortete nicht.

Mit sanfterer Stimme legte Konstanze nach: „Frau Raßmann, seien Sie vernünftig. Es würde sich strafmildernd auswirken, wenn Sie ein Geständnis ablegen und uns die Mittäter benennen. Ich rate Ihnen das dringend. Leugnen wird Ihnen auf Dauer wenig nützen. Wir werden Ihre Taten Punkt für Punkt aufklären. Nachdem Sie die Hauptnutznießerin von Josts Tod sind, sind Sie auch unsere Hauptverdächtige." Bei ihren letzten Worten war die Stimme der Kommissarin härter geworden.

Anna Raßmanns kleine Gestalt schien jetzt regelrecht in dem Sessel zu versinken, dann straffte sie sich jedoch plötzlich, blickte Konstanze an und sagte mit zitternder Stimme: „Ja, ich habe Josts Tod gewollt und habe alles arrangiert, damit er hingerichtet wurde! Jost und sein Vater haben mich täglich gedemütigt. Diese beiden Ungeheuer haben mich behandelt, als wäre ich ihre Sklavin. Ich habe unter ihnen jahrelang unsäglich gelitten. Nun habe ich zurückgeschlagen. Ich bereue nichts!"

Konstanze war mit dieser Aussage noch nicht zufrieden: „Diese Geschichten nehme ich Ihnen nicht mehr ab. Ich glaube, Sie haben hier gar nicht schlecht gelebt. Vielleicht waren Sie sogar der führende Kopf. Ihr Anteil am Gewinn war sicher beträchtlich. Wer sind Ihre Mittäter?"

Anna Raßmann blieb ihrer Version treu: „Das will ich nicht sagen. Ich bin diesen Menschen zu Dank verpflichtet. Sie haben an meiner Stelle Gerechtigkeit geübt. Jost wurde für all das erhängt, was er und sein Vater mir jahrzehntelang angetan haben."

Ihr Gesicht nahm wieder den gekonnt leidenden Ausdruck an und mit um Mitleid heischender Stimme klagte sie: „Ich wurde von diesen brutalen Männern wie eine Sklavin gehalten. Josts Tod ist der Ausgleich für mein großes Martyrium."

„Frau Raßmann, nochmal: Ich glaube Ihnen die Geschichte von Ihrer jahrzehntelangen Unterdrückung nicht mehr. Sagen Sie uns jetzt, wer Ihnen bei der Tat geholfen hat. Sie können sich darauf verlassen, wir werden es herausfinden. Sie und Ihre Helfer haben nicht wirklich Gerechtigkeit geübt. Sie wollten sich einfach die Beute sichern. Geben Sie es doch zu. Dadurch verringern Sie die Strafe. Sie sind keine junge Frau mehr. Wollen Sie im Gefängnis sterben?"

Die Miene der alten Frau zeigte nun ihren inneren Aufruhr. Sie schien heftig mit der Frage zu kämpfen, ob sie ein volles Geständnis ablegen sollte oder nicht.

Konstanze erhöhte den Druck: „Sie und ein oder mehrere Helfer haben Jost Raßmann getötet. Jetzt stehen Sie doch auch zu Ihrer Tat und nennen uns die Namen der anderen. Wir werden nicht rasten und ruhen, bis wir die Mittäter haben, das verspreche ich Ihnen!" Konstanzes Stimme war schneidend geworden.

An dieser Stelle mischte sich Carlo ein. Mit ruhiger Stimme sagte er:

„Frau Raßmann. Sie könnten mit der Preisgabe des Namens und auf Grund Ihres Alters eine gewisse Hafterleichterung bekommen. Die Personen, die Ihnen geholfen haben, profitieren doch bestimmt ebenfalls von der Tat. Es ist doch nicht gerecht, dass Sie allein die ganze Last der Strafe tragen sollen und jemand anderer das ganze Geld bekommt und sich damit womöglich ins Ausland absetzt."

Jetzt sah Anna Raßmann erstmals richtig hoch und blickte Carlo ins Gesicht:

„Beide haben Jost ebenso gehasst wie ich. Er stand uns im Weg. Wir wollten in der Firma den Profit nicht immer nur mit dem aufgeblasenen Menschen teilen. Er beanspruchte ständig immer das größte Stück vom Kuchen." Sie blickte noch einmal zu Boden, dann holte sie tief Luft und sagte mit sicherer Stimme:

„Ich war es, die das Geschäft mit dem Rauschgift in die Wege leitete. Jost hat unser Tun nur zufällig entdeckt. Er hat uns gedroht und wollte sofort den Löwenanteil des Gewinns. Jahrelang hat er uns erpresst und abgezockt, damit haben wir jetzt endlich Schluss gemacht."

Der Blick der alten Frau schien auf einmal irgendwie abwesend.

Ein kleines Lächeln spielte um ihren Mund, als sie weiterredete:

„Die Gelegenheit war günstig. Sie hatten ihn mit der Festnahme in die Enge getrieben. Sein Tod konnte in seiner Situation wie ein Selbstmord aus Verzweiflung aussehen. Verzweiflung über den Tod seiner Freundin und darüber, dass Sie ihn wegen seines Rauschgifthandels lange einsperren konnten. Jost konnte doch den Eindruck haben, sein Leben sei verpfuscht, und er sah sich gezwungen, allem ein Ende zu machen. Das war alles sehr realistisch. Meinen Sie nicht auch?"

Mit großen Augen sah Anna Raßmann die beiden Polizisten wie um Hilfe suchend an.

„Nein, das haben wir nicht geglaubt. So gutgläubig, wie Sie denken, sind wir nämlich nicht. Frau Raßmann, ich verlange ein klares Geständnis. Machen Sie jetzt reinen Tisch, damit entlasten Sie sich. Nennen Sie uns jetzt die Namen Ihrer Mittäter!"

Anna Raßmann stieß einen langen Seufzer aus, senkte wieder ihren Kopf und sagte wie zu sich selbst: „Der eine heißt Horst Puchta und ist der Geschäftsführer des Nürnberger Raßmann-Werkes. Ich kenne ihn schon lange. Weil er mir vertrauenswürdig schien und weil ich einen männlichen Helfer im Drogengeschäft brauchte, habe ich ihn als Geschäftspartner gewählt. Der andere ist Heiner Schiller, er arbeitet als Buchhalter im Betrieb. Wir waren jahrelang ein gutes Team. Es war an der Zeit, Jost auszuschalten. Der Tod der jungen Frau hatte die Aufmerksamkeit der Polizei und der Öffentlichkeit auf Jost gerichtet. Mit ihm ließ sich unser Geschäft unter diesen Umständen nicht weiterführen. Seine Unverschämtheiten allein hätten schon genügt, ihn auszuschalten, aber dieser Mord an seiner Freundin gab uns das Signal, endlich zuzuschlagen. Ich bleibe dabei: Jost hat es sich im Grunde selbst zuzuschreiben, dass es für ihn so gekommen ist."

Nach diesen Worten setzte sie sich plötzlich aufrecht hin und sah die Polizisten direkt an: „Aber mit dem Mord an Ellen Dombrowski haben Puchta, Schiller und ich überhaupt nichts zu tun. Übrigens kann ich bezeugen, dass auch der Jost sie nicht umgebracht hat. Die Frau hat dieses Haus putzmunter verlassen. Jost ist den ganzen restlichen Abend hier geblieben. Als Jost von ihrem Chef aus der Haft entlassen wurde und von der Inspektion nach Hause kam, haben wir drei hier im Haus sehr mit ihm gestritten. Wir wollten die Gelegenheit wahrnehmen, ihn dazu zu bringen, dass er Puchta, Schiller und mir den größeren Anteil aus dem Drogenhandel überließ. Er weigerte sich aber strikt, damit hat er die Chance vertan, weiterleben zu dürfen. Während unseres Streites trank er unmäßig viel Alkohol. Schließlich war er total betrunken und wurde immer ausfälliger. Ich bekam Angst vor ihm, aber mitten im Streit ist er, völlig besoffen, unverhofft eingeschlafen. Mir war klar, dass wir endlich handeln mussten. Das Gift habe ich schon lange. Ich habe es ihm eingespritzt. Puchta hat ihn erwürgt. Zusammen schleppten sie ihn zum Auto, fuhren zum Wochenendhaus und hängten ihn auf. Den Abschiedsbrief schrieb ich in aller Eile selbst. So war das und ich bleibe dabei: Jost hat sein Schicksal durch seine unstillbare Gier selbst besiegelt."

Das Gesicht der alten Frau hatte sich bei ihren letzten Worten in eine starre Maske verwandelt.

Konstanze konnte sich über die brutale Kaltblütigkeit dieser Frau nur wundern.

Und sie hatte diese alte Verbrecherin zumindest zeitweise für ein bemitleidenswertes, hilfloses Opfer ihres Dienstherrn gehalten. Unfassbar!

„Haben Sie noch irgendwelche Überreste dieses Giftes?"

„Ja, ich habe das Fläschchen noch im Badezimmerschrank. Ich kann es Ihnen holen."

Sie stand ziemlich behände auf. Konstanze gab Carlo ein Zeichen, sie zu begleiten. Beide verließen den Raum und kamen gleich wieder zurück. Anna Raßmann lief vor Carlo her. Der Kommissar trug eine kleine braune Glasflasche in seiner behandschuhten Hand.

Er hielt sie Konstanze hin. Sie sah Flüssigkeit darin schwappen.

„Was ist das für ein Mittel?", wollte sie von Frau Raßmann wissen.

„So genau weiß ich das auch nicht. Puchta hat es mitgebracht und gesagt, es wären sogenannte K.-o.-Tropfen. Mehr weiß ich nicht."

Auf einen Wink von Konstanze hin versenkte Carlo das Fläschchen in einem Plastikbeutel und verschloss ihn sorgfältig.

„Ich verhafte Sie wegen Mordes an Jost Raßmann und wegen des Handels mit unerlaubten Drogen. Wir werden Sie mit zur Inspektion nehmen. Sie werden noch heute dem Richter vorgestellt. Wenn Sie wollen, können Sie einen Rechtsanwalt rufen. In seiner Anwesenheit und vor dem Richter müssen Sie Ihr Geständnis nochmals wiederholen. Ich werde Sie nun begleiten, damit Sie sich einige Sachen für einen längeren Aufenthalt bei uns mitnehmen können. Sollen wir jemanden benachrichtigen, der sich später um das Haus und um Sie kümmert?"

Die alte Frau begann plötzlich laut zu weinen. „Ich habe niemanden!", schluchzte sie. „Ich bin ganz allein. Horst Puchta und Heiner Schiller haben sich bisher um mich gekümmert. Wir waren ja in gewisser Weise Leidensgenossen. Wenn sie ebenfalls verhaftet werden, ist keiner mehr für mich da."

Konstanze wunderte sich wieder darüber, welche Wandlungsfähigkeit diese Frau besaß. Mit ihrem Weinen konnte sie diesmal bei ihr nur wenig Mitgefühl wecken. Konstanze hatte sie durchschaut. Die Alte hatte eindeutig das Zeug zu einer eiskalten Verbrecherin.

Anna Raßmann wurde zur Inspektion gebracht und später dem Haftrichter vorgeführt. Er wies sie nach dem nochmaligen Ablegen ihres Geständnisses in das Untersuchungsgefängnis ein.

Ihre Komplizen Puchta und Schiller wurden in Nürnberg verhaftet. Nachdem ihnen gesagt worden war, dass ihre Komplizin ihre gemeinsam begangenen Delikte gestanden hatte, legten beide ebenfalls ein Geständnis ab. Puchta betonte, dass Anna Raßmann immer die treibende Kraft war und sie zu allem angestiftet hatte. Sie selbst wären von sich aus niemals auf die Idee gekommen, mit Drogen zu handeln. Raßmann umzubringen wäre ihnen auch nicht eingefallen. Anna Raßmann hatte ihren Stiefsohn schon fast umgebracht. „Sie hätten nur geholfen, ihn von seinem Leiden zu erlösen", gab Schiller zu Protokoll. Der Richter konnte sich mit allen diesen Ausreden nicht anfreunden und schickte beide auf dem direkten Weg in die Untersuchungshaftanstalt.

Alle drei Beschuldigten bestritten unabhängig voneinander energisch, irgendetwas mit der Ermordung von Ellen Dombrowski zu tun zu haben. Weitere Verhöre würden folgen.

Bei einer nochmaligen Durchsuchung von Raßmanns Haus fanden die Polizisten Notizen, die zu den Angaben der beiden passten. Leichtsinnigerweise hatte Anna Raßmann zudem eine Löschung von Mails unterlassen, die zwischen ihr, Schiller und Puchta vor Ausführung der Tat hin und her gegangen waren. Die Indizien häuften sich also und würden zusammen mit den Geständnissen der Täter zu einem schnellen Urteil im Fall der Tötung Raßmanns führen.

Vorläufig offen blieb beim gegenwärtigen Stand der Dinge noch immer, wer Ellen Dombrowski getötet hatte.

Konstanze war in dieser Frage hin und her gerissen. Sie und Carlo kamen zu dem Schluss, dass die Ermordung Ellen Dombrowskis nicht so recht ins Bild der Tötung von Raßmann passen wollte.

Konstanze hatte, nachdem Anna Raßmann auf der Inspektion angekommen war, sofort ihren Chef aufgesucht und ihm Bericht erstattet, unter anderem, dass die Nürnberger Polizei im Raßmann-Werk weitere Beutel mit Rauschgift gefunden hatte.

Dotzauer war über die Nachricht hoch erfreut und behauptete, er hätte eigentlich sofort sehr stark angenommen, dass Raßmann sich nicht selbst umgebracht hatte. Jetzt wollte er sofort eine Pressemitteilung herausgeben, um den Erfolg seiner Dienststelle an die Öffentlichkeit zu bringen.

Nachdem das Papier an die Medien gelangt war, wurde er mit Nachfragen von Journalisten regelrecht überhäuft. Er beraumte deshalb einige Stunden später eine Pressekonferenz an, bei der er vor Mikrofonen und laufenden Kameras seinen Anteil an diesem Erfolg herausstrich.

Eine Suche beginnt

Die Intendantin war durch das Fehlen sofort alarmiert. Das Trauma, ausgelöst durch die Ermordung von Ellen Dombrowski, war bei ihr immer noch voll präsent.

Florentine Landau wies die Damen von „Kultur am Schloss", an, sie sofort anzurufen, falls Annette Kirsch das Theater betreten würde. Tilman Kraft befragte alle im Haus befindlichen Mitarbeiter, dann beschloss er, Konstanze Grunwald anzurufen.

Sie und Carlo saßen im kleinen Café und überlegten den Stand der Dinge bei einer Tasse Kaffee, als sich Konstanzes Handy meldete.

„Entschuldigen Sie, dass ich Sie wegen einer Sache anrufe, die sich schnell in Wohlgefallen auflösen könnte", begann Kraft seine Rede ein wenig schüchtern. „Wir vermissen eine unserer Darstellerinnen. Es handelt sich um Annette Kirsch. Wir sind sehr beunruhigt, denn Annette ist sonst sehr zuverlässig und pünktlich. Wir haben überall herumtelefoniert und alle Angestellten im Haus befragt. Sie ist nirgendwo zu finden. Ich mache mir große Sorgen. Wegen der schrecklichen Vorfälle der letzten Zeit rechnen wir natürlich gleich mit etwas Schlimmem."

Konstanze nahm Krafts Bedenken ernst: „Das verstehe ich durchaus! Es ist eigentlich zu früh, um nach ihr im großen Stil zu fanden. Vielleicht hat sie lediglich irgendwo übernachtet und kann sich nicht so schnell loseisen. Wir werden uns trotzdem auf die Suche nach ihr machen. Danke, dass Sie angerufen haben."

Nachdem sie das Gespräch beendet hatte, informierte sie Carlo, der sie aufmerksam beobachtet hatte: „Das war Tilman Kraft, der Dramaturg des Theaters. Sie vermissen Annette Kirsch. Ich habe ein ungutes Gefühl. Wir müssen sie suchen."

„Ausgerechnet die Kirsch?", Carlo runzelte die Stirn.

„Ob das etwas mit der Mühleis-Sache zu tun hat?“

„Ich hoffe, es hat nichts mit der Dombrowski-Sache zu tun!“

„Es könnte doch sein, dass sie gestern Abend Theo im Krankenhaus besuchte und bei ihm die Nacht verbrachte.“

„Ich rufe gleich dort an und frage nach. Vielleicht ist sie tatsächlich noch bei ihm.“

Konstanze ging eilig vor das Café und rief im Klinikum an. Sie wurde mit der Station verbunden. Eine Krankenschwester meldete sich, die Konstanze gleich als Theos Kollegin erkannte. Ihre Auskunft lautete: „Nein, Herr Mühleis hatte seit gestern Abend keinen Besuch.“

Zurück im Lokal, sagte Konstanze zu Carlo: „Wir müssen Annette Kirsch suchen. Ich schlage vor, du kümmerst dich weiter um die Angestellten im Theater und ich fahre in die Klinik und frage den Theo in aller Vorsicht, ob er etwas weiß.“

Als Konstanze behutsam die Tür des Krankenzimmers geöffnet hatte, sah sie den Patienten ruhig in seinem Bett liegen. Auf Theodor Mühleis‘ Nachtkästchen stand eine Vase mit einem frischen bunten Blumenstrauß darin. Es war anzunehmen, dass er zumindest im Laufe des gestrigen Tages Besuch hatte.

Mühleis war wach und blickte sie zunächst stumm an. In seinen Augen spiegelte sich die Angst. Noch immer verursachte ihm jedes noch so leise Öffnen der Tür Aufregung. So lag er auch jetzt nicht entspannt in seinem Bett, sondern war völlig verkrampft.

„Hallo Theo!“, Konstanze bemühte sich um Heiterkeit in der Stimme, als sie ihn ansprach. „Ich sehe, du hattest Besuch?“

Mühsam brachte Mühleis ein „Ja, ... Annette Kirsch“ heraus.

„Schöne Blumen hat sie dir mitgebracht."

„Ja ... schön."

„Hat sie dich gestern besucht oder war sie schon heute Morgen hier?"

„Gestern."

„Hast du dich darüber gefreut?"

„Schon ... aber jeder Mensch macht ... Angst."

„Ich denke, das ist ganz normal nach so einem Angriff."

Keine Antwort. Mühleis bewegte sich nicht.

„Annette Kirsch wird jetzt wohl schon wieder im Theater sein. Was denkst du? Um diese Zeit haben die Proben sicher schon begonnen?"

„Weiß ... nicht. Warum ... fragst?"

„Ach nur so. Nicht weiter wichtig. Hast du Schmerzen?"

„Ein wenig .... geht so ... Ist Annette im Theater?"

„Wo sollte sie denn sonst sein?"

„Weiß nicht ... Bitte ... geh jetzt ... wieder. Anstrengend ... Nicht ... böse."

„Klar Theo, das kann ich gut verstehen. Ich schaue mich wieder nach dir um. Gute Besserung! Auf Wiedersehen, lieber Kollege!"

Konstanze verließ das Krankenhaus in der Hoffnung, Theo mit ihrem Erscheinen nicht zu sehr belastet zu haben. Die Frage nach Annette hatte ihn sichtbar aufgeregt. Ob sie zu unsensibel gewesen war?

Die Kommissarin konnte nicht wissen, dass Theodor Mühleis sofort nach ihrem Verlassen des Zimmers nach der Schwester läutete.

„Bitte ... bei Otto … kar Haupt ... vogel Ans … bach anrufen. Soll gleich ... kom ... men", bat er sie.

„Hauptvogel in Ansbach", wiederholte die Schwester vorsichtshalber. „Ich rufe ihn gleich an. Versprochen!"

Gefahr im Verzug

Ottokar Hauptvogel hatte sich an diesem Morgen den Kopf darüber zerbrochen, wie er dem Mörder der jungen Frau auf die Spur kommen könnte. Ihm war klar, dass die Polizei viel mehr Möglichkeiten hatte als er, um Recherchen aller Art anzustellen. Außerdem war sein Terminkalender ziemlich voll. Seine vielfältigen Tätigkeiten hielten ihn gerade von weiteren Aktivitäten ab. Während er noch hin und her überlegte, läutete sein Telefon. Eine Krankenschwester des Klinikums bat ihn darum, gleich zu Mühleis zu kommen.

Hauptvogel war nach dem Anruf sofort ins Klinikum geeilt.

Theodor Mühleis erinnerte ihn an jene gezeichneten Witzfiguren, die nach einem Unfall vollkommen in Binden gewickelt im Bett lagen. Eines der ebenfalls umwickelten Beine hing meist an einer Art Kran. So sah Theo jetzt auch aus.

Unter den Witzzeichnungen gab es meist eine komische Unterschrift.

Hier war hingegen alles ernst und bedrückend. Mühleis wirkte auf seinen Freund sehr erregt. Er versuchte eindringlich, mit ihm zu reden, konnte sich aber nur flüsternd und kaum verständlich ausdrücken. Desto flehentlicher war sein Blick. Und in seiner verzweifelt herausgestoßenen Bitte schwang eine jämmerliche Angst um seine Freundin mit. „.... Ottokar such bitte ... Annette Kirsch! ... Ich ... habe große ... Bedenken, dass ihr etwas zuge ... stoßen ist!“

Der Privatdetektiv wollte Theo den Gefallen tun. Es war durchaus möglich, dass die junge Frau vielleicht bei einer Freundin Unterschlupf gefunden hatte. Vielleicht war sie auch in ihren Heimatort gereist. Wie auch immer, er würde sich um die Sache kümmern, das war er dem Theo schuldig.

Er versprach, sich sofort auf die Suche zu machen. Sein Freund schien darüber etwas erleichtert und sehr dankbar.

Erschüttert und besorgt über den Zustand von Theo verließ Hauptvogel das Klinikum. Mühleis wirkte auf ihn schrecklich krank an Leib und Seele. Bestimmt wäre es in dieser Lage für ihn gut und wichtig, wenigstens seine Freundin in Sicherheit zu wissen. Der Detektiv überlegte, wo er am besten mit der Suche beginnen sollte.

Er beschloss, als Erstes zur Wohnung von Annette Kirsch zu fahren, um nachzusehen, ob sie dort nicht inzwischen angekommen war.

Tilman Kraft war vor ihm auch auf diese Idee gekommen. Er hatte an der Wohnungstüre geläutet, als sich die Bewohnerin jedoch nicht von drinnen gemeldet hatte, war er unverrichteter Dinge wieder ins Theater zurückgefahren und hatte berichtet, dass die Schauspielerin nicht zu Hause wäre.

Ottokar Hauptvogel jedoch gab nicht so schnell auf. Von Theo hatte er erfahren, welches Auto Annette Kirsch fuhr. Dieses Auto entdeckte er nicht weit von ihrer Wohnung entfernt in der Schillerstraße. Vielleicht war sie ja zu Fuß oder mit dem Fahrrad unterwegs? Zunächst läutete er ebenfalls an ihrer Türe im ersten Stock des Hauses. Nachdem daraufhin niemand öffnete, ging er zurück und versuchte sein Glück bei den Nachbarn. Eine ältere Frau berichtete ihm, dass sie am frühen Morgen an der Haustüre mit der sportlich gekleideten Schauspielerin zusammengetroffen war. Annette Kirsch sagte im Vorbeigehen zu ihr: „Ich komme gerade vom Joggen, jetzt muss ich mich ganz schnell duschen, damit ich rechtzeitig zur Probe komme. Ich bin schon viel zu spät dran!“

Die Frau erzählte, wie Annette Kirsch daraufhin ganz hektisch die Treppe hochgerannt war. Sie selbst wäre nach dem Gespräch zum Einkaufen gegangen. Seitdem hatte sie Frau Kirsch nicht mehr gesehen.

Der Detektiv wollte von ihr wissen, ob es in diesem Haus einen Hausmeister gäbe. „Ja, der Kuhn", sagte sie. „Der wohnt im dritten Stock links."

Hauptvogel bedankte sich und erklomm schnaufend die Treppe bis zur dritten Etage.

Glücklicherweise war der Hausmeister daheim. Er kannte Ottokar und war sogar einmal mit ihm als Stadtführer in Ansbach auf den Spuren von Kaspar Hauser unterwegs gewesen. Hauptvogel erklärte ihm, dass er auch als Privatdetektiv arbeite und im Auftrag eines besorgten kranken Freundes Nachforschungen über dessen Freundin anstellte. Er zeigte Kuhn seinen Ausweis. Der Mann schaute sich diesen genau an, dann schüttelte er bedauernd den Kopf: „Aufsperren darf ich Ihnen die Wohnung aber nicht, das wäre Hausfriedensbruch."

Hauptvogel blieb hartnäckig: „Herr Kuhn, Sie sehen sicher doch auch Krimis im Fernsehen?"

„Klar, warum fragen Sie?"

„Dann wissen Sie doch, dass in einem solchen Fall Gefahr im Verzug sein kann. Frau Kirsch ist vielleicht etwas zugestoßen und jetzt liegt sie da drin und ringt mit dem Tod."

Kuhn machte große Augen und ein erschrockenes Gesicht: „Um Himmels willen, so etwas gibt es tatsächlich! Ich habe das schon öfter in Fernsehkrimis gesehen. Wenn Sie als Detektiv das nun befürchten, dann müssen wir hinein und nachschauen."

Der Hausmeister ging schnell in seine Wohnung und kam wenig später mit einem großen Schlüsselbund wieder heraus.

Mit einer herrischen Geste sagte er: „Kommen Sie!"

Hauptvogel folgte dem eilig die Treppe Hinabsteigenden in den ersten Stock.

Kuhn sperrte Annettes Wohnung auf und die beiden gingen hinein.

Sie sahen sich in den Räumen um. Von der Wohnungsmieterin fanden sie zunächst keine Spur, bis sie ins Bad sahen. Dort lag Annette Kirsch nackt und regungslos auf dem Bauch am Boden. Um ihren Kopf hatte sich eine kleine Blutlache gebildet. Es sah so aus, als sei sie beim Verlassen der Duschwanne ausgeglitten und unglücklich gestürzt. Vielleicht hatte sie ihren Kopf am Heizkörper gegenüber der Wanne angeschlagen. Hauptvogel prüfte fachmännisch ihren Pulsschlag an der Halsschlagader. „Sie lebt! Wir brauchen den Notarzt!"

Notarzt und Sanitäter waren nach kurzer Zeit zur Stelle. Nach einer ersten Untersuchung wurde Annette ins Klinikum gebracht. Etwas später verlegte man sie nach Erlangen in eine neurologische Klinik. Noch immer lag Annette in tiefer Bewusstlosigkeit.

Hauptvogel hatte im Ansbacher Krankenhaus gewartet. Niemand gab ihm Auskunft, wie es um Annette Kirsch stand. Er war schließlich kein Familienmitglied. Wie konnte er nur Mühleis einen Bescheid geben? In seiner Ratlosigkeit rief er Pfarrer von Weinheim an. Er erklärte ihm, dass Frau Kirsch keine Verwandten hatte, die sich um sie kümmerten. Der junge Pfarrer versprach, sofort ins Klinikum zu kommen. Ihm würde ein behandelnder Arzt hoffentlich die Diagnose mitteilen und verraten, wohin man die Patientin gebracht hatte.

Tatsächlich erfuhr Harro von Weinheim, dass sie wahrscheinlich ein schweres Schädeltrauma erlitten hatte und infolgedessen nach Erlangen gebracht worden war.

Hauptvogel sagte in seiner Dankbarkeit: „Ich hatte eigentlich vor, mein Amt als Kirchenvorsteher aufzugeben, weil mich die andern KVs so fürchterlich nerven. Jetzt will ich aber weitermachen, schon wegen Ihnen und Frau Sebald. Ich kann Sie mit denen doch nicht alleine lassen."

Weinheim reichte ihm die Hand: „Das freut mich. Sehen Sie, uns geht es doch auch nicht besser als Ihnen. Maria Sebald und ich müssen auch manche Zumutung aushalten."

„Sie werden wenigstens dafür bezahlt", brummte Hauptvogel.

Die beiden verabschiedeten sich voneinander. Zurück blieb ein grübelnder Hauptvogel, der hin und her überlegte, wie er Mühleis die Sachlage beibringen konnte.

Nachdem ihm dazu gerade nicht die richtige Wortwahl einfiel, beschloss er, ins Theater zu fahren, um die Kollegen von Annette Kirsch darüber zu informieren, was mit ihr geschehen war.

Als er der Dame von „Kultur am Schloss" im Foyer sagte, dass er der Intendantin mitteilen wollte, wo sich Annette Kirsch aufhielt, rief die sofort Florentine Landau an. Es dauerte nicht lang und Florentine segelte quasi in Schräglage ins Foyer.

„Wo ist sie?", fragte sie Hauptvogel atemlos.

Der berichtete ihr ausführlich.

„Herr Hauptvogel, Sie haben sich einen Verdienstorden erworben! Wie gut, dass Sie ein Mann mit Initiative sind! Das Wenigste, was ich für Sie tun kann, ist, Ihnen dafür ein Theaterabonnement zu schenken!"

Das gefiel Hauptvogel. Mit zufriedenem Gesichtsausdruck sagte er: „Wenn Sie wieder einmal jemand suchen, wenden Sie sich bitte vertrauensvoll an mich!"

„Das werde ich tun."

Auf dem Weg zum Klinikum grübelte er, ein wenig später, immer noch, wie er seinem Freund den Unfall seiner Freundin ganz schonend beibringen konnte.

Silke Baumeister

Auf der Probenbühne des Ansbacher Theaters begannen am nächsten Tag die Proben mit Silke Baumeister, der neuen Hauptdarstellerin im „Casanova“.

Florentine Landau, die bei dem Stück Regie führte, war von ihr rundum entzückt. Die Schauspielerin verstand sich mit den anderen Mitspielern ausgezeichnet. Ihre Darstellung zeugte von Routine und großem Können.

Sie zeigte sich als eine Frau, die nicht nur durch ihre Schönheit, sondern durch ihr ganzes Wesen bezaubern konnte. Baumeisters Talent offenbarte sich in der mühelosen Verwandlung von einer Frauenrolle des Spiels in eine andere.

Sie glänzte durch ihren glasklaren Sopran ebenso wie durch ihre tänzerischen Fähigkeiten. Florentine freute sich an ihren verführerischen Posen, wenn sie zum Beispiel vor den Augen Casanovas einen venezianischen Forlana tanzte. Die Verführerin ließ sich von Casanova in den verschiedensten Rollen rumkriegen. Mal mimte sie eine Theaterdirektorin, dann wieder eine maskierte Venezianerin, deren eifersüchtiger Begleiter sich in seiner Wut einen furiosen Fechtkampf mit Casanova lieferte.

Sie überzeugte als luststöhnende Nonne und ebenso als alternde Madame d'Urfé, der Casanova eines seiner „Verjüngungsmittel“ andrehte.

Die Wandlungskunst dieser Frau erschien Florentine fast grenzenlos.

„Endlich wieder ein Lichtblick, nach all den schrecklichen Vorkommnissen!“, jubelte es in der Intendantin.

In einer Probenpause sah Florentine Landau, dass sich ein weiterer Zuschauer eingefunden hatte. Adrian Voss saß zufrieden lächelnd neben Tilman Kraft auf einem der Stühle im Probenraum.

Er wandte sich Florentine zu: „Ich wollte nur mal sehen, ob das mit dem Schrank so klappt, wie wir es uns gedacht haben. Ich finde, es klappt sehr gut."

Florentine stimmte ihm lächelnd zu.

Bei diesem Stück passte jetzt wirklich alles bestens zusammen. Das schlichte Bühnenbild fand sie gelungen und in seiner genialen Einfachheit herrlich praktikabel.

„Übrigens finde ich Ihre Wahl der weiblichen Hauptrolle in jeder Hinsicht gelungen", lobte Voss.

„Ich auch! Nun hoffe ich sehr, dass alles wieder gut wird", seufzte Florentine Landau.

„Im Übrigen finde ich es schön, dass Sie unsere Probe besuchen. Vielen Dank für Ihr Interesse."

„Das ist eben der Vorteil, wenn man als Bühnenbildner am Ort wohnt. Ich werde sicher noch öfter vorbeischauen und nachsehen, ob irgendwelche Nacharbeiten am Bühnenbild notwendig sind."

„Ich würde mich freuen. Sie sind jederzeit herzlich willkommen!"

„Wie es scheint, ist momentan alles in Ordnung, dann gehe ich jetzt wieder."

Florentine nickte, um ihn zu verabschieden. Voss verließ eilig den Probenraum.

„Sehr aufmerksam!", freute sich die Regisseurin. „Ich finde es bewundernswert, dass er sich so kümmert."

Dann wandte sie sich den Mitwirkenden zu, die sich um den großen Tisch versammelt hatten, um die letzten Szenen nachzubesprechen.

Die Inszenierung des Todes

Am nächsten Tag trafen sich Konstanze und Carlo wie gewohnt um acht Uhr zur „Morgenlage".

Carlo hatte einige Stunden am Vortag genutzt, um eine Liste aller derzeit am Theater Arbeitenden zu erstellen. Er hatte auch den Polizeicomputer danach durchforstet, ob darunter jemand war, der bisher in irgendeiner Weise mit der Polizei zu tun gehabt hatte, und wollte Konstanze gerade berichten, dass er einige Einträge gefunden hatte, als das Telefon läutete.

Die Zentrale teilte mit, dass soeben über Notruf die Mitteilung von einem Leichenfund im Citrushaus des Hofgartens hereingekommen war.

„Die Kollegen von der Streife sind bereits vor Ort", teilte der Beamte mit. „Frau Doktor Renz, Herrn Doktor Sauber und die Spusi habe ich schon verständigt."

„Vielen Dank, Kollege! Wir sind schon auf dem Weg!"

Konstanze spürte sofort, wie ihr das Adrenalin ins Blut schoss. Ihr Herz fing zu rasen an. Sie schnappte nach Luft: „Eine Leiche im Hofgarten. Hoffentlich nicht schon wieder jemand von den Schauspielern!"

Beide Kommissare eilten zum Hofgarten. Auf dem Platz bei der Orangerie standen bereits drei Streifenwagen. Sie stellten ihren Wagen dazu und liefen zu dem Haus mit seiner großzügig verglasten Front. Am Eingang zum Kräutergarten stand ein Uniformierter Wache und begrüßte sie mit einer formellen Geste. Konstanze ging zu einer Gruppe von Polizisten und ordnete an, dass die Wege vor dem eingezäunten Gelände des Kräutergartens weiträumig gesperrt wurden. Einige der Polizisten sollten darauf achten, dass niemand dem Citrushaus zu nahe kam. Nachdem sich einige Beamte daran machten, ihre Anordnung auszuführen, betraten Carlo und Konstanze das Glashaus.

In dem Gebäude brannten alle Lichter. Ein Beamter, der den Raum bewachte, informierte sie: „Notarzt und Sanitäter waren schon da. Der Arzt hat den Tod der Frau festgestellt. Weil ihm das Ganze nicht geheuer war, stellte er keinen Totenschein aus. Er hat gesagt, das soll lieber ein Arzt der Gerichtsmedizin machen. Er und die Sanitäter sind schnell wieder verschwunden."

Der Beamte gab sich ganz sicher: „Die hat einer umgebracht! Wer schläft denn in einem so durchsichtigen Haus nackt? Da kann man überall hereinschauen. Außerdem wird es nachts immer noch recht frisch."

Konstanze nickte ihm freundlich zu: „Gut beobachtet, Kollege! War sonst inzwischen etwas los?"

„Ja, ein Herr Voss wollte in sportlicher Aufmachung in das Citrushaus herein. Er behauptete, der Bühnenbildner des Theaters zu sein. Er sagte: ‚Ich komme gerade vom Joggen im Park. Lassen Sie mich ins Citrushaus. Ich will nur nachsehen, ob mit meiner Konstruktion noch alles in Ordnung ist.' Wir haben ihn natürlich nicht hereingelassen, stattdessen haben wir seine Personalien aufgenommen."

Der Uniformierte zeigte den Kommissaren eine entsprechende Notiz.

Konstanze holte ihren Block heraus und schrieb Name und Adresse des Mannes ab.

Der Polizist wies auf einen älteren Mann, der auf einem Stuhl etwas abseits saß und sein Gesicht in den Händen verbarg. „Das ist Herr Schuster, der Hausmeister des Theaters. Er sagt, er wäre etwa vor einer halben Stunde zum Citrushaus gekommen, um aufzuräumen. Dabei hat er die Leiche der Frau entdeckt. Schuster hat Polizei und Notarzt gerufen. Der Mann ist völlig fertig. Der Arzt hat ihm eine Beruhigungsspritze gegeben, Sie können aber mit ihm sprechen."

Konstanze und Carlo sahen zu der Leiche hin, die ein paar Meter entfernt ausgestreckt auf einer Bank lag.

„Danke Kollege!"

Zu Carlo sagte sie: „Wir sehen uns die Tote kurz aus der Nähe an, dann sprechen wir mit dem Hausmeister. Bis dahin wird der übrige Tross auch eingetroffen sein. Sei nur vorsichtig, wenn wir hineingehen, sonst regt sich der Arpogaus gleich wieder auf, dass wir seinen Tatort kontaminiert haben."

Beide ließen sich von dem Polizisten Überschuhe, Gummihandschuhe und weiße Schutzanzüge geben und gingen ins Citrushaus hinein.

Tatsächlich lag die junge Frau wie aufgebahrt auf einer langen Bank. Ihr nackter Körper leuchtete hell. Sie sah aus, als würde sie schlafen. Ihr langes, dichtes Haar fiel seitlich an der Bank herab. Die Hände ruhten gefaltet auf ihrem Bauch. Die Beine lagen ausgestreckt nebeneinander. Das Gesicht trug einen friedlichen Ausdruck.

Der Anblick der hübschen Frau, die in ihrer Nacktheit allen Blicken ausgeliefert war, rührte die beiden Kommissare.

Carlo schüttelte den Kopf: „So eine schöne junge Frau! Wie sie daliegt, wirkt es auf mich wie eine Inszenierung. Jetzt fehlt nur noch ein kleiner Einstich irgendwo am Körper, dann glaube ich auch an einen Serientäter, der seine Opfer vergiftet."

Konstanze machte ein vorwurfsvolles Gesicht: „Carlo, an dieser Stelle deiner Rede würde unsere Myriam nach einem Stück Holz suchen, um dreimal darauf zu klopfen. Du malst nämlich gerade den Teufel an die Wand."

Beide ließen ihre Blicke durch die lichtdurchflutete Halle schweifen. Sie entdeckten jedoch von ihrem Standplatz aus keine weiteren Auffälligkeiten. Nichts deutete auf einen Kampf hin. Sie verließen die Halle wieder. Nun waren erst einmal die Spusi-Leute und Frau Doktor Renz an der Reihe.

Der graue Kastenwagen des Erkennungsdienstes war

bereits eingetroffen. Die Kollegen von der Spurensicherung und ihr Chef, Gottfried Arpogaus, hatten sich schon in ihre weißen Anzüge gehüllt und machten sich gerade mit Sack und Pack auf den Weg zum Fundort der Leiche.

Konstanze und Carlo gingen zu dem Hausmeister hin, der immer noch auf dem Stuhl saß. Der Mann blickte jetzt mit starrem, bleichem Gesicht auf die buchsumrandeten Beete vor sich. Die beiden Kommissare kannten ihn bereits von dem letzten Fall im Theater Ansbach. Jetzt wirkte er auf sie, als wäre er inzwischen um Jahre gealtert. Sein Gesicht war mit tiefen Falten durchzogen und sah aus, als wäre alles Blut daraus gewichen.

„Er scheint in einer Art Schockstarre verfallen", ging es Konstanze durch den Kopf. „Ob wir mit dem wirklich reden können?"

Die Kommissarin beugte sich zu dem Mann hinab und sprach ihn behutsam an: „Herr Schuster, können wir Sie sprechen?"

Jetzt schien der Hausmeister aus seiner Erstarrung zu erwachen und blickte sie mit leeren Augen an.

Sie wiederholte ihre Frage. Schuster nickte daraufhin stumm.

„Können Sie uns schildern, was Sie erlebt haben?"

Mit leiser Stimme begann der Mann zu sprechen:

„Ich habe aufgesperrt, wollte nach dem Rechten sehen und alles für die Probe vorbereiten. Da habe ich sie entdeckt. Sie hat ausgesehen, als würde sie schlafen. Ich bin zu ihr hingegangen und wollte sie aufwecken. Auf meine Anrede hat sie nicht reagiert. Da habe ich sie ein wenig geschüttelt. Sie hat sich ganz kalt angefühlt. Da wusste ich, dass sie tot ist. Ich habe die Polizei und den Notarzt angerufen."

„Ist Ihnen sonst irgendetwas aufgefallen. Haben Sie vielleicht jemand in der Nähe beobachtet?"

Schuster schüttelte langsam den Kopf und schluchzte plötzlich los: „So eine junge, schöne Frau. Liegt einfach tot da! Ich weiß, wer das ist. Das ist Silke Baumeister, unsere neue Hauptdarstellerin in ‚Casanova'. Die hat doch erst bei uns angefangen. Was ist nur mit ihr geschehen? Ich verstehe das nicht! Schon wieder ein Todesfall im Theater. Jetzt können wir wohl schließen. Eine Katastrophe nach der anderen. Hier will doch keiner mehr Theater spielen."

Nach diesen Worten schlug er seine Hände vors Gesicht und weinte.

Konstanze und Carlo standen eine Weile ratlos neben ihm, dann legte ihm die Kommissarin die Hand auf die Schulter. „Gehen Sie doch nach Hause, Herr Schuster. Kommen Sie morgen irgendwann am Vormittag zur Polizeiinspektion. Wir brauchen Ihre Zeugenaussage schriftlich."

Schuster hustete, räusperte sich, stand ein wenig unsicher auf und sagte: „Ich komme." Dann ging er mit gesenktem Kopf weg.

Inzwischen war Doktor Brigitte Renz eingetroffen. Die Gerichtsmedizinerin untersuchte die Leiche. Zu den Kommissaren, die vor dem Citrushaus auf sie gewartet hatten, sagte sie: „Todeszeit etwa Mitternacht. Über die Todesursache kann ich erst nach der Obduktion eine hundertprozentige Aussage machen. Und jetzt halten Sie sich fest: Ich habe auf Grund der Erkenntnisse des Falles Ellen Dombrowski bei der Toten nach einem Einstich gesucht und ich habe tatsächlich einen gefunden. Der Nadelstich befindet sich bezeichnenderweise an der gleichen Stelle wie bei der Dombrowski. Wenn im Labor dasselbe Gift gefunden wird, handelt es sich aller Wahrscheinlichkeit nach um ein und denselben Täter."

„Schönen Dank für Ihre Achtsamkeit! Das haben wir befürchtet. Ich bin gespannt, was die Laboruntersuchungen ergeben." Konstanze spürte ein Kribbeln in ihrem Nacken, ein Zeichen dafür, dass ihr Jagdinstinkt angesprungen war.

„Wann können wir mit endgültigen Ergebnissen rechnen?"

„Wenn die Leiche bei mir ankommt, werde ich sofort Blut und andere Flüssigkeiten ins Labor schicken. Ich hoffe, ich kann Ihnen die Ergebnisse der Laboruntersuchung spätestens beim Obduktionstermin sagen. Die Obduktion setze ich auf heute um siebzehn Uhr an. Wer kommt?"

Konstanze meldete sich mit einem Heben ihrer Hand.

„Gut, dann kann die Leiche von mir aus ins Institut gebracht werden."

Mit einem lässigen Winken rauschte die Doktorin ab.

Konstanze und Carlo gingen wieder zum Eingang des Citrushauses.

Gottfried Arpogaus kam auf sie zu. Der Chef der Spurensicherung sagte: „Wir konnten keine Manipulationen am Türschloss feststellen. Der Täter hat also mit aller Wahrscheinlichkeit einen Schlüssel. Wir können aber mit ziemlicher Sicherheit jetzt schon sagen, dass der Fundort der Leiche nicht der Tatort ist. Im Citrushaus wurde alles sorgfältigst abgewischt. Wir fanden zwar Fußspuren am Boden, aber ob die von dem Täter stammen, ist fraglich. Es sind Anzeichen dafür da, dass ihn jemand gekehrt hat. Wir müssen weitersuchen. Auf Ergebnisse werdet ihr noch einige Tage warten müssen. Übrigens scheint der Körper der Frau abgewaschen zu sein. Ich habe mir auch Hände und Füße angesehen. Bemerkenswert ist, dass sich auch unter den Fingernägeln dieser Frau etwas Weißes befindet. Wir werden feststellen, ob es sich um

Gips handelt. Wenn sich das herausstellen würde, hätten wir eine wichtige Parallele zum ersten Mord. Dann könntet ihr nach einem Serientäter suchen, der junge, hübsche Frauen umbringt."

Bei der Obduktion am späten Nachmittag dieses Tages stellte Doktor Renz fest, dass auch diese Frau vor ihrem Tod Geschlechtsverkehr hatte.

Das Labor hatte in einmaliger Rekordzeit zwei Ergebnisse der Untersuchungen vorgelegt: Die Frau war, wie bereits Ellen Dombrowski, durch das Gift des Kugelfisches ums Leben gekommen und bei dem weißen Material unter ihren Nägeln handelte es sich tatsächlich um Gips.

Konstanze hatte Florentine Landau gebeten, mit ihr in das Gerichtsmedizinische Institut zu fahren, um die Tote zu identifizieren.

In ihrer Ratlosigkeit hatte die Intendantin unterwegs zu der Kommissarin gesagt: „Ich denke, es ist besser, wenn ich meine Arbeit in dieser Stadt aufgebe. Ich habe noch nie gehört, dass einem Kollegen oder einer Kollegin von mir so viele Katastrophen zugestoßen sind wie mir in kurzer Zeit hier in Ansbach. Es ist wie verhext. Ich bringe kaum einen Fuß auf den Boden und schon geschieht wieder etwas Schreckliches. Ich weiß einfach nicht mehr, wie es weitergehen soll. Die Mehrzahl der Schauspieler weigert sich aufzutreten. Einige bestehen auf Beendigung ihres Arbeitsvertrages. Welcher Künstler wagt es noch, an diese Bühne zu kommen? Manche Schauspieler neigen dazu, schnell an einen Fluch zu glauben, der über diesem Ort liegt."

Konstanze überlegte ein wenig, dann sagte sie: „Ich kann verstehen, dass Sie nah am Resignieren sind, aber ich fände es auch unendlich schade, wenn es das Theater in Ansbach nicht mehr geben würde. Ich hoffe, Sie sehen meine Ansicht jetzt nicht als reinen Zynismus an, aber bitte bedenken Sie doch einmal die andere Seite: Sie haben durch diese Fälle eine ungeheure Aufmerksamkeit in der Öffentlichkeit. Sie sollten das ausnützen. Geben Sie jetzt nicht auf! Setzen Sie Stücke auf den Spielplan, die zu den Vorkommnissen passen. Viele Menschen sind ganz verrückt auf Katastrophen. Sie werden in Massen bei Ihnen einfallen, davon bin ich überzeugt."

„Na, Sie haben vielleicht Nerven!", fuhr Florentine Landau zornig auf. „Meinen Sie vielleicht, ich sollte weitere Kolleginnen opfern, nur um das Haus voll zu bekommen? Das können Sie doch nicht ernst meinen, oder?"

Konstanze holte tief Luft und versuchte, möglichst viel Optimismus in ihrer Stimme anklingen lassen: „Wir werden den Täter in nächster Zeit fassen, davon bin ich überzeugt."

Die Theaterleiterin reagierte skeptisch: „Können Sie mir sagen, womit Sie Ihre Zuversicht begründen? Mir scheint eher, die Polizei stochert hilflos mit Stangen im Nebel herum. Haben Sie denn irgendeinen Hinweis auf den Verbrecher oder die Verbrecherin?"

„Ich kann Ihnen natürlich beim gegenwärtigen Stand der Ermittlungen darüber nichts verraten, aber mir scheint, wir kreisen ihn oder sie nach und nach ein."

Florentine schüttelte ungläubig den Kopf: „Pff, das glaube ich erst, wenn Sie dieses Monster wirklich gefasst haben."

Silke Baumeister wurde im Gerichtsmedizinischen Institut von Florentine Landau identifiziert. Danach wollte die Intendantin in ihre Wohnung zurückgebracht werden. Unterwegs sprach sie kein Wort.

Bereits kurz nach der Auffindung der Leiche im Citrushaus hatte sich eine große Anzahl von Journalisten im Hofgarten eingefunden. Sie versuchten alles nur Erdenkliche, um mit ihren Kameras Bilder von dem Ort des Geschehens einzufangen. Die Polizisten hatten alle Mühe, die Horte in Schach zu halten.

Polizeidirektor Rudolf Dotzauer und Oberstaatsanwalt Doktor Sauber waren schließlich vor die versammelte Medienschar getreten, um ihre Statements abzugeben. Sie wurden mit Fragen geradezu bombardiert.

Ein Haussegen hängt schief

Im Laufe des Tages brachten alle regionalen Medien ausführliche Berichte über den zweiten Mord an einer Schauspielerin in dieser Stadt. Sie bemühten sich um Sachlichkeit und hielten sich mit Spekulationen zurück.

Der einzige Journalist, der den Anlass ausnutzte, um unverhohlene Kritik an der Polizei zu üben, war Herbert Mostrich von der Ansbacher Rundschau. In der Zeitungsausgabe am nächsten Tag geißelte er die Unfähigkeit der Beamten mit harschen Worten und machte die Bevölkerung darauf aufmerksam, dass ein höchst gefährlicher Serientäter sein Mordhandwerk in Ansbach ausübte. „Jede Frau in unserer bisher so beschaulichen Stadt kann davon betroffen sein", munkelte er. „Besonders aber die schönen Frauen."

Manche Ansbacherin stellte sich vermutlich an diesem Tag die heikle Frage: „Bin ich schön genug, dass ich zum Opfer eines Serientäters werden könnte?"

Als Carlo und Konstanze sich am nächsten Morgen auf ihrer Dienststelle zu einer Besprechung trafen, hatten beide Mostrichs Artikel gelesen.

Carlo sagte: „Dazu fällt mir gerade ein Witz ein: Kommt eine Frau zu ihrem Pfarrer und fragt ihn: ‚Wenn ich mich in dem Spiegel ansehe, denke ich immer: Bin ich schön! Bin ich schön!' Sagen Sie mir bitte, Herr Pfarrer, ist das eine Sünde? Der Pfarrer sieht sie an und antwortet ihr: ‚Nein, das ist keine Sünde, das ist ein Irrtum!'"

Beide lachten.

In dem Moment flog die Bürotüre auf. Dotzauer stand mit mürrischem Gesicht im Türrahmen und polterte gleich los: „Schön, dass Sie noch lachen können! Mir ist das Lachen heute Morgen beim Zeitunglesen bereits gründlich vergangen. Sie sitzen hier herum und lachen, während die ganze Ansbacher Polizei in den Medien verunglimpft wird! Ich stelle fest, die ‚Soko Theatermorde' ist eine Versagergruppe. Ich will, dass Sie noch heute Ergebnisse Ihrer Recherche auf den Tisch des Hauses legen, sonst gibt es einen negativen Eintrag in Ihre Personalakten!"

Konstanze reagierte unbeeindruckt: „Herr Dotzauer. Von wegen Gruppe! Ihre sogenannte ‚Soko Theatermorde' besteht immer noch aus uns beiden. Nach dem zweiten Mordfall müssen Sie uns jetzt aber wirklich zusätzliche Kräfte zugestehen!" Konstanze wurde bissig: „Wenn Sie sich dazu nicht bis heute zwölf Uhr entschließen können, werde ich mich mit einer Beschwerde an den Herrn Polizeipräsidenten wenden."

Dotzauer fauchte: „Unverschämtheit! Das haben Sie nicht umsonst gesagt. Das gibt noch ein Nachspiel!"

Wütend drehte er sich um und verließ mit einigen großen Schritten den Raum.

Konstanze bemühte sich um Fassung. Sie sagte zu dem entgeistert dreinschauenden Carlo: „Wir lassen uns von ihm nicht irritieren. Du vernimmst heute die Theaterhandwerker. Ich kümmere mich um die externen Mitarbeiter."

Was beide nicht ahnen konnten, war, dass es im Hause Mostrich an diesem Morgen zu einer heftigen Auseinandersetzung gekommen war. Heike Mostrich, die außerordentlich attraktive Frau des Journalisten, hatte ihrem Mann triumphierend eröffnet, dass sie, nach einigen Jahren des Hausfrauendaseins, wieder in ihren früheren Beruf als Schauspielerin zurückkehren wollte. Zu seinem Entsetzen verkündete sie voller Begeisterung: „Das ist jetzt meine Chance zu einem großen Comeback! Ich bewerbe mich um die weibliche Hauptrolle in ‚Casanova'! Jetzt will diese Rolle bestimmt keine Schauspielerin mehr übernehmen. Die haben alle Angst, dass sie auch abgemurkst werden. Ich nehme dieses Risiko auf mich. Vor dem Täter habe ich keine Angst. Du weißt, ich habe den schwarzen Karategürtel. Der soll nur kommen, dann kann er etwas erleben! Die Intendantin wird begeistert sein, wenn ich mich bewerbe. Bei meinen beruflichen Fähigkeiten sind die Herausforderungen in diesem Stück für mich kein Problem. Ich kann singen und tanzen. Spielen kann ich, dass sich alle nur wundern werden. Außerdem werde ich der Aufführung durch mein Aussehen den nötigen Glanz verleihen."

Mostrich war auf diese Ansage hin erst einmal sprachlos. Er wurde erst bleich, dann rot im Gesicht und fing dann laut zu schreien an: „Bist du verrückt geworden? Das tust du nicht! Ich werde das auf keinen Fall gestatten! Da werden zwei Frauen ermordet und du stellst dich als dritte zur Verfügung. So etwas Hirnverbranntes habe ich in meinem Leben noch nicht gehört. Du bist meine Frau und du bleibst im Haus! Ich verbiete dir, dass du wieder arbeitest. Eine Ehefrau gehört an den häuslichen Herd!"

Heike ließ sich davon nicht einschüchtern: „Du bist verrückt, wenn du denkst, dass du mir in deinen altmodischen, autoritären Einstellungen etwas verbieten kannst. So, und jetzt tue ich es gerade. Ich gehe sofort zu der Intendantin und bewerbe mich und du wirst mich nicht daran hindern!"

Bevor sich Mostrich ihr in den Weg stellen konnte, war sie schon zur Tür hinaus und rannte den kurzen Weg zum Theater hinüber.

Die Dame, die am Empfangstresen von „Kultur am Schloss" saß, erschrak heftig, als Heike atemlos ins Foyer stürzte und verlangte, sofort mit der Intendantin zu sprechen. Was sie zu sagen habe, sei so wichtig für das Theater, als gehe es um Leben und Tod, behauptete sie. Die etwas geschockte Mitarbeiterin wählte schnell die Nummer von Florentine Landau und gab die Aussage der aufgeregten Frau weiter.

Mit vorgehaltener Hand sprach sie leise in die Sprechmuschel: „Die ist total hysterisch!"

Heike machte böse Augen und schrie laut: „Das habe ich jetzt gehört!"

Die eingeschüchterte Angestellte sagte daraufhin mit normaler Lautstärke ins Telefon: „Die Frau ist gar nicht hysterisch, sie hat etwas sehr Wichtiges auf dem Herzen!"

Florentine stöhnte am anderen Ende auf: „Ich kann mir schon denken, was die ist. Außerdem kann ich das Wort ‚Tod' nicht mehr hören. Ich komme sofort, halten Sie die Irre bitte NICHT fest, wenn sie weglaufen will."

Wenige Minuten später war Florentine im Foyer. Sie war wütend. „Wer sind Sie und was wollen Sie von mir?", wollte sie von der exaltierten Person in harscher Tonlage wissen. „Ich habe gerade viel zu viel um die Ohren, um mir noch weitere Merkwürdigkeiten aufladen zu lassen!"

„Bitte hören Sie mich an! Ich will Ihnen ein gutes Angebot machen!", sagte Heike schnell und streckte ihr die Hände bittend entgegen.

Florentine nickte müde: „Gut, aber ich gebe Ihnen höchstens zehn Minuten für Ihre ach so wichtige Mitteilung. Setzen wir uns hier hin." Sie zeigte mit verbissener Miene auf einen der kleinen runden Tische im Foyer.

Als sie saßen, rückte Heike Mostrich mit ihrem Angebot heraus: „Ich will die weibliche Hauptrolle in ‚Casanova' zu spielen." Nun war Florentine gänzlich davon überzeugt, eine Irre vor sich zu haben.

Bevor sie jedoch das Gespräch empört abbrechen konnte, zählte Heike schnell ihre Qualifikationen im Schauspielerberuf auf und nannte die Bühnen, an denen sie bereits aufgetreten war.

Nun glaubte die Intendantin, ihren Ohren nicht

trauen zu können. Florentine hatte sich den gestrigen Nachmittag, die halbe Nacht und auch die vergangenen Morgenstunden über den Kopf zerbrochen, wie es jetzt mit dem Theater weitergehen könnte. Und da kam diese schöne junge Frau und bot sich an, die verwaiste Rolle zu spielen, von der sie geglaubt hatte, sie nie und nimmer besetzen zu können – unfassbar!

Verwundert schüttelte sie den Kopf. Dann fragte sie ihr Gegenüber zaghaft: „Sie wollen sich tatsächlich dem Risiko aussetzen, als Nächste auf der Liste eines völlig durchgeknallten Mörders zu stehen?"

In ihrem Herzen glomm plötzlich ein Fünkchen Hoffnung.

Dann sagte sie entschlossen: „Ich schlage vor, Sie kommen gleich mit. Ich trommle die anderen Mitspieler des Stückes zusammen. Inzwischen lesen Sie ein wenig im Manuskript, suchen sich eine Stelle heraus und sprechen Sie sie uns vor, dann sehen wir, ob es mit Ihnen gehen wird."

Eine halbe Stunde später hatten sich alle Künstler im Besprechungsraum des Theaters versammelt. Heike Mostrich war zwar ein wenig aufgeregt, aber nicht wegen der Prüfung, der sie unterzogen werden sollte, sondern vor Freude, wieder etwas von ihrer Kunst zeigen zu können.

In kürzester Zeit hatte sie ihren Text gelernt.

Heike bemerkte ein aufwändiges technisches Gerät, das auf einem der Tische stand. „Soll mein Vortrag aufgenommen werden?", fragte sie sich überrascht.

„Es sei, wie es sei. Ich werde denen beweisen, dass ich eine vielseitige Künstlerin bin."

In der folgenden Stunde bewies sie das tatsächlich. Sie hatte den Sprechtext nicht nur perfekt gelernt, sie hatte ihn bereits so verinnerlicht, dass ihre Performance bei den Zuschauern einhellige Verblüffung auslöste.

Florentine war positiv gestimmt, als sie den Überraschungsgast auf die nächste Probe ihres Könnens vorbereitete: „In dem Stück ist Musikalität gefragt. Wir wollen Ihre Stimme hören und anschließend auch ein paar Tanzschritte sehen. Singen Sie einfach mit, wenn Sie die Melodie des Liedes erkennen."

Kurz darauf erklang ein Volkslied. Heike ließ ihren schönen Sopran erklingen. Alle klatschten spontan Beifall.

„Und jetzt bitten wir um einen Fantasietanz zu einer anderen Melodie."

Anmutig bewegte sich Heike daraufhin und verlieh den Tönen auf ihre Weise einen zusätzlichen Ausdruck.

Als die Musik verstummte, sah sich Florentine zu ihren Kollegen um.

„Wer von euch ist dafür, dass wir mit Heike Mostrich eine neue Kollegin in unserer Mitte begrüßen?"

Vielleicht wären die Künstler in einer anderen Situation kritischer gewesen, aber hier ging es um Sein oder Nichtsein ihres eigenen Engagements, ja vielleicht sogar um den Bestand des Theaters.

Alle stimmten jedenfalls sofort zu. Florentine reichte Heike die Hand: „Willkommen bei uns, liebe Kollegin!"

Anschließend besprach die Intendantin mit Heike die Einstellungskriterien. Sie sollte sich deswegen gleich mit der zuständigen Angestellten zusammensetzen und Nägel mit Köpfen machen. „Morgen um neun Uhr proben wir. Du kannst zunächst aus dem Manuskript lesen. Die anderen können ihre Rollen schon recht gut. Wir müssen uns jetzt schwer reinhängen, denn die Probenzeit ist schon sehr knapp geworden."

Heike war das nur recht. Sie brannte darauf, zu spielen und immer wieder zu spielen.

Wie auf Wolken lief sie zurück in ihr Haus.

Herbert Mostrich hatte sich inzwischen etwas beruhigt und sich in dieser Zeit heftig darüber den Kopf zerbrochen, wie er seine Frau von ihrer, wie er meinte vollkommen verrückten und lebensgefährlichen, Idee abbringen konnte. Gleichzeitig wusste er, dass ihm das niemals gelingen konnte. Was sich Heike in ihren bildhübschen Kopf gesetzt hatte, das zog sie auch durch. Notfalls mit Hängen und Würgen oder indem sie mit dem Kopf durch die Wand ging.

Diese Frau war nicht zu bremsen!

Mostrich war in tiefe Gedanken versunken im Wohnzimmer des Hauses ständig im Kreis gelaufen. Im Teppich hatte sich dadurch schon ein exakter Kreis abgezeichnet. Seine grundsätzliche Meinung, die Polizei in Ansbach wäre eine unfähige Gurkentruppe, hatte er in vielen seiner Medienberichte zum Ausdruck gebracht. Nun glaubte er bereits selbst daran. Dabei hatten ihn lediglich Rachegelüste dazu verleitet, diese Kampagne zu starten. Immer waren die Beamten ihm bei seiner Arbeit in die Quere gekommen. Ein paar Mal kam es zu regelrechten Zusammenstößen. Er hatte sich maßlos über deren „obrigkeitsmäßiges Getue" geärgert. Dieser Sperber und seine beiden Kumpane hatten null Verständnis, wenn er zu seinen unkonventionellen Recherchemethoden griff.

Nach einem besonders heftigen Zusammenstoß mit den drei Beamten hatte er Vergeltung geschworen. Seither ließ er keine Gelegenheit aus, die Beamten als vollkommen ungeeignet für ihren Dienst hinzustellen.

Jetzt bestärkten ihn bei jedem Rundlauf seine eigenen Worte in der Angst um seine wunderbare, manchmal schwierige Frau.

„Diese doofen Beamten können sie bestimmt nicht schützen!", räsonierte er verzweifelt. „Ich brauche so eine Art Bodyguard, der sie ständig im Auge behält. Woher bekomme ich so jemand?"

Er drehte noch manche Runde. Vor seinem geistigen Auge entstanden wieder die beängstigenden Bilder der nackten Frauenleiche in der Rezat.

Von einem Moment zum anderen kam ihm ein glücklicher Gedanke. Ein Name stand groß vor seinen inneren Augen: „Hauptvogel! Na klar, der Privatdetektiv konnte das übernehmen. Das war der richtige Mann. Der hatte auch im Fall der Ermordeten Initiative bewiesen. Der war auch kräftig und hatte sicher berufsbedingt eine Waffe."

Mostrich lobte sich selbst für seine gute Idee.

Jetzt galt es nur noch Heike davon zu überzeugen, dass sie diesen Schutz unbedingt brauchte. Er stöhnte innerlich auf, weil er wusste, wie stur und bockig sie sein konnte, wenn etwas nicht nach ihrem Kopf ging.

So wandte er sich ihr mit dem Versuch eines Lächelns zu, was ihm auf Grund seiner inneren Verkrampfung völlig misslang. Heike nahm ihn aber gar nicht richtig wahr. Sie war durch ihren Erfolg viel zu sehr euphorisiert, als dass sie sich momentan auf ihn konzentrieren konnte.

„Ich habe es geschafft! Sie nehmen mich!", rief sie laut und warf die Arme in die Luft dabei, als hätte sie eine olympische Medaille gewonnen.

Herbert Mostrich mühte sich um Fassung und sagte möglichst freundlich: „Ich gratuliere dir. Ich hatte keinen Moment Zweifel. Du bist eine gute Schauspielerin."

„Danke, mein Lieber!"

„Weißt du, ich machte mir nur ein wenig Sorgen um dich, weil doch deine Vorgängerinnen auf so schreckliche Weise ums Leben kamen. Ich bin da auch ein bisschen ... wie sagt man ... abergläubisch. Als Bühnenkünstlerin kannst du das bestimmt verstehen?"

„Na klar kann ich das."

„Siehst du, deshalb habe ich mir gedacht, ich engagiere so eine Art Diener für dich, der für dich da ist und dich notfalls auch beschützt."

„Aaah, ja. Und an wen hast du dabei gedacht?", wollte Heike neugierig und gar nicht so abgeneigt wissen.

„Nun ja, ein Mann, der alle Voraussetzungen dafür erfüllt, ist zweifellos Ottokar Hauptvogel."

„Oh. Hauptvogel."

„Ja, der ist in jeder Hinsicht ein Gentleman!"

„Hm. Das kann sein." Heike klang ein wenig enttäuscht.

Mostrich befürchtete Ablehnung. Seine Frau hatte wohl mehr an so einen Typ wie James Bond gedacht?

„Ich bitte dich inständig, meinen Vorschlag anzunehmen. Ich liebe dich und habe große Angst um dich."

Jetzt klangen die Worte ihres Ehemannes wirklich flehentlich.

Heike sah nun ihrerseits die Chance gekommen, ohne seinen Widerstand in ihren Beruf zurückkehren zu können.

„Na gut!", sagte sie leichthin.

„Ich rufe ihn sofort an!" Mostrich eilte zum Telefon. Er engagierte Hauptvogel – auf der Stelle. Und auf der Stelle sollte der auch seinen Dienst antreten. Mostrich machte es ihm zur Bedingung, dass er während seines Einsatzes ständig eine Schusswaffe bei sich trug. Der Detektiv beruhigte ihn, indem er stolz sagte, er habe einen zuverlässigen Revolver, den Smith & Wesson 44 Magnum. „Sie kennen doch sicher die legendären ‚Dirty Harry'-Filme der 1970er-Jahre mit Clint Eastwood. Das Modell ist bereits 1955 auf den Markt gekommen. Es hat sich glänzend bewährt."

„Hören Sie, ich weiß nicht, von welchen Filmen Sie reden, aber das ist ja auch völlig unwichtig. Hauptsache, das Ding funktioniert und Sie können damit im Notfall schießen. Passen Sie gut auf meine Frau auf und stellen Sie sich nicht so dusslig an wie die Polizisten."

„Sie können sich auf mich einhundert Pro verlassen!“, beruhigte ihn Hauptvogel.

Der Detektiv erkannte in dem Auftrag endlich einen Ansatz, um dem Täter auf die Spur zu kommen.

Er konnte sich jetzt auf Grund seines Dienstes ganz selbstverständlich im Theater bewegen und dort mit allen Personen sprechen. Hauptvogel sagte alle Termine der nächsten Tage ab.

Heike warf sich derweil im Wohnzimmer in einen der herumstehenden Sessel und seufzte tief und befriedigt auf.

Diesen Hauptvogel würde sie schon loswerden, wenn er ihr lästig wurde.

Als sie am Morgen des nächsten Tages zur Probenbühne des Theaters fahren wollte, stand ihr Aufpasser bereits vor der Haustür.

„Na, das konnte ja gut werden“, dachte sich Heike. „Jetzt habe ich dauernd diesen Menschen an der Backe. Der behält mich ständig im Auge. Ich fühle mich jetzt schon wie ein kleines Kind, dessen Papa aufpasst, dass ihm nichts passiert. Lange lasse ich mir diese Beaufsichtigung nicht gefallen!“

Tatsächlich ließ sie es sich nur einen Tag lang gefallen.

Einladung zum Champagner

Dieser lästige Detektiv war immer um sie herum gewesen. Sogar wenn sie auf die Toilette ging, lief er hinter ihr her und wartete vor der Tür, bis sie wieder herauskam.

In der langen Mittagspause zwischen den Proben meldete sich Heikes Mobiltelefon. Iris, eine ihrer besten Freundinnen, war dran. Sie fragte sie, ob sie nicht Lust hätte, mit ihr im Drechselsgarten Kaffee zu trinken.

Natürlich hatte sie Lust dazu, sehr große sogar! Aber wenn sie sich vorstellte, dass Hauptvogel die ganze Zeit in der Nähe sitzen würde und darauf wartete, dass das Gespräch mit der Freundin endlich zu Ende war, verging ihr die Lust. Nein, jetzt war es aus mit ihrer Geduld. Die Idee von Herbert, ihr einen Bodyguard an die Fersen zu heften, fand sie sowieso ziemlich abstrus. Sie machte mit Iris aus, dass sie sich in etwa einer halben Stunde im Café trafen.

Anschließend ging sie zu Hauptvogel und bat ihn, ihr etwas zu trinken zu beschaffen. Sie müsste sehr dringend auf die Toilette, sagte sie und verzog dabei ihr Gesicht schmerzlich, damit er ihr das auch abnahm.

Der Detektiv ahnte offenbar nichts Schlechtes und ging ins Foyer, um das Gewünschte zu holen.

Jetzt galt es, möglichst rasch das Gebäude zu verlassen. Heike nahm den Hinterausgang. Vor dem Haus war zufällig Adrian Voss mit seinem schicken Sportwagen vorgefahren.

„Das trifft sich ja günstig! Lieber mit so einem tollen Wagen gut gefahren, als schlecht gelaufen."

Heike kannte Voss inzwischen von einigen Besprechungen her. Er hatte auf sie durch seine äußerst charmante Art und seine anziehende Erscheinung einen bleibenden Eindruck hinterlassen. Außerdem hatte ihr der attraktive Mann in verschiedener Hinsicht zu erkennen gegeben, dass er sie begehrenswert fand. Sie hegte die Hoffnung, dass diese Situation bestens geeignet war, diese Gesten der Zuneigung auf ihre Tiefe hin zu testen.

Mit einem Prickeln im Bauch ging sie auf Voss zu und lächelte ihn strahlend an: „Lieber Herr Voss, ich hätte eine große Bitte an Sie", setzte sie an und spielte dabei die Schüchterne. „Ich habe mich gerade spontan mit einer Freundin im Hotel Drechselsgarten verabredet, nun frage ich mich, wie ich da hinaufkomme. Wäre es vielleicht möglich, dass Sie mich hinfahren? Ich würde auch sehr gerne einmal in Ihrem Superflitzer mitfahren. Könnten Sie mir den Gefallen tun?"

Voss strahlte aus allen Knopflöchern: „Nichts lieber als das, steigen Sie ein!"

Heike schlüpfte ins Auto. Voss fuhr los.

An einer roten Ampel schaute er ihr tief in die Augen.

„Bitte nennen Sie mich doch Adrian. Herr Voss klingt sehr förmlich. Finden Sie nicht auch?"

Seine Stimme klang weich und verführerisch.

„Ja, das finde ich auch", sagte Heike mit dem schmachtenden Gesichtsausdruck, den sie so gut beherrschte.

„Nenn mich einfach Heike."

„Es ist mir ein Vergnügen, liebe Heike. Ich muss dich jetzt aber leider um Verständnis bitten, dass ich noch kurz bei meinem Atelier vorbeischaue. Ich will nur nachsehen, ob ich meinen Herd ausgeschaltet habe, als ich gerade weggefahren bin. Es wäre doch schade, wenn meine schöne Halle abbrennen würde."

„Klar, mach das mal!"

Adrian hatte bereits die Richtung zu der Halle eingeschlagen, ohne die Zustimmung seiner Mitfahrerin abzuwarten.

Als sie beim Atelier angekommen waren, sagte er verheißungsvoll: „Es war sehr liebenswürdig, dass du zu meinem Wunsch, hierher zu fahren, nicht nein gesagt hast. Wo wir gerade da sind, komm doch bitte einen Sprung mit hinein. Wir könnten unsere Freundschaft mit einem Glas vorzüglichen Champagners besiegeln. Ich habe gestern einen Karton direkt aus Frankreich bekommen. Der ist ein Traum, ein richtiges Geschmackserlebnis! Du wirst es nicht bereuen!"

Heike freute sich. Sie war gerade in Champagnerstimmung.

Drinnen sagte Voss: „Schau dich schon ein bisschen um, ich hole uns den Schampus."

Er lief schnell zu einer Tür, hinter der Heike die Küche vermutete.

Heike sah sich um und war beeindruckt von all den kunstvollen Werken des begabten Bühnenbildners, die sich ihren Augen darboten.

Sie ging ein wenig herum und wunderte sich dabei, dass Adrian so lange brauchte, um den Champagner zu öffnen.

Vor der Tür, hinter der er verschwunden war, rief sie seinen Namen. „Bitte entschuldige!", antwortete ihr Adrian, als er ihr daraufhin aus der Küche herauskommend mit zwei vollen Sektgläsern in den Händen entgegeneilte.

Mit gespielt tragischer Miene sagte er: „Das Biest von Flasche hat sich gewehrt und wollte sich nicht öffnen lassen, aber ich konnte sie dann doch überreden. Komm mit, ich führe dich jetzt zur wohnlicheren Sphäre meiner Behausung."

Mit Überraschung sah sich Heike im Wohnzimmer des Künstlers um. Es war mit modernen Möbeln sehr geschmackvoll eingerichtet. Der Boden war mit dicken Teppichen belegt. Man meinte, darüber hinzuschweben. Ein schön gestalteter offener Kamin dominierte eine der Wände. An seinen beiden Seiten schlossen sich gut gefüllte Bücherregale an.

Vor dem Kamin standen zwei hohe Sessel. Eine gemütliche Sitzgarnitur lud zum Sitzen und Liegen ein. Der ganze Raum machte einen harmonischen, luxuriösen und dabei sehr anheimelnden Eindruck.

„Wow! Hast du es aber schön!“, staunte die Besucherin.

„Freut mich, dass es dir gefällt. Komm, setzen wir uns, solange du noch Zeit hast.“

Heike war bezaubert. Wie dumm, dass sie dieses Treffen mit Iris vereinbart hatte. Hier hätte sie ihre lange Pause viel, viel lieber verbracht.

Der hinreißende Mann an ihrer Seite hatte ihr bestimmt mehr zu bieten als die Freundin.

Adrian hob den Sektkelch und sie stießen miteinander an. Dann umfasste er sanft ihre Schultern und küsste sie lange und intensiv auf den Mund.

Heike merkte, wie ihr heiß und schwindlig wurde.

Hart auf hart

Als Carlo an diesem Morgen erwachte, fühlte er sich furchtbar schlecht.

Er hatte Gliederschmerzen. Sein Hals war entzündet und er glühte.

Mühsam stand er auf und ging in sein Bad. Er holte ein Fieberthermometer aus einem Schubkasten. Eine Messung ergab, dass er hohes Fieber hatte.

Er musste sich wohl eine Grippe eingefangen haben.

„Ausgerechnet jetzt!“ Er musste Konstanze Bescheid sagen, dass er dienstunfähig war. Carlo schleppte sich zum Telefon.

Konstanze glaubte ihm seinen Zustand sofort, weil sie wusste, dass Carlo sie nicht einfach in Stich lassen würde. „Ruf doch deine Freundin an, dass sie sich um dich kümmert“, riet sie ihm besorgt. Dann ging sie wieder einmal zu Dotzauer, um ihm mitzuteilen, dass sie jetzt alleine ermittelte.

Der Kriminaldirektor gab sich wenig beeindruckt. Er war sich nach wie vor sicher, dass keine weiteren Beamten für die Ermittlungen nötig waren.

Konstanze zuckte die Achseln, sagte kein Wort darauf und verließ das Büro ihres Chefs.

Sie würde auch unter diesen ungünstigen Voraussetzungen ihre Ermittlungen mit Hochdruck fortführen. Die Kommissarin wollte den Täter unbedingt zur Strecke bringen, bevor er weitere Menschen töten konnte.

Sie hatte sich vorgenommen, als nächsten Schritt die externen Mitarbeiter des Ansbacher Theaters zu befragen.

Mit dem Bühnenbildner Adrian Voss wollte sie beginnen. Als sie bei seinem Atelier in einer Halle am Stadtrand ankam, war er gerade dabei, auf dem Grundstück vor dem Gebäude eine große Platte auf einen Anhänger zu montieren.

Er wandte sich ihr lächelnd zu. Konstanze zog ihren Ausweis heraus und sagte: „Kriminalpolizei Ansbach, ich bin Oberkommissarin Grunwald. Es geht um die Morde an den beiden Frauen. Wir sind gerade dabei, Befragungen unter den externen Beschäftigten durchzuführen. Kann ich Sie wegen dieser Sache sprechen?"

Der von seinem ganzen Typ her sportlich wirkende Mann hatte sie kurz verunsichert, dann ungeniert abschätzend angesehen. Schließlich brachte ein freundliches Lächeln sein gut geschnittenes, gebräuntes Gesicht zum Strahlen.

„Natürlich, gerne. Ich habe nur etwas wenig Zeit. Kommen Sie herein."

Er ging ihr in die Halle voraus. Konstanze sah sich um. Überall standen Teile, die vielleicht einmal zu Theaterkulissen werden sollten. Die meisten von ihnen waren noch im Rohzustand, einige von ihnen waren bunt bemalt. Neben diesen dekorativen Stücken zogen alle möglichen Skulpturen ihren Blick an.

Bretter und Balken lehnten an den Wänden. Als sie weiter ins Innere der Halle kamen, sah sie mit Planen zugedeckte Teile, die etwa die Größe eines Menschen hatten. „Der Mann war wirklich produktiv", dachte sie bewundernd. Als sie sich einer der zugedeckten Skulpturen ein wenig näherte, entdeckte sie, dass es bei einem unbedeckten Stück golden unter der Abdeckung hervorglänzte.

Neugierig ging sie noch ein wenig näher hin. Bei der Berührung der Plane rutschte diese ein wenig nach unten. Konstanze gewahrte einen goldenen Frauenkopf. Das Gesicht war ihr sofort bekannt.

In Lichtgeschwindigkeit jagten ihr Gedanken durch

den Kopf: „Das Gesicht der Ermordeten! Er arbeitet mit Gips! Die beiden Toten hatten Gips unter den Finger- und Zehennägeln! Voss war der Frauenmörder!"

Der Künstler hatte sich zu ihr umgedreht und starrte sie an.

Konstanze war sich sicher, dass Adrian Voss sofort begriffen hatte, dass sie sein Geheimnis entdeckt hatte.

Die Kommissarin überlegte in Sekundenschnelle, ob es nicht besser war, die Halle schnell zu verlassen und die Kollegen zu Hilfe zu rufen, als sich auf einen Kampf einzulassen.

Sie waren jedoch einige Serpentinen durch die versetzt stehenden Kunstwerke gelaufen. Voss kannte sich hier besser aus als sie.

Außerdem stand sie sehr ungünstig mit dem Rücken zur Tür. Sobald sie sich umdrehte, gab sie ihm die Chance, sie von hinten zu packen.

Also Angriff.

Konstanze zog ihre Dienstwaffe aus dem Holster am Gürtel. Voss reagierte blitzschnell. Kaum hatte sie die HK P7 in der Hand, warf er ihr einen bisher an der Wand lehnenden Balken entgegen.

Er hatte gut getroffen. Das schwere Stück knallte mit Wucht auf ihre rechte Schulter. Ein scharfer Schmerz jagte Konstanze durch den Körper. Sie schrie auf.

Nun zeigte sich wieder einmal der Nachteil der alten P7, die sogenannte „Handballensicherung". Dazu musste man den Griff der Waffe fest mit der Hand umgreifen, um die Pistole zu entsichern. In dieser Stellung genügte nur ein schwacher Druck mit dem Zeigefinger am Abzug und sofort löste sich ein Schuss.

Genau das war durch den Schock des Schmerzes bei Konstanze der Fall. Die Pistole ging los, aber der Schuss verfehlte sein Ziel. Konstanze hob den Arm, um die Waffe auf den Angreifer zu richten, aber Voss genügte der winzige Moment, in der sie der Rückschlag des Schusses aus dem Konzept gebracht hatte.

Er nutzte die Gelegenheit und schleuderte einen weiteren Balken in ihre Richtung. Das Holz traf diesmal ihr rechtes Handgelenk. Sie schrie wieder auf. Die schwere Waffe in ihrer Hand sackte nach unten. Der Künstler schnappte sich eines der Schnitzmesser, die auf einer Werkbank lagen, und sprang äußerst behände auf die Polizistin zu. Sie spürte einen brennenden Schmerz am rechten Oberarm. Konstanze warf sich nach vorn, sodass ihr Kopf sein Nasenbein traf. Es gab ein knackendes Geräusch. Voss schrie laut auf, aber der Schmerz konnte ihn nicht bremsen.

Konstanze spürte plötzlich die Messerklinge an ihrem Hals. „Pistole fallen lassen!", kommandierte Voss in scharfem Ton. Die Pistole knallte auf den Betonboden. Voss rann das Blut aus der Nase, aber das schien ihn nicht weiter zu stören. Er leckte es immer wieder mit der Zunge weg. „Los runter! Knie dich hin!"

Das Kinn und die Kleidung des Künstlers waren mittlerweile von seinem Blut bespritzt. Sein Gesicht hatte sich völlig verändert. Der weich und charmant anmutende Typ war zu einem harten Killer mutiert.

Konstanze wollte nicht aufgeben. Trotzig dachte sie: „Irgendwie werde ich dich überwältigen, das bin ich mir schuldig." Als das Messer ein wenig in ihren Hals schnitt, spürte sie, wie ihre Knie weich wurden. In dem Moment traf sie ein harter Schlag auf den Kopf.

Als Konstanze aus ihrer Ohnmacht erwachte, fand sie sich auf einer harten Fläche liegend. Ihr war sehr kalt. Um sie herum herrschte Dunkelheit. Es knisterte, als sie sich bewegte. Undurchsichtiges Papier, vielleicht ein Sack, war ihr über den Kopf gezogen worden.

Er stank nach Chemie. „Jetzt bloß keine Panik!" Sie

mahnte sich vergeblich. Ihr Herz raste. Ihr Atem ging schneller und schneller. Das Gefühl, gleich ersticken zu müssen, wollte sie überwältigen. Vor ihren Augen tanzten leuchtende Punkte. Sie versuchte, sich zu fassen. Es gelang ihr mit eiserner Konzentration, ein wenig von der tierischen Angst und den heftigen Kopfschmerzen abzulenken. Dieser Mistkerl hatte sie niedergeschlagen. Der Schnitt am Oberarm brannte entsetzlich. Sie konnte sich kaum bewegen. Voss hatte ihr Hände und Füße gefesselt.

Außerdem war ihr Körper irgendwo angebunden.

Das Atmen fiel Konstanze immer schwerer. Der Gestank nahm ihr die Luft. Weil ihr Mund zugeklebt war, konnte sie nicht schreien.

Konstanze fühlte Übelkeit hochsteigen. „Himmel, wenn ich mich erbreche, muss ich unweigerlich ersticken.“ Der Gedanke erzeugte augenblicklich Todesangst.

Sie nahm alle inneren Kräfte zusammen, um sich von der Übelkeit abzulenken. Ihr hektisches Atmen versuchte sie in den Griff zu bekommen, indem sie begann, konzentriert durch die Nase zu atmen. Gleichzeitig lenkte sie ihre Gedanken zu Tigerle, ihrer Katze. Sie holte das Schnurren ihres Haustieres aus dem Gedächtnis und konzentrierte sich auf das beruhigende Geräusch.

Als sie sich ein wenig besser fühlte, überlegte sie, was der Mörder wohl mit ihr vorhatte? Wollte er sie töten wie die anderen Frauen? Warum hatte er das noch nicht getan? Wollte er sie, wie die anderen Frauen, vorher vergiften und vergewaltigen?

Zu aller Panik kamen jetzt noch die Selbstvorwürfe. Wie konnte sie nur so naiv sein und alleine hierher gehen? Sie hatte in ihrer Wut auf Dotzauer versäumt, jemand mitzuteilen, was sie an diesem Tag vorhatte.

Durchtrainiert wie sie war, hatte sie sich zugetraut, sich jederzeit ihrer Haut zu wehren.

Außerdem hatte sie ihre Waffe griffbereit. Adrian

Voss, mit seinen leuchtenden Augen und dem gewinnenden Lächeln, machte doch einen so rundum sympathisch-harmlosen Eindruck. Die Veränderung, die bei ihm vorgegangen war, als er sich entdeckt glaubte, hatte sie so erschreckt und verblüfft. Sie hatte falsch reagiert und hätte sich nicht auf ihre Pistole verlassen sollen. In den Sekunden, die sie brauchte, um sie zu ziehen, hatte der Täter schon den Balken geworfen. Es wäre viel besser gewesen, ihn körperlich anzugreifen.

Nun war es für all das zu spät. Sie lag verschnürt wie ein Paket auf einer harten und kalten Fläche und konnte nur angstvoll darauf warten, was auf sie zukommen würde. Ihre Chancen, aus dieser Situation herauszukommen, schienen gleich Null.

Ihre Panik verstärkte sich, als sie plötzlich eine Tür aufgehen hörte. Leise Schritte waren zu vernehmen.

Konstanze machte sich auf alles gefasst. „War das ihr Ende? Sie war doch noch jung. Sie wollte doch leben!"

Die Kommissarin hörte angestrengt auf die sich nähernden Schritte.

Sie klangen allerdings eher vorsichtig, so, als würde sich jemand anschleichen. Vielleicht wollte sich der Mörder ihr geräuschlos nähern, um sich dann überraschend auf sie stürzen? Ihr Herz klopfte wie verrückt. Die Übelkeit verursachte bei ihr Todesangst. Sie bekam kaum noch Luft und lag wie erstarrt bewegungslos da.

Ende mit Schrecken

Ottokar Hauptvogel war im Theater mit dem Getränk ziemlich schnell wieder zurück gewesen.

Er sah sich um, von Heike Mostrich keine Spur. „Sie wird noch auf der Toilette sein", dachte er sich und ging zur Toilettentür. Als sich nach zehn Minuten drinnen noch immer nichts rührte, wagte er, die Tür zu öffnen. Er sah sich im Raum um. Keine der Kabinentüren war verschlossen. Heike Mostrich war nicht hier. Er ging schnell hinaus und suchte eilig die anderen Räume des Stockwerkes ab, fragte Schauspieler und Bühnenangestellte, die ihm begegneten. Unruhig geworden, lief er immer schneller.

Als er schließlich im ersten Stock des Hauses auf Agnes Werner, die hübsche Regieassistentin, traf, fragte er sie, ob sie Frau Mostrich gesehen hatte.

„Klar habe ich die gesehen. Sie ist vor noch nicht langer Zeit mit Adrian Voss in dessen Bonzenschleuder weggefahren."

„Bonzenschleuder?"

„Na mit seinem supergeilen Sportwagen halt. Die beiden haben sich angehimmelt, dass es kaum zum Aushalten war. Der hat sie wahrscheinlich in sein Nest, sprich Atelier, gefahren. Bei mir hat er das auch schon einmal probiert. Ich musste fliehen, sonst wäre ich meine Unschuld losgewesen."

Beim Wort „Unschuld" verdrehte sie ihre Augen.

„Der legt doch alles flach, was Busen trägt und nicht bei ‚drei' auf dem Baum ist! Bei dem ist man als Frau lediglich eine weitere Kerbe im Bettpfosten. Nie, nie würde ich mich mit so einem einlassen!"

„Wo ist dieses Atelier?"

Agnes sagte es ihm. Kaum hatte sie ausgeredet, rannte Hauptvogel auch schon auf dem kürzesten Weg aus dem Theater. Er warf sich in seinen betagten Golf. Sehr viel schneller, als die Polizei und der Verkehr es eigentlich erlaubten, jagte er sein Auto durch die Stadt.

Vor dem Atelier des Künstlers stand der rassige Sportwagen. Voss war also höchstwahrscheinlich in der großen Halle.

In Hauptvogels Kopf sausten die Gedanken wie wild gewordene Billardkugeln durcheinander. Er musste da rein und sich Gewissheit schaffen. Bestimmt hatte sich dieses leichtsinnige Frauenzimmer von dem schmierigen Charmeur abschleppen lassen. Wer weiß, was die jetzt da drin trieben!

Eine plötzliche Eingabe traf ihn wie ein Blitzschlag: „Ob Voss der Mörder der zwei Frauen ist?“

Dann war jetzt Eile geboten! Er zog seinen Revolver aus dem Holster und überprüfte ihn schnell. Mit einer Flinkheit, die man seiner wuchtigen Gestalt nicht zugetraut hätte, näherte er sich dem Gebäude und machte sich daran, es zu umrunden. Er musste sich rasch einen Überblick über die Räume des Hauses verschaffen. Vielleicht gab es einen Hintereingang, durch den er hineingelangte?

Hauptvogel hatte Glück. Hinter dem Haus lag ein hoher Haufen, der aus ausgemusterten Teilen der künstlerischen Produktion bestand. Gleich daneben befand sich eine Tür. „Wahrscheinlich schmeißt er das Zeug einfach da hinaus, wenn er es nicht mehr braucht“, kombinierte Hauptvogel.

Er drückte vorsichtig die Klinke der Tür herunter. Sie war verschlossen. Nun holte er sein Spezialwerkzeug für derlei Fälle aus seiner Tasche. Das einfache Schloss machte nicht den Eindruck, als würde es ihm Schwierigkeiten bereiten. Im Nu hatte er es geknackt. Er ging mit vorgehaltener Waffe in den angrenzenden Flur. Links und rechts des Ganges sah er Türen. Eine davon stand offen. Er schritt vorsichtig auf sie zu.

Fast hätte Hauptvogel einen Schrei des Entsetzens ausgestoßen, als er auf dem Boden des Raumes vor sich eine gefesselte Gestalt liegen sah, deren Kopf in einer Art Zementsack aus Papier steckte. Mit zwei schnellen Schritten war er bei ihr und zog ihr den Sack vom Kopf. Zwei Augen, erfüllt von panischer Angst, schauten ihn an.

Sofort erkannte er die Person. Hauptvogel zögerte nicht lange. Es gab ein ratschendes Geräusch, als er ihr das Klebeband vom Mund riss.

Konstanze seufzte tief auf. Tränen der Erleichterung liefen ihr über das Gesicht. Das runde Antlitz von Hauptvogel mit dessen vor Überraschung aufgerissenen Augen war für sie wie eine Erlösung aus dem Grab.

„Schnell, binden Sie mich los!", keuchte sie.

Hauptvogel zog sein Taschenmesser aus der Hosentasche und säbelte damit so lange an den Stricken herum, bis Konstanze frei war. Sie setzte sich auf, bewegte Arme und Beine und massierte die taub gewordenen Muskeln.

„Voss ist der Mörder! Er hat die beiden Schauspielerinnen umgebracht. Er hat vermutlich Frau Mostrich in seiner Gewalt", flüsterte sie hektisch. „Wir müssen höllisch aufpassen, dass er uns nicht erschießt. Er hat meine Pistole. Rufen Sie schnell meine Kollegen. Hoffentlich hat er ihr das Gift noch nicht gegeben!"

Hauptvogel angelte in seiner Tasche nach seinem Mobiltelefon. Gut, dass er damit die Polizei sofort erreichte. Er schilderte die Situation in aller Kürze und verlangte nach Hilfe und nach einem Notarzt. Der Beamte versprach, alles in die Wege zu leiten.

Konstanze hatte sich inzwischen aufgerichtet und machte ein paar Dehnübungen. Jetzt galt es, keine Zeit zu verlieren. Auf ihr Zeichen hin schlichen sie auf den Flur hinaus.

Beide horchten äußerst angespannt an jeder Tür, ob von drinnen irgendwelche Töne zu vernehmen waren.

Alles war still – totenstill?

Nein! Hinter einer der Türen hörten sie ein gedämpftes Gemurmel.

Konstanze sah Hauptvogel an. Der hob seinen Revolver mit beiden Händen und zielte auf die Tür. Konstanze holte tief Luft, dann drückte sie die Türklinke herunter und ging einen Schritt zur Seite. Der Detektiv sprang durch die aufgestoßene Tür in den Raum und schrie: „Hände hoch oder ich schieße!"

Adrian Voss war offenbar gerade dabei, Heike Mostrich zu entkleiden. Er hatte dabei wohl vor sich hingemurmelt.

Jetzt ließ Voss seine Gefangene los und nahm folgsam die Hände hoch. Dann erhob er sich langsam.

Er sah die beiden Eindringlinge verblüfft an.

Während Hauptvogel die Waffe auf ihn gerichtet hielt, ging Konstanze außerhalb der Schusslinie langsam auf Voss zu: „Herr Voss, ich verhafte Sie wegen zweifachen Mordes, Freiheitsberaubung und schwerer Körperverletzung. Vielleicht kommt noch einiges dazu."

Als sie sich ihm noch ein Stück mehr genähert hatte, machte Voss plötzlich einen gewaltigen Satz auf sie zu. Hauptvogel wagte nicht, auf ihn zu schießen, weil er Angst hatte, Konstanze zu treffen. Die Kommissarin war blitzschnell zur Seite gewichen, mit einer Drehung ihres Körpers legte sie ihr ganzes Gewicht in einen Schlag mit der Handkante. Sie traf Voss an der richtigen Stelle. Er brach sofort bewusstlos zusammen.

Hauptvogel hielt seinen Revolver auf den Mann am Boden gerichtet.

Konstanze durchsuchte Voss. In seinem Gürtel steckte ihre Waffe. Sie nahm sie und verstaute sie im Holster.

Dann kümmerte sie sich um Heike Mostrich, die bewegungslos auf dem Sofa lag.

„Es wird höchste Zeit, dass der Notarzt kommt", sagte Konstanze besorgt. „Ich glaube, sie hat ziemliche Probleme, Luft zu bekommen."

Sie beugte sich zu Heike hinab und sprach mit ruhiger Stimme auf sie ein: „Frau Mostrich, ich weiß, dass Sie mich hören können. Voss hat Ihnen etwas gegeben, deshalb können Sie nicht reagieren. Gleich kommt ein Arzt, der Ihnen ein Gegenmittel gibt. Es wird Ihnen dann schnell besser werden. Bitte atmen Sie so lange ruhig und gleichmäßig."

Tatsächlich hörten Konstanze und Hauptvogel Martinshörner, die sich lauter werdend schnell näherten. Wenige Minuten später trafen die ersten Streifenwagen vor dem Haus ein. Ihnen folgten Notarzt und Sanitäter. Konstanze ging vor das Gebäude und wies den Helfern den Weg. Ihren Kollegen erklärte sie die Sachlage.

„Die Spurensicherung soll das Haus auf den Kopf stellen. Wir brauchen dringend Indizien für die Morde."

Sie rief die Staatsanwaltschaft an und bat um einen richterlichen Hausdurchsuchungsbeschluss. Doktor Sauber sagte ihr das sofort zu.

Mehrere Streifenpolizisten hatten inzwischen das Haus rundum gesichert.

Es dauerte nicht lang, dann kam ein höchst erregter Herbert Mostrich an die eilig errichtete Absperrung. Schon von weitem hatte er gerufen: „Ich muss zu meiner Frau! Sie ist da drinnen!"

Pech für ihn, dass die Beamten ihn nicht durchlassen wollten. Einer von ihnen ging ins Haus und informierte Konstanze von Mostrichs Wunsch. Sie ging hinaus und redete ihm gut zu: „Herr Mostrich, der Notarzt kümmert sich gerade um Ihre Frau. Er ist dabei, sie wieder zu stabilisieren. Soweit ich sehen konnte, ist ihr außer der Betäubung nichts geschehen. Bitte setzen Sie sich doch einstweilen wieder in Ihr Auto. Sie können bestimmt mit Ihrer Frau nachher ins Klinikum fahren. Dort wird sie noch einmal gründlich untersucht werden. Ich denke, wir haben alle großes Glück gehabt. Wenn Herr Hauptvogel nicht gekommen wäre, hätte es sehr schlecht für uns ausgesehen. Sie können ihm dankbar sein."

Mostrich nickte, so sanft und zugänglich hatte sie den renitenten Journalisten noch nie gesehen. Jetzt rannen ihm sogar die Tränen über die Wangen und er fing an zu schluchzen. Konstanze schlüpfte unter der Absperrung hindurch, umfasste seine Schultern und führte ihn zu seinem Wagen. Mostrich ließ sich ohne Weiteres dazu überreden, darin Platz zu nehmen.

Ottokar Hauptvogel war inzwischen ebenfalls zu ihnen gestoßen. Konstanze bedankte sich bei ihm herzlich für seine Lebensrettung. Sie versprach, seinen Verdienst bei einem Pressetermin gründlich herauszustreichen.

„Ach Frau Grunwald", antwortete der Detektiv verlegen, „ich weiß nicht, ob ich das will. Sehen Sie, wenn meine Rolle in dieser Sache publik wird, werden mich viele als Bodyguard engagieren wollen. Ich finde, das ist ein derartig lausiger Job, da führe ich lieber Gruppen durch Ansbach."

„Ganz wie Sie wollen. Überlegen Sie es sich ganz einfach. Ich fühle mich Ihnen gegenüber jedenfalls zu Dank verpflichtet."

Nach einiger Zeit traf Doktor Sauber ein. Er war sehr erleichtert, dass der mutmaßliche Frauenmörder gefasst war. Die Beamten der Spurensicherung waren ebenfalls eingetroffen und gingen sofort in das Atelier hinein. Adrian Voss wurde, immer noch bewusstlos, in einen Sanitätswagen verfrachtet, der ihn unter strenger Bewachung seitens der Polizei zu einer Untersuchung ins Krankenhaus bringen sollte. Der Haftbefehl für ihn war bereits ausgestellt. Sobald es seine Gesundheit erlaubte, würde er dem Haftrichter vorgeführt werden.

Im Atelier des Künstlers fanden die Beamten zwei

Abgüsse nackter Frauen in obszönen Posen. Sie trugen eindeutig die Gesichter von Ellen Dombrowski und Silke Baumeister. Ihre Körper glänzten hell auf, als man die Planen von den Skulpturen zog, denn sie waren vollkommen mit Blattgold überzogen.

Was noch geschah

Hauptkommissar Wolfgang Sperber war von seinem Reha-Aufenthalt wieder nach Hause gekommen. Gleich am nächsten Tag luden er und seine Frau Julia Konstanze und Carlo zu sich ein.

Die Kommissare berichteten, dass Theodor Mühleis derzeit in einer psychosomatischen Klinik behandelt werde. Annette Kirsch, die wieder gesund ist, besucht ihn dort, so oft es ihre Zeit erlaubt.

Myriam Hartwig war vor einer Woche aus dem Bezirkskrankenhaus entlassen worden. Sie konnte sogar wieder arbeiten. Dotzauer betraute sie vorübergehend mit einer Halbtagsbeschäftigung. Sie hatte die Stelle von Theodor Mühleis eingenommen und jagte nun Einbrecher und Autodiebe.

Dotzauer sorgte dafür, dass die Aufstockung dieser Abteilung „um hundert Prozent" entsprechend in den Medien publiziert wurde.

Im Theater hatte Florentine Landau die Arbeit neu organisiert. Sie brachte die Schauspieler auf Vordermann und formte sie in kurzer Zeit wieder zu einer disziplinierten Truppe. „The show must go on!" lautete ihr mutiges Motto.

Heike Mostrich war, trotz des schrecklichen Vorfalls, ihrem Vorsatz, wieder in ihrem Beruf Fuß zu fassen, treu geblieben. Sie übernahm die weibliche Hauptrolle in „Casanova" endgültig.

Carlo grinste schwärmerisch: „Den Mostrich kann man nur beneiden um so ein Rasseweib!"

„Beneide ihn lieber nicht!", wandte Konstanze ein. „Ich habe aus ‚gut unterrichteten Quellen' erfahren, dass er am Durchdrehen ist vor lauter Eifersucht und Angst, seine Frau an einen anderen Mann zu verlieren. Das könnte auch durchaus geschehen, wenn sie sich jetzt vor aller Augen so ungeschminkt verführerisch präsentiert.

Der Mostrich hat uns schon genug geärgert, deshalb kann ich euch nicht verhehlen, dass ich nicht ganz frei von Schadenfreude bin."

Ottokar Hauptvogel hatte sich der Presse doch als Held präsentiert. „Seither kann er sich vor Aufträgen nicht retten", berichtete Carlo.

Er hat zu mir gesagt: „Ich wurde bisher schon ab und zu von den Ansbachern beschäftigt, aber in meinen kühnsten Träumen habe ich nicht vermutet, dass es in Ansbach derartig viele eifersüchtige und misstrauische Ehepartner gibt, die ihren Herrn Gemahl oder die Frau Gemahlin von mir beobachten lassen wollen. Ich könnte davon wirklich gut leben, wenn mich diese Spioniererei auf Dauer nicht so sehr nerven würde. Ich laufe doch lieber in einem meiner Kostüme vor einer Gruppe durch die Stadt und erzähle ihnen etwas aus der Geschichte Ansbachs."

Adrian Voss hatte die Morde an den beiden Frauen gestanden. Er wartete derzeit in der Untersuchungshaft auf seine Gerichtsverhandlung. Sein Motiv war schlicht und einfach krankhaft übersteigerte Eitelkeit. Er beabsichtigte, sich und der gesamten Öffentlichkeit seine Genialität zu beweisen, indem er die Aufführung des Stückes „Casanova" nutzen wollte, sich als genialen Künstler darzustellen.

In seinem Wahn hatte er sich vorgenommen, die attraktiven Hauptdarstellerinnen umzubringen. Er wollte ihre Körper, in Gips gegossen, mit Blattgold überziehen, was er bei den beiden ermordeten Frauen bereits getan hatte. Ihre obszönen Posen sollten sie als Besiegte seiner erotischen Abenteuer darstellen.

Voss hatte vor, sein Kunstwerk anlässlich der Premiere auf einem fahrbaren Sockel zu präsentieren. Ganz in farbige Kleider gehüllt, hätte er sich zu seinen Opfern hinstellen wollen.

Voss sah sich als ideale Verkörperung eines Casanovas seiner Epoche. Dazu gehörte für ihn auch das Bewusstsein, mit seinen Opfern den Geschlechtsverkehr vollzogen zu haben.

Das besondere Gift des Kugelfisches diente ihm als Garant dafür, dass die Frauen sein Vergehen an ihnen zwar passiv erleben mussten, sich aber dagegen nicht zur Wehr setzen konnten. Seine kranke Sexualität wird sicher noch manchen psychologischen Gutachter beschäftigen.

„Wahrscheinlich wird er sein restliches Leben in der geschlossenen Abteilung einer psychiatrischen Einrichtung verbringen", mutmaßte Konstanze.

„Was er dort wohl mit seiner Zeit anfangen wird?", überlegte Carlo.

„Modellautos für Politiker kann er wahrscheinlich nicht bauen, den Markt hat bereits eine andere abgegrast, aber er könnte ihnen vielleicht schöne Skulpturen zum Schmuck ihrer Gärten fertigen. Vielleicht ließe sich in der Psychiatrie sogar wieder ein Chefarzt finden, der mit dem Vertrieb der genialen Werke des Künstlers eine Firma gründet?"

Benjamin und Angelika Mock, die Entdecker der toten Frau im Fluss, hatten geheiratet.

Ausgerechnet Ottokar Hauptvogel spielte bei ihrer Trauung den Zeremonienmeister.

Vorher dürfte wohl eine umfassende Versöhnung zwischen ihm und dem Paar stattgefunden haben.

Wolfgang Sperbers Frau lächelte entspannt: „Ach, die Welt hat doch neben allem Schlimmen auch ihre schönen Seiten! Gerade jetzt im Frühsommer, wenn alles so grünt und blüht, finde ich es in der Natur zauberhaft schön. Heute bin ich an der Rezat entlang spaziert und habe unter anderem ein Entenpaar beobachtet, das ganz nahe nebeneinander auf dem Fluss schwamm. Sie haben leise gequakt, als würden sie sich zärtliche Worte zuflüstern.

Es war ein so traulicher Anblick! Ich glaube, wir können uns bald auf junge Enten in der Rezat freuen!"

Nachwort zu „Goldschätzchen“

Mein herzlicher Dank gilt Paula Linke vom Theater Ansbach und Reinhard Baran. Beide haben zur Entstehung des Buches in freundlicher, kritischer und kompetenter Weise beigetragen.

Herrn Holger Lang danke ich für dafür, dass er mir seine Figur „Stadtsekretär Karl Heddinger“ als Vorlage für meinen „Ottokar Hauptvogel“ überließ.

Vielen Dank auch an Frau Doktor Schulz, die mir die Teilnahme an einer Probe von „Casanova, die Kunst der Verführung“ ermöglichte.

Frau Weißmann, Mitarbeiterin des Fahner-Verlages, gilt mein Dank für die Unterstützung meiner Arbeit.

Diese Geschichte ist frei erfunden. Jede Ähnlichkeit zur Realität oder zu bestimmten Personen geht lediglich auf mein Bemühen zurück, eine authentisch wirkende, spannende Geschichte zu gestalten. Viele Zusammenhänge zwischen existierenden Personen oder Dingen gibt es nur in diesem Roman.

Bei der Beschreibung von tatsächlichen Orten habe ich mir, wo es nötig schien, dichterische Freiheit erlaubt. Alle Abweichungen von der Wirklichkeit oder Fehler beruhen auf meinem Willen oder Unwissen.

Noch im Fahner-Verlag von Heinrich Veh erschienen:

Drei Stufen ins Verderben

€ 12,80
ISBN 978-3-942251-08-2

Der Tod ist der Sünde Sold

€ 12,80
ISBN 978-3-942251-11-2

Wenn dem Morgen graut

€ 12,80
ISBN 978-3-942251-15-0

Im Bann der Weißen Frau

€ 12,80
ISBN 978-3-942251-20-4

Rokokomord

€ 12,80
ISBN 978-3-942251-28-0

Tödliches Spiel

€ 12,80
ISBN 978-3-942251-29-7